S P R I N G

每一本好書都是一顆種子，
春天播種在你的心田夢土上。

Spring

S P R I N G

每一本好書都是一顆種子，
春天播種在你的心田夢土上。

Spring

S P R I N G

每一本好書都是一顆種子，
春天播種在你的心田夢土上。

S P R I N G

每一本好書都是一顆種子，
春天播種在你的心田夢土上。

少林寺第八銅人
九把刀 著

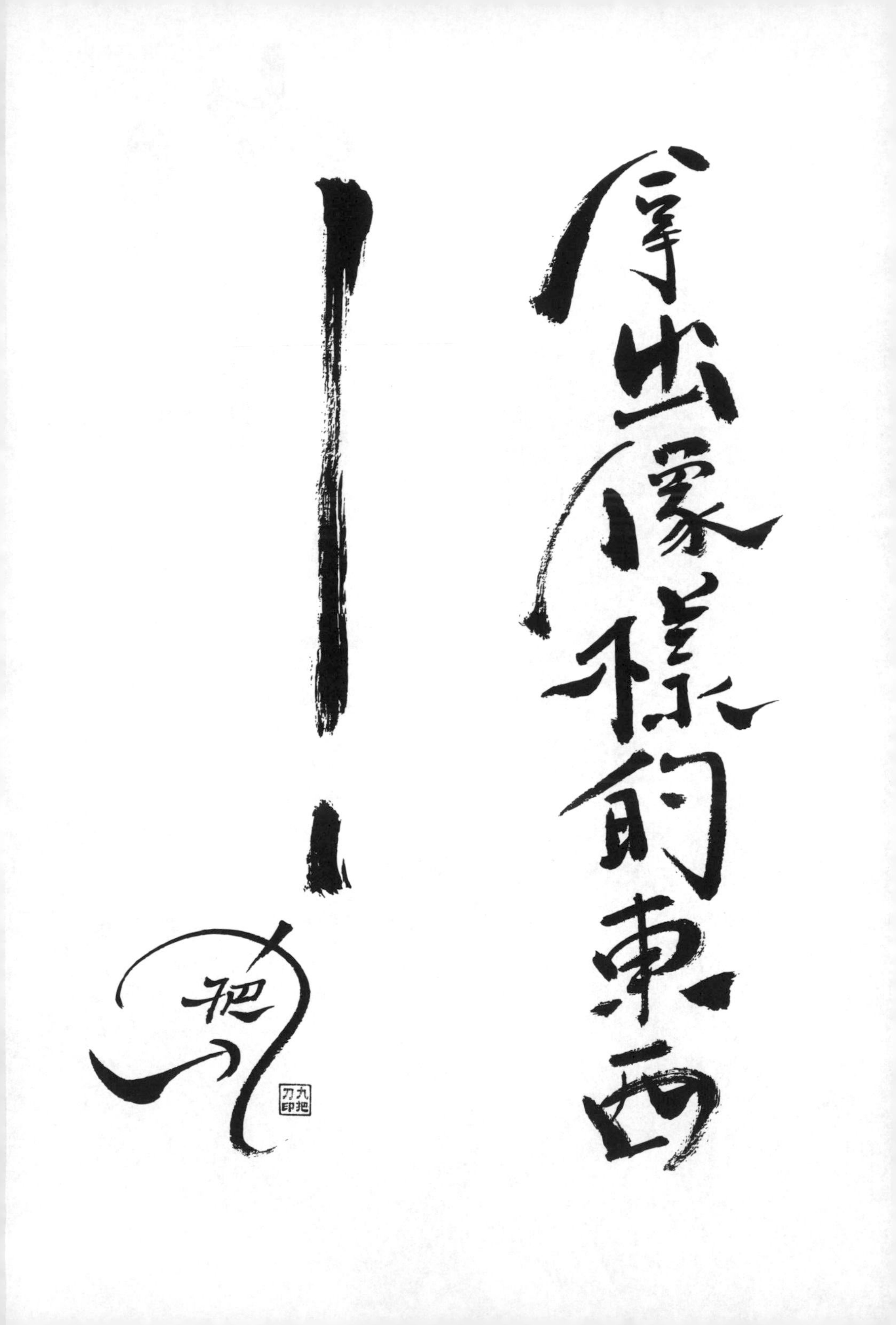

拿出像樣的東西

九把刀

九把刀印

黑暗時代，參見英雄

不管在哪個時代，小時候，每個人都想成為英雄。

看著卡通，就幻想將來弄台無敵鐵金剛開開。

翻著西遊記，就想成為一翻十萬八千里的孫悟空。

年歲越來越長，許多所謂的現實不斷令我們「體認」到，過去那成為英雄的夢想，原來只是童年必經的虛幻旅程。我們報以一笑，卻毫不留戀。

於是我們選擇了其他的人生目標，成為工程師，成為店長，成為演員，成為教師，成為小說家。要看「英雄」，就翻開漫畫，走進電影院，看看那些只屬於過去自己的虛幻畫面。或是安慰自己，如果能扮演好自己在社會裡的角色，當個好父親之類的，就是英雄。

但這樣的英雄，不過是跟現實妥協，或根本屈服於現實的「再定義」。畢竟，英雄本來就是超現實的特異，為了某個超現實的可怕邪惡而存在，所以不被需要。

不過，如果有一天，另一個銀河系的外星人侵入地球怎麼辦？酷斯拉從海裡跑出來怎麼辦？惡魔黨造出機械獸怎麼辦？我們甚至連阿強一號都沒有！

即使如此，曾經想把自己改造成原子小金剛的我，也失卻成為英雄的夢想，只好躲進小說裡製造一個又一個堅持夢想的英雄，視之為我靈魂的美麗延伸。自詡網路小說經典製造機，不如說我的大腦一直都是一間創造英雄的工作室。

不管是《打噴嚏》裡的蜘蛛市，或是《功夫》中一根根的電線桿上，或是《狼嚎》裡殺聲震天的黑森林，抑或是《獵命師》中魔影祟動的東京，我一直在思考英雄的姿態，做著英雄的夢。

少林寺，一個老掉牙到不須說出口，就已開始發黃腐爛的場景，一個存在於無數武俠小說令大家熟悉到無精打采的基本設定，好像已經誕生不出新鮮感，壓榨不出熱血的地方。

但，我已經將腦袋裡那間工作室的插頭，遙遠地連接上凋零已久的少林，將開關切換到最死氣沉沉的黑暗時代，打上九把刀出品的標記。甚至，偷偷在裡頭扮演一個與自己極其神似的角色。

一切都已準備好，就等你打開少林寺的巍峨大門！

九把刀

1

黑夜裡的大雨。

山洪爆發，湍急的土石流將半片山林摧毀淹沒，夾帶的巨石輕易地碾過破敗的殘樹。震耳欲聾的滾石摩擦聲有如萬虎齊嘯，不知名渾沌裡的黑色怪獸似的。

大地發出憤怒的悲。

驟然，青白色的閃雷破出雲際，大地白晝一瞬。

閃雷朝高大的櫸樹劈落。

冷不防，一道有如兀鷹的黑影，快速絕倫衝向地面上一個小小灰點。

轟然一響，櫸樹斷裂處冒出灰色的濃煙，雜著畢剝啪響的紅色火焰。

「師弟，為什麼？」

一名和尚樣的人物，語氣沒有怨懟。

距離和尚十尺之處，一條鮮血淋漓的斷臂躺在焦黑的土地上，兀自答答跳動著。

和尚瞳孔中所映射的，穿著黑色苦行寺服的僧人。

黑衣僧的雙頰如枯木般深陷，眼睛看似魔鬼般堅毅，眸子裡卻極其無神。

灰衣和尚嘆了一口氣，根本沒有伸手封住斷臂處的血穴，略一提神，經脈自然悄悄自體內挪移換位，創口立刻止血。

這樣玄奇的凝神控穴，普天之下只有一種武功能辦得到。

沉默不言的黑色僧衣被大雨淫透，更顯裡頭包藏的清瘦骨架。

卻見黑衣僧緩緩踏出一步，看似平淡無奇的腳印踏在柔軟的淫土上，周遭一丈內的無數雨滴愕然懸滯在半空；另一腳跟上，無數靜止在空中的雨滴，驟然往四處激盪開來。

內力到了這樣的境界，已經不是人類的範疇。

黑衣僧大袖鼓盪，露出五指成箕。

雨更大了。

又是一道落雷。

2.1

乳家村村口，七、八張板凳圍著一個說書老人。

老人搖著扇子，講述著這二十年來不斷重複的老故事，從歷史性的三國到江湖性的大唐奇俠虯髯客，從遙遠的東周刺客列傳到前朝的楊家將，村子裡的孩子聽得津津有味。就跟昨天、前天、過去的每一天一樣。

一條乾瘦老狗搖著尾巴坐在老人腳邊，舔著老人的斷腳處。

一個約莫十六歲的赤腳男孩撫摸著老狗黃毛稀疏的頸子，趁著老人喝水歇息嗑瓜子的時候，為老人補充幾句故事裡沒說清楚的精采處，例如楊五郎如何在少林寺木人巷中領悟出伏魔棍法，關羽的青龍偃月刀最後終究流落何方等野史，讓老人的故事更加扣人心弦。

赤腳男孩打五歲起就喜歡聽老人說故事，對所有故事的每個環節、忠孝節義的精神瞭若指掌，也是老人的好朋友。男孩有個奇特的名字，七索。

老人十五歲就中了秀才，也是乳家村百年來唯一進過臨安城見識的讀書人，見多識廣，是村里備受敬重的長者。但讀太多書卻沒為老人帶來官位與財富，五十多年前蒙古人滅了南宋，易朝為元，在私塾教書的老人被侵村的蒙古軍將斬斷了腿警告，此後只得在村口說說故事，不再教人唸書寫字。時局不穩，對元政權最沒有威脅的莫過於無知無識的鄉愚。

「字可以不會寫，書可以當柴燒掉，可是那忠孝節義、為國為民的俠心是定要代代相傳的。咳，有句話說，時勢造英雄，七索，你說是也不是？」老人看著小孩們，露出殘缺不齊的斷齒笑著。

每次老人問七索這個問題時，就代表今天的故事已經到了尾聲。

「非也，真正的英雄在任何時代都能突圍而出，綻放光芒，正所謂百無一用是書生，就是這個意思。」七索拍拍老狗的背，與老人一搭一唱。

「為什麼呢七索？」老人搖著扇子，此刻的他好想吸口旱菸，可惜菸草大都被徵進京城了，得省著點抽。

小孩們眼睛骨溜溜看著七索，等待著七索每天都會講的一個答案。

「因為英雄無所畏懼，即使時不我予，英雄也能逆天而行。」七索說得慷慨激昂：「當黑暗籠罩大地一切了無希望，所有人都懾服在有所不為時，英雄已隨時準備好領導那些只能被領導的人，強橫地與歷史背道而馳。」

「簡單說，順風吹不出真正的強帆，所有美好的事都是勇氣所致，無關巧合啊。」老人笑瞇瞇地說，看看兩隻斷腿，看看七索。

老人的故事說完了，孩子們也散了。

只剩下七索與老狗，還有殷紅嘆息的夕陽。

「老師傅，趕明兒我就要上少林寺啦。」七索憐惜地看著半盲的老狗。

這條老狗可說是老人相伴十三載的親人，同樣在這個時代苟延殘喘著。

「這時節，我瞧少林寺也不會是什麼好地方，七索，你還有爹娘要奉養。」老人還是不贊同七索一直以來的嚮往：到少林寺習武求藝，練得一身好功夫行俠仗義。

「老師傅，難道你說的那些故事都是假的嗎？」七索在夕陽下隨意揮舞著拳腳，那是他想像中的少林伏虎拳。

七索從小就幹慣農稼粗活，雖然外表略瘦了些，但身子骨很健壯，胡亂打起拳來還算虎虎生風。

「真的英雄，哪裡假得了？」老人嘆道。

這孩子聽他故事長大的，還常常巴著他扯些荒誕不經的江湖傳說，全村子就屬他跟自己最有緣分，因此老人也偷偷教七索習了幾個漢字，只是不讓人知道以免惹上無謂麻煩。

而今天這個孩子終於下定決心要上少林寺習藝，自己難道能阻止得了他？

「我的爹娘有我五個弟弟照顧，行了，以後我闖過少林寺十八銅人陣下山，劫富濟貧時自然會給我們村子多一點銀子，光宗耀祖一番。」七索單手倒立，笑嘻嘻地說。

一個女孩氣沖沖地跑來，對著倒立的七索一陣痛罵。

「七索！我剛剛去你家聽你爹說，你明天就要去河南那什麼鬼少林寺拜師學藝，是或不是！」女孩氣得全身發抖。

「是！」七索覺得女孩言語乏味。這不是早就說了又說、提了又提的事嗎？

女孩是與七索相同年紀的青梅竹馬，叫紅中，兩人從小一塊玩到大，整天打打鬧鬧、一會兒吵一會兒和的，就跟村子裡每一對將來成婚的男女一樣。

說起七索跟紅中的名字，要從兩人母親的興趣開始說起。七索的母親跟紅中的母親，可是農忙之餘會黏在一起的牌友，七索母親懷孕時打麻將，門清哩咕哩咕單吊七索，當時七索的母親就發願，如果自摸到七索就將孩子的名字做相同命名紀念，於是她真忍耐了三輪，終於海底撈月自摸了七索，將同桌牌友的雞蛋瞬間贏光。

至於紅中她娘也是一樣，欠一張紅中就門清大四喜，結果一個自摸下來，肚子裡的小女孩就叫定了紅中。

那兩次大牌不只是同一天，且還是在同一雀同一風裡胡出來的，這兩小無猜可說是從肚子裡就開始要好，有默契得過分，村子裡的人早就認定他們的事了。

「為什麼一定要去！待在村子裡好好養雞種田牽牛不行嗎？」紅中怒道。

「如果一輩子都有雞可養有牛可牽我也願意待著，但臭官兵不曉得什麼時候又會來村子搜刮啊！男兒志在四方，天下英雄出少林，當然要往少林闖一闖！」七索翻了好幾個觔斗，臉都翻紅了。

「那你帶我去！」紅中大叫。

「少林寺數百年來都沒收過女弟子，也不會為妳破例啊紅中。」七索感到好笑。

「那你什麼時候回來！」紅中臉開始青了。

「什麼時候闖過十八銅人陣和木人巷就下來啊，如果有幸考進達摩院進修少林七十二絕技，那就會再晚個幾年啊，武功這種事是急不得的，有道是十年修得同船渡，百年修得共枕眠，妳以為大俠想當就當啊？」七索嘴巴講的是一套，心裡想的卻是另一套。

或許自己就是傳說中超有悟性，骨架百年難得一見的習武奇才，在短短幾個月裡就能盡窺少林武學？

七索不禁面有得色，老人所說的江湖傳說裡就有許多這樣的天才，例如前朝在廣東大海如蝗萬箭下，隻身營救張世傑的獨臂俠張咬，率丐幫死守青州圍城的丐王齊天果。自己說不定也能羅列其中。

「七索，你要想清楚。」老人終於伸手進衣袋，撈出一捲乾癟的菸草。

「要、想、得、清、清、楚、楚！」紅中氣得全身發抖。

「人生可不是在打算盤。」七索拍拍紅中的頭，這兩年來原本高他半個頭的紅中已被他追過，還反輸他一個拳頭的高度：「當大俠如果很簡單，那就一點意思也沒了。」

紅中無法反駁，卻仍舊是生氣。

「老師傅，等我下山後闖出一番大事，你就有新故事可以說了，而且故事裡的主角還是你一口調教出來的大英雄呢！」七索看著夕陽，豪氣地說。

「七索啊，江湖險惡，你又這麼愛亂用成語，一個不留神講錯話，命就沒了。」老人嘆氣，老黃狗傻愣愣看著七索。

「要當英雄，就得拿出像樣的東西來賭才行啊。」七索咧開嘴，笑得很自在。

夕陽跟老人一樣沒有回應，因為七索還是個孩子。

一個懷抱著江湖俠義夢、充滿鄉下人美好無知的孩子。

2.2

「七索，路上小心吶，可別丟了路。」母親緊緊捏著七索的手。

「既然決定要磨練，碰到苦頭就得咬緊牙關硬撐下去！」父親扛著鋤頭。

「七索，別再亂用成語啦！」說書老人告誡。

「知道啦，這就叫禍從口出、童言無忌！」七索頗為興奮。

揮別了說書老人，娘與爹抓了兩隻已生不出蛋的老母雞給七索後，七索便躺在運送碎穀的牛車上，打算一路順著便車到河南嵩山腳下。

其時乃元朝至正三年，蒙古人的鐵騎征戰四方所向無敵，滅南宋已逾四十年。在這酷吏貪官橫行的時節，要抓兩隻雞當習武的束脩之禮可說是極不容易，七索很了解爹娘疼愛自己的心意，也感激弟弟妹妹們分擔農忙重務讓他無後顧之憂。全為了一圓自己的夢想。

說起來自己真是自私，但自古以來成大事者不拘小節，七索也沒罣礙這麼多，只要習得上乘武功，即使只當個小俠也能回饋鄉里，讓爹娘大大露臉一番。

嵩山為五嶽之一，由兩座群山組成，東為太室，西為少室，各擁三十六峰，峰峰有名。少林寺座落在竹林茂密的少室山五乳峰下，故名「少林」。少林寺創建於北魏孝文帝太和十九年，因武技揚名於世約始於隋末，當時少林十三武僧應秦王李世民之邀參加討平王世充的戰役，十三武僧憑藉超凡絕藝活抓了王世充的姪兒王仁則，逼降了王世充。勝利後論功行賞，少林被賜予大量的田地、銀兩，並賜「立僧兵」、「酒肉」等榮寵，自此少林武功便揚威天下，各路英雄莫不崇仰。

換了好幾趟運糧載穀的牛車總算行經五乳峰腳，七索便提著兩隻老母雞跳下，赤著腳走上通往少林的千級階梯。聽說書老人提過，這階梯有一千九百四十九層，若是無法一口氣走到寺門口，就表示身子太差還是別進少林為妙，免得誤了自己也拖累少林招牌。

七索這農村孩子別的沒有，精力倒很旺盛，乾脆拔足往上衝跑，一面觀察腳底下的踏石痕跡。老人說，少林和尚每天得來回階梯挑水十次，直到兩肩平穩、下盤凝練、雙桶井水滴水不漏後，始有資格挑戰十八銅人陣下山，也因此石階上都是眾僧腳下日積月累踏踏穿鑿的痕跡。

「奇怪，就我一個人在跑，沒見著什麼挑水僧啊？」七索狐疑，看看前方，望望後面，只有將階梯環抱住的蒼穹松林。

正當七索懷疑老師傅所說的少林武僧訓練方式是否真實時，一個簡陋的測字攤大剌剌地擺在階梯中央，寫著「字字真金」四字的破布綁在一根竹竿上。旗杆有氣無力隨風晃動著，這攤子簡陋得連張破椅破桌都沒有。

識字的七索忍不住停下腳步。

一位中年大叔蹲在攤子旁大樹下吃燒餅，一看見七索便笑呵呵地揮手招呼。

「小兄弟，上少林學武功啊？」大叔一身落魄秀才的模樣，卻掩藏不住眼裡的瑤瑤聰明。

「是啊。」七索打量著大叔。

「瞧你一個人，光提著兩隻雞，實話勸你一句，還是別瞎學什麼武功了，把雞留著祭自己的五臟廟吧！」大叔並沒有起身，滿臉的燒餅芝麻。

「怎說？兩隻雞難道不夠學費嗎？」七索好奇。聽說學費只是個表象，畢竟和尚吃素不吃雞，雞等於是送給寺方、再由寺方轉送給山下貧苦佃農的禮物。

「區區兩隻雞，那些臭和尚哪看得上眼？當我算命的費用倒堪堪足夠。」大叔嚼著燒餅哈哈大笑。

此時階梯下方傳來嘿呦嘿呦的喘息聲，遠遠的，一群莊稼漢挑著一個大轎子踏著階梯，大轎子的簾布是掀開的，有個大胖子在裡頭搖著扇子，一臉熱得發暈。

大叔趕緊將吃到一半的燒餅放在樹下，起身拍拍身上的土屑。

「客人上門囉！」大叔笑嘻嘻地迎轎。

七索從沒踏出離家十里的地方，就是仗著鄉下人膽子粗大直闖嵩山少林本寺，但七索知道還有很多細微的有趣事情並不能從說書老人的故事裡知曉，於是提著兩隻老母雞，在一旁好奇看著測字大叔與大胖子怎麼個交際。

「公子爺，上少林學武功是吧？」大叔堆滿笑臉，躬身擋住轎。

「是又怎樣？滾一邊去！」大胖子不耐煩地說。

「瞧公子爺體魄壯健，進少林學武功不出三月必能盡得七十二絕技真傳，揚名江湖自是在所難免，所以小人斗膽一問，爺是否要趁早起個吉利的、響亮的江湖渾號呢？」大叔深深一揖。

「吉利的、響亮的江湖渾號？」大胖子略感不耐。

「是啊，如果公子爺在江湖上闖出一番事業，卻沒有一個如雷貫耳的名字讓江湖豪客們傳頌，豈不可惜？」大叔嘻皮笑臉的，標準的江湖術士模樣。

大胖子搧著風，隨手甩落一錠銀子。

銀子在大叔腳邊喀喀打轉，看得七索兩眼發直。

「言之有理，賞你一錠銀子，說。」大胖子拿起身旁餐碟裡的葡萄吃著，七索早跑得喉嚨乾渴，看見吃都沒吃過的西域葡萄，忍不住嚥了口口水。

「敢問公子爺的名字是？小的要知曉爺的生辰與字姓，好起個匹配爺的雅號。」大叔彎腰撿起銀子揣入懷中，笑瞇瞇地站在字字真金的旗杆旁。

「大爺的名你耳朵配聽得嗎？難道看我面相就不能起？」大胖子怒道，丟了一粒葡萄在測字大叔的臉上。

大叔也不生氣，真端詳起大胖子的面容起來。

大胖子自顧自吃著葡萄，四個抬轎的漢子正好藉機喘息。

「爺，您身形寬大有降龍伏虎之勢，身坐四人之轎有富貴之尊，出手豪氣更非等閒之輩……」大叔拍馬屁的表情已練到出神入化，繼續說：「就叫做，金轎神拳錢羅漢，既響亮又有出場的氣勢，爺覺得如何？」

大胖子滿意地點點頭，將一串葡萄摔在地上。

「看不出你這窮算命的也起得出這麼有錢味的名字，走！」大胖子拍拍手，四個挑轎漢子扛起重轎，吆喝著往少林寺踏去。

這四個漢子著實好腳力，七索暗暗佩服。

算命大叔撿起地上的葡萄，笑嘻嘻拔了一串丟給七索。

「吃吧，瞧你渴的。」大叔說。

七索也不客氣，連子都狼吞虎嚥進肚，心想這葡萄真是好吃得要命，將來當著了雲遊四海的大俠，可得到盛產葡萄的西域逛逛。

七索吃完葡萄便要走了，算命大叔躺在樹底下乘涼，看來是要睡上一場。

「大叔，你留鬍子會比較老謀深算一點，再加把扇子裝修門面，羽扇綸巾嘛！」七索打量著大叔，轉身就要上階。

「言之有理。」算命大叔看著七索手裡的老母雞，好心道：「既然你免費給了我建議，我也不妨送你個好聽的江湖渾名，就叫做……」

「不了，你剛剛起的名字很難聽，不得我緣。」七索哈哈大笑。

「不收銀兩的名字聽聽無妨吧？」大叔伸了個懶腰，將斗笠蓋在頭上。

「多謝，但還是不了。真正大俠根本不需要拉哩拉雜的渾名。」七索認真道，一邊提著兩隻雞踩著石階上行。

大叔一怔，在斗笠縫裡瞧著這孩子越行越遠的身影。

他忍不住嘆了口氣，真想直說少林寺墮落已深的光景，好阻止這少年白白浪費兩隻老母雞，卻又想看看少年質樸的個性，在這紛亂人世間是否能夠身清濁流，還是被這亂世給吞噬。

「小子，忘了問，你什麼名字？」大叔在樹下大喊。

「我姓乳，乳頭的乳，名七索，麻將裡的那個七索！大叔你呢？」七索沒有回頭，兩隻母雞被他晃動的身形甩得很厲害。

「劉、劉基！」大叔摸著下巴，思量著七索給的留鬍子建議。

大叔看著七索的背影，手指掐算。

棄官離開故鄉青田雲遊，已三年又七個月，這才頭一回聽到意料不到的人話。

但不論他的手指怎麼算也不會算到，多年以後兩人再度交逢時，已站在歷史巨大的裂縫上。

2.3

「大俠張懸的兒子！有新生來啦！還不快拿乾淨的衣服靴子送去！」

轎子停在少林寺門口，四個轎夫氣喘吁吁地累倒在地，其中一人小腿在半路抽筋，還是靠好心的七索幫忙才順利將轎子扛到少林。

七索心中興奮異常，夢想已久的英雄集散地，少林寺，就矗立在自己面前，只有五個觔斗的距離就能進到寺裡，流下滿地鹹鹹的驕傲汗水。

不過令七索驚訝的是，少林的寺門並非說書老人口中的斑駁木門，而是上了金漆、耀眼生輝的銅門，兩隻咬了巨大錢幣的金漆蟾蜍取代了想像中不怒自威的石獅。

七索感覺有些不對勁，卻又說不上原因。

大胖子慢條斯理下轎，幾個寺僧笑容可掬地列在兩旁。

一個小和尚抱著乾淨的武僧寺服匆匆跳出寺，將寺服恭恭敬敬遞給大胖子。

「這衣服未免太寒酸，哪匹配得上我金轎神拳錢羅漢？」大胖子皺眉，將粗布寺服丟向小和尚的身上，小和尚面無表情地將衣服折好，退到一旁。

大胖子冷笑，從衣袖裡拿出一封信，交給一旁守候的寺僧。

寺僧一見到信封上的落款，心中一驚，直奔入寺。

七索還呆呆提著兩隻暈倒的母雞站在一旁，不知如何開口入寺習武時，一位面容紅潤的老僧拿著信件與雍容華貴的衣服，從少林內院快步來到大胖子前。

「原來是汝陽王親筆推薦的貴客，失敬失敬，老衲便是現任少林的住持，法號不瞋，叫我方丈就行了，希望貴客在小寺能度過一段快快樂樂的武學體驗。」方丈面容慈祥，雙手獻上華貴的習武寺服。

大胖子摸了摸方丈親手捧來的寺服，感覺是平常自己慣穿的絲質綢裳，這才滿意地點點頭。拍拍手，原先抬轎的四人再度扛起轎子循原路下山。

「貴客請進。」方丈微笑托手，讓出一條路。

七索心中暗讚，一代少林大師態度如此謙恭有禮，果然武術是一修兩得，強身又強心。

大胖子在眾僧的合擁之下步入寺內，兩個粗壯的僧人便要將大門關上，七索這才發現自己被當作陪同大胖子上山的抬轎工人之一，是故完全被冷落了，趕緊大叫喚住眾人。

「喂！不瞋方丈！我也是少林寺的新生啊！」七索甚至拋下昏死的老母雞，伸手搭住關門僧人的雙手。

僧人面色微變，七索登時感覺到手腕一陣刺痛。

原來是僧人反手一扣，將七索的左手腕卸到脫臼。七索痛得流淚，滾出寺門。

「小鬼，看你窮酸的樣子就知道你既沒錢又沒推薦信，還敢直喚方丈的名諱！」一個守門僧人冷淡地說。

「得罪了方丈還敢賴在這裡，等一下把你踐進寺裡當作爺們練武的活靶！還不快滾！」另一個守門僧人惡言惡語。

七索忍住痛，看著慢慢轉身的方丈，雙膝墜地。

「方丈，弟子七索想進少林寺練功習武，懇求方丈答允。」七索跪地磕頭，左手痛得全身發抖，汗珠不斷自額上滾落。

「就兩隻老母雞？」方丈的聲音有如冷刺。

剛剛那慈祥和藹的老僧好像是幻覺似的，現在正打量著七索的，居然是一個目光勢利的禿頭老人。

「是。」七索極為不安。

「進少林做啥？」方丈撫摸灰白的鬍鬚。

眾僧停下腳步，大胖子不耐煩地雙手扠腰。

「習得一身好武藝，闖蕩江湖行俠仗義，正所謂為國為民，俠之大者。」七索的額頭頂著石板地，大聲說著自己的夢想。

眾僧突然爆出一陣狂笑，連方丈都給笑彎了腰。

七索呆呆抬起頭，灰沙沾滿了額頭與鼻樑，不曉得說錯了什麼讓大家捧腹大笑。

「現在我大元盛世國泰民安，哪裡需要你行什麼狗屁俠義！無端端惹事生非，不啻辱沒了我少林享譽天下的名號！」一個身材魁梧、目光如鷹的武僧怒聲斥責。大胖子不斷點頭。

七索愣住，什麼跟什麼啊。

蒙古人入主中原後的高壓統治弄得百姓怨聲載道，什麼蒙人、色目人、漢人、南人的階級之分，圈田做牧、水患不修，動不動就抄家滅族、強擄民丁入伍長征四方，就連小小的乳家村也被強徵了百頭牛羊供遠征軍食用，隔壁的老王還因為繳不出重稅被官兵綁在井口活活鞭死，這種世道絕對跟國泰民安扯不上邊啊。

「無論如何都想進來？」方丈挖著耳朵說，似乎是笑累了。

「無論如何！」七索堅定地說。

剛剛手腕被折、那陣帶有譏嘲的大笑、亂七八糟的政治語言等等一定是試煉！試煉自己求武的決心是否堅定，想要騙過我，還早得很！七索心道。

「就算是當習武體驗營的爺們練拳的活靶，也要進來？」方丈伸手將剛挖出的耳屎彈向七索，七索感覺到臉上輕微的痛楚。

「在所不惜！」七索暗暗興奮方丈彈耳屎所展露的武功，那必定是少林七十二絕技裡的捻花指，要不就是境界更高的一指禪。方丈一定是刀子口豆腐心，提點起我來啦！

方丈瞥眼看著剛剛拿粗布衣服出來的小和尚。小和尚年紀與七索相仿，面容清秀俊朗，卻把頭壓得比肩膀還低，好像刻意不讓人發覺他存在似的。

「大俠張懸的寶貝兒子，還不快帶你的新同伴跟他那兩隻老母雞進來，介紹介紹他該做些什麼，該捱什麼，可別嚇跑了人家。」方丈轉身。

七索驚喜交集。

2.4

眾僧離去，小和尚面無表情地拉起七索，簡潔俐落地將七索脫卸的手腕接上，提起那兩隻老母雞便開始走。

「你好，我叫七索，就是麻將裡的七索，方才只聽得大俠喚你做大俠張懸的寶貝兒子，不知師兄如何稱呼？」七索驚訝小和尚俐落的接骨手法，跟在後頭。

小和尚沒有答話，領著七索避開偌大的少林院寺。

七索遠遠看著數百武僧在大太陽底下演練拳法，招招虎虎生風、呼喝的聲音響徹雲霄，心中當是喜悅無限。

兩人穿過窄小幽暗的寺道，來到烏漆嘛黑的破柴房。

柴房掛著生鏽的斧頭跟柴刀，地上是無數凌亂放置的木塊與充滿霉味的稻草堆。

「七索，這就是你以後住的地方，也是我住的地方。」小和尚像是鬆了口氣，這才勉強有了點表情。

「新來的總是要吃點苦，我明白。」七索毫不介懷，換上剛剛小和尚沒能送出去的粗布衣服，捲起袖子，欣喜不已。

小和尚打量著七索，認真地思考著什麼。

「師兄，有話但說無妨。」七索看出小和尚的難言之隱。

「如果你想逃跑，我不會說的，也會幫助你。少林有太多漏洞，要逃下山根本不是什麼難事。」小和尚脫下身上的衣服，露出無數瘀青與血痕，還有許多暗紅色的小點遍佈全身，肋骨明顯有斷了又續、續了又斷的突起痕跡。

「這是什麼？是練武的必經考驗？還是下山闖陣受的傷？」七索驚訝，卻燃起更多鬥志。

「是毒打。」小和尚穿上衣服，淡淡說道：「如果你繼續待在這裡，只怕會被打死。」

「為什麼你能熬得過我就熬不過？沒這個道理。」七索有些不服氣，但也知道這位小師兄只是好心提醒自己。

「很多人運氣不好，來不及逃走就死了，往往只是被點錯了穴，或受了過重的力，大好人生就這麼嗚呼哀哉，值得嗎？」小和尚躺在稻草堆裡，閉上眼睛。

七索摸著頭髮，拍拍小和尚。

「有沒有剃刀？幫我剃髮吧。」七索說，一點都不受影響。

「你這小子是很倔強呢？還是很無知？還是聽多了少林寺威風八面的江湖訛言所以傻了？」小和尚在窖上拿了柄剃刀，開始幫七索卸髮。

七索不語，依舊沉浸在天下英雄出少林的興奮裡。

小和尚一邊剃髮，一邊感覺到七索的頭皮正發燙著，連耳根子也紅了，明顯就是亢奮，現在怎麼勸他都不會將話聽進去的。

「這裡會是讓你失落的傷心地。」小和尚感到不忍。

他很想將七索給點昏然後偷偷丟出寺，但他這種死頑固一定會再爬進來，除非讓他親身體驗少林寺的殘酷。

「在我們乳家村有個說書老人，他常常引述孟子的話。天將降大任於斯人也，必苦其心智，先勞其筋骨，增益其所不能。在小小的少林寺裡都不能賭上性命，何況是江湖，何況是天下。」七索看著地上的落髮。

「賭上性命？」小和尚心中有個傷痛。

「俠者在賭上性命的時刻，才是他生命裡最燦爛的姿態。」七索複誦著說書老人的話語。

「你這小子，跟一般鄉下來的笨蛋好像不大一樣。」小和尚深呼吸，試著緩和心中莫名的痛楚。他想起了他的父親。

「怎說？」

「似乎又笨上了好幾百倍。」小和尚拍拍七索的光腦袋，將剃刀丟回窖上。

小和尚拿起牆上的柴刀丟給七索。七索會意，像他這樣的新生除了學功夫，當然還得打打雜，難道少林寺還請傭人不成？

拿起柴刀，七索守本分地開始劈柴，就跟他在乳家村時常做的雜工一樣。

小和尚並沒有因為終於有了可供唆使的新來者，便將所有的工作交給七索，他蹲在地上，隨手抄起一塊木頭，滿不在乎用手就是一劈。

木頭應聲斷裂，小和尚拿起另一塊木頭又是一斬，轉眼間又劈斷了兩、三塊。

原來如此。

天下武功出少林，因為少林處處是功夫啊！七索心想，立刻將手中柴刀丟在一旁，吹吹手掌，學著小和尚用掌緣猛力朝木塊劈砍。

咚的一聲悶響，七索只覺得手掌好疼，木頭卻安然無事。

小和尚默不作聲，繼續自己的工作。直劈後就是橫斬，有時用掌，時而用拳，偶爾用肘或額頭去敲撞，雖不見得每次都能成功，但比起七索斬得雙手發紅顫抖卻總是失敗，簡直就是人體劈柴大師。

「教我。」七索終於出口求救，他心想這一定牽涉到少林的武功心法，而非單純的肉體斬擊。要不人人都這樣蠻幹，個個都可以成為武林高手了。

「用力，不怕痛。」小和尚簡單說完，擦擦額頭上的破皮血漬。

「就這樣？」七索不信。

「就這樣。」小和尚平淡地說：「像我們這種沒錢沒勢的小雜工，只能靠自己的方式亂練一通，不信，可以用柴刀，反正我也不知道自己這樣胡來對或不對，只曉得橫豎這些柴都得劈完，不如瞎練點手勁。」

七索雖然依舊不信，但究竟不願在氣勢上輸給了小和尚，於是咬著牙繼續用手刀劈柴，震得自己整條手筋都在發麻。

小和尚右手立起一塊木頭，左手剛猛地橫劈，木柴啪喀斷裂。七索有樣學樣，從直劈改為手刀橫砍，但木頭沒斷，上頭的刺還將手臂扎得鮮血直流。

小和尚看著七索。這個笨蛋跟以前進來的傢伙都不一樣，似乎笨到了極點。

似乎，笨得跟自己一模一樣。

3.1

進來少林的第一天晚上，七索興奮得幾乎睡不著，躺在稻草堆上與小和尚問東問西，小和尚的答話卻讓七索覺得顛三倒四。

什麼學昇龍霸與伏虎拳各要三十兩銀，學醉羅漢要價二十五兩，學懸鶴踢跟無影腳不二價二十三兩等等，就算是學最簡陋的猴拳也得花上一兩八分錢。不管學什麼都得花錢，根本是在瞎扯濫掰。

「怎麼可能？這世上哪來這麼多有錢人？」七索不信。

「這世上有錢有關係的人多的是，這幾年進得了少林寺大門的，不是當朝官宦的子弟，就是幫官宦掙錢的巨賈之後，一個比一個有錢，不僅把少林當成武學體驗營，還在裡頭互攀關係。」君寶睏倦不已，翻了個身：「在山上是官商一家，下了山就是官商勾結。好一堆少林正宗，可恭喜你名列其中了。」

七索心想，這小師兄大概是被我吵煩了才隨口亂答，要不就是在說夢話。於是也不再打擾，試著在稻草堆裡睡覺。

隔天山雞一鳴，七索便醒來。手往胸口一摸，心還在怦怦怦怦地跳。

但一旁的小和尚卻不見了。

七索心中一驚，難道師兄丟下自己不管，一個人跑去做那千錘百鍊的挑水功？

太奸詐了，果然一刻都不能疏忽。七索慌慌張張衝出柴房，這才看見小和尚正在湛藍的晨曦下打拳，七索才放下心，蹲下來看。

小和尚的拳打得極慢，出掌踢腿都像懸了無形的水桶般拖沓難行。小和尚又苦皺著眉頭，好像在思索什麼未解的竅門。

整趟拳打起來拖泥帶水，許多招式又一再重複又重複，簡直慢到了骨子裡。七索看得百無聊賴，直打呵欠。

好不容易等到拳「磨」完了，小和尚才拍拍七索的肩膀，兩人挑起空蕩蕩的水桶。

「水井在山腰上，遠得很，你量力而為吧。」小和尚說，卻將綁在水桶上的木棍給拆下，就這麼雙手提著。

「挑水是沒問題，但天都亮了，怎不見眾師兄們集體練武呢？」七索與小和尚並行，雖知道挑水也是修行的一部分，但手腳早躍躍欲試真正的武學形法。

「太陽還沒曬屁股，那些賊禿怎麼醒得了？」小和尚淡淡說道，雙腳健步如飛。

「不是吧？」七索暗暗佩服小和尚的腳力，單靠雙手各持兩只大木桶，這兩只大木桶質料紮實，就算是不盛水也重得很，他居然打算不靠肩挑光用手提。

「那些人只在黃昏下打打拳，就跟你昨天看到的一樣，其他時間都在打混，就算是達摩院裡的老和尚們，這麼早起來也是吃吃稀飯就去睡回籠覺，睡到中午才又起來，說穿了全是廢物。」小和尚為兩人的木桶汲水，然後又踏階而上。

「對了師兄，你剛剛在打什麼拳啊，怎麼像老媽子繡針似的？」七索也不諱言。

「昨晚不是跟你說，在少林不管學什麼樣樣都得銀兩？我沒半個子兒，只好每天黃昏遠遠看著那些賊禿打拳，自己依樣畫葫蘆慢慢揣摩，加上沒武功心法，怎快得起來？」小和尚繼續說著少林寺種種荒誕不經的現象。

七索驚訝小和尚的腳步幾乎沒有停滯，語氣也不見急促，自己一句話都沒吭就喘了起來。

小和尚腰桿挺直雙肩平穩、手中的木桶滴水不漏，七索雖然身子壯健，但為了跟上小和尚的速度，不免走得歪歪斜斜，水也在搖晃的木桶中給濺了大半，溼了七索的褲管。

兩人將水挑到廚房裡的大石槽裡，廚房空無一人。

「又到樹下寫東西了吧。」小和尚喃喃自語，帶著七索繞到廚房後的小院道裡。

大樹庇蔭的院道下，一個中年和尚正抓著腦袋苦思，腦袋上都是紅通通的抓痕，渾然不知兩人在一旁。

那伙房和尚拿著小扁刀刻著膝上的木板，滿地細碎的木屑。

「子安師兄，這是新來的，叫七索。」小和尚開口。

那中年和尚一聽到有人喚他，連忙將膝上的木板揣在懷中，起身與七索握手。

「君寶啊，這位是?」中年和尚似乎有些駝背。

七索這才知道，這位苦苦自學的小和尚原來不叫什麼大俠張懸的寶貝兒子，而叫做君寶。

「他叫七索。以後他會跟我一起挑水給你，儘管使喚吧。」君寶說。

「七索小師父失敬失敬，我叫子安，管伙食已經好幾年了，東西卻還是做得馬馬虎虎，多多包涵，如果吃得不慣還請別告訴我，免得我心裡歉疚。」子安笑道，真是個不懂得區分「內心話」跟「出口話」的奇怪傢伙。

子安看看天色，似乎還早得很。搖搖頭，又跑到樹下繼續刻他的木板。

君寶帶著七索一揖離開，繼續往返山腰與寺內廚房挑水。

「子安師兄在刻什麼啊?在默背武功譜記嗎?糟糕，我雖然識字，但少林寺要考筆試的話我一定完蛋大吉。」七索煩惱。

武功？少林寺裡最不流行的就是武功，七索的問題讓君寶差點笑了出來。

「他是在寫小說，雖然是偷懶，可也沒人管他，子安整天就是刻木板，看浮雲，鮮少跟人說話。」君寶說。

「小說？是指故事嗎？我最喜歡聽故事了，要是以後當大俠退休了，我就要回到我們乳家村當說書人。改天我得跟子安兄聊聊才是。」七索眼睛一亮，讓君寶略感驚訝。

「對了君寶師兄，我還沒依輩分起法號呢，我看那些忙睡覺的大師傅們也沒空搭理我，不如你幫我起個名吧。」七索道。

「起什麼法號？如果你要排進少林寺的系譜裡，少說也得花上一百兩銀子，你給我啊？」君寶失笑。

君寶還沒發覺，今天他的心情似乎特別好，因為平常慣被欺負冷落的他，多了一個同樣逆來順受的高手。這位高手不僅話多，還挺有莫名其妙的自尊，雖然水桶裡的水不斷灑了出來，但還是想辦法跟上他的腳步。殊不知這位君寶師兄可是在少林寺挑了六年的水，腳下功夫極其紮實。

兩人就這麼一個勁的挑水，原本只消挑一個半時辰的，但君寶很好奇七索不服輸的氣何時才會枯竭，於是兩人中午到廚房吃了饅頭素菜後，便又繼續來回挑水，份量早超過君寶平日的雜工。

鄉下人的無知實在太可怕了，君寶心想。

他偷偷瞥眼觀察七索顫抖的小腿肚，跟逐漸彎曲的肩膀，他知道這小子要是無法跟上自己，鐵定不是因自我放棄，而是腿抽筋、肩痙攣，到時鐵定痛不欲生，這可不是君寶的本意。

於是君寶默不作聲結束挑水，扛著發臭的寺服，帶七索去更遠的山澗河邊洗衣。

兩人到了小溪旁，已有五、六個小和尚在洗衣服。

七索心想，少林寺的武動量大，汗必定流得一塌糊塗，乾了又溼溼了又乾，做新人的當然要幫著師兄們洗衣才是。

「大俠張懸的兒子！來洗衣服啊！」

一個年輕和尚躺在溪石上曬太陽，雙腳泡在水裡，語氣極為輕蔑。語畢，大家笑了起來。

君寶沒有應聲，只是蹲下，將衣服都給倒了出來。

七索不知道張懸是何等人物，但總聽得出大家語氣裡的嘲諷，他與君寶同一間柴房、又一起挑了半天的水，心中不免替君寶有些不平。

「這些娘氣的貴賓級寺服泡著水輕輕搓揉就行了，其他的衣服就練練手勁，看看能不能直接擰乾。」君寶教著七索，卻發覺七索根本沒有在聽。

七索看著一個僧人站在溪邊，學著君寶慢慢打拳的怪模怪樣，擠眉弄眼的，又惹得眾人捧腹大笑。看來君寶是少林寺最被瞧不起的人。

七索瞪著嬉鬧中的眾僧，人家說修武先修德，這話在這些人身上一點都看不到。

「他叫君寶，不叫什麼大俠張懸的兒子。」七索開口，君寶趕緊塞了幾件臭衣服給七索，示意他別亂說話。

所有僧人都停止住笑，看向躺在溪石上曬太陽的年輕和尚。

年輕和尚懶洋洋地坐了起來，打量著正在洗衣的七索。

七索被瞧得很不自在，但也沒有避開。

「我聽得旁人說，昨天傍晚有個沒錢的傻子進了少林，還配給了大俠張懸的兒子當跟班的，叫什麼七索。七索？好個歪七扭八的名字。」年輕和尚的眼睛如鉤，嘴唇上翹，模樣有如綠蟒。

「說話乾淨點，大家都是師兄弟，至多是先來後到，有什麼好取笑？」七索怒瞪著小和尚，氣氛一時僵住。

「怎麼？得罪了方丈還不夠，現在又想得罪我韓林兒？」年輕和尚說出自己的本名，站了起來，活動著筋骨，一場溪邊的私鬥看來不可避免。

韓林兒是打雜僧人中的頭頭兒，雖然不是廣施銀兩進來，但靠著天生的統御氣質跟聰穎，迅速在洗衣房裡當起了老大。

人比人，人鄙人，韓林兒平時也受夠了大官顯要子弟的氣，遇到了君寶這人人欺負角色，自然要威風上幾句。

韓林兒踩著溪石幾個跳躍，來到七索的面前，摸摸七索新鮮的光腦袋。

「你還沒學武功吧？那很好啊，我一隻手一隻腳讓你，使出半套金剛羅漢拳會會你如何？你儘管使出你們鄉下人驚天霹靂的扁擔拳、耕牛掌，看看能否沾上我半點衣角。」韓林兒玩著七索的腦袋，又是摸摸又是敲敲的，毫不把七索放在眼底。

七索感覺心頭火熱，但心底明白絕非韓林兒的對手。必輸的架打起來很無味，又怕被逐出寺，七索不禁耳根發燙。

「洗衣服就是了，不回話一下子就過了。」君寶低聲勸道。

七索奮力將衣服擰扭得吱吱作響，洩恨似的。

「不敢還手是正確的選擇，本來嘛，咱們就等著你過來，別跟著大俠張懸的寶貝兒子，亂沒前途的。」韓林兒蹲下，笑嘻嘻看著七索：「把他的鼻子給踢斷，就讓你這硬脾氣的死鄉下人入夥，怎樣？」

七索難以置信地看著韓林兒。

怎麼一出了乳家村，混帳這麼容易就遇得到？

「欺負人到底有什麼好處？」七索問，他是真不明白。

「問得好。」韓林兒臉皮雖笑，但心中搵怒。

這鄉下人的講話方式真是機掰透頂，讓他一時之間找不到話回。

君寶看著七索。其實他並不介意被踢幾下，他習慣了這種事。

韓林兒冷笑，站了起來。

「那就是不打囉？」韓林兒道。

「不打。」七索根本不用多想。

「逃是逃不了的，待會黃昏練拳時有你受的。」韓林兒訕笑，伸指在七索的腦袋上一彈。

3.2

終於盼到了七索最興奮的時候，黃昏時的集體習武。

少林武功流傳甚廣，民間武館十之八九都打著少林正宗的招牌，即使沒練過也聽過一二。

說書老人提過，少林功夫硬打快攻，動作時步催、身催、手催，以迅疾見長，以剛猛為本心；武術講究「內練一口氣，外練筋骨皮」，少林武功的氣充滿陽剛威武，成者手開頑石、頭碎石碑，金鐘罩功夫甚至刀槍不入。

君寶沒有參加黃昏時的集體練武。除了另一個悲傷的原因外，也因為七索入門時再怎麼說也有兩隻老母雞，君寶入寺時可是兩手空空。

他只能站在柴房上頭，遠遠臨摹眾人行武的表象，依樣畫葫蘆。

五百多人浩浩蕩蕩排在少林寺的大殿前，依照服飾華貴的程度或前或後，像七索這種等級的勞役寺僧只能站在隊伍的最末端。

七索有些焦急地踮起腳尖，生怕待會看不清楚大殿上方的示範動作。

「今天要學什麼？不曉得咱們夠不夠錢？」站在七索前面的兩僧竊竊私語。

「上個月我們學了無影腳，現在只剩二十多兩銀子，等一下要是教太貴的，我們只好閃到廉價拳區了。」一僧嘆道。

七索聽了不禁緊張起來，手心全是汗。他可是一毛都沒有。

一個油光滿面的和尚上台，大家熱烈地拍手。

「大家好！今天的課程很高興請到少林第一武僧，敝寺的大師兄垢滅蒞臨指導大家，大師兄乃達摩院第四十七期第一名畢業生，目前擔任本寺達摩院的首席講師，大師兄不僅精通僅剩的五項少林絕技，還自創所費不貲的盤古開天拳，在上個月經過達摩院認證，已經名列最新的少林七十二絕技之一，成就非凡！」主持人握拳激動不已。

方丈笑瞇瞇地站在一旁，台下又是一陣掌聲。

大師兄上台，睥睨著台下眾僧。

七索認出他是昨天喝罵自己入寺夢想的那位武僧。

「今天要教大家的，只怕大家學不起，就是本人自創的盤古開天拳！」大師兄自負的神情，攬手身後：「不是我自誇，這拳路光是表面就有六六三十六種套路，卻還隱含一百零八種出其不意的變化，本來應當要收足大家一百零八兩銀子，但怕大家沒錢又好學，今天大減價，只要三十六兩，如果跟本人另外自創的天狗食月腳一起學，只要七十二兩。」

「一招不留，拳拳真心！一個禮拜保證教到會！不會絕對全數退費！」主持人用力補充，激動得眼淚都快飆出來了。

「學成後頒發七十二絕技之六的證書，證書上還會有大師兄的親筆簽名喔。」方丈慈藹鬍鬚，笑得眼睛都瞇成一條線。

台下一陣鼓動，眾有錢子弟交頭接耳，紛紛點頭稱善。

昨天才剛剛進來的大胖子嚷聲道：「減什麼價！江湖兄弟敬我一聲金轎神拳錢羅漢，難道是叫假的？廉價的拳腳爺才不屑學！就一百零八兩！一兩不減！」

「說的是，江湖上人人都稱我拳金腳銀王三哥，學拳當然得一分錢一分貨！」

「舊的拳太老套啦爺才沒勁學，最新的少林七十二絕技，一定要趕在流行起來前學才風光啊，一百多兩根本沒什麼了不起。」

其餘有錢子弟紛紛點頭稱是，卻苦了排在最後的幾個勞役寺僧。

於是大殿前願意學盤古開天拳的有錢公子哥兒們繼續待著，等候大師兄親自教打套路，其餘人則被主持人領到角落的大樹下。

七索欣羨地看著遠處的練拳爺們，又看看周遭。

韓林兒正在前方冷笑地看著自己。

「你們這些窮光鬼要知道自己的身分，是，學武功就是這麼一回事，按招計費，何況是咱武學泰斗少林寺？行了行了，你們的錢夠學點什麼？」主持人打呵欠。

「我們湊足了二十兩銀，希望師兄用團體價算我們便宜一點。」韓林兒恭恭敬敬上前，奉上二十兩銀。

七索愣住。

二十兩？湊足？自己連半兩銀子也沒有，也自認不在那些勞役寺僧的團體裡，何況稍早前還有些不愉快，更別想被韓林兒列入他口中的「我們」。

「下次記得多湊點啊，二十兩三十個人學——那就教你們十八銅人裡的猴拳吧，至少闖陣下山時用得著，可別說我沒關照你們。」主持人拍拍手，喚來一個略嫌胖大年長的和尚。

主持人大略介紹了那胖大和尚的來歷後，拿了其中十兩銀便走了。

胖大和尚是鎮守銅人陣裡猴拳關卡的圓剛師兄，他已守關多年，精通猴拳，也只有精通猴拳，其餘一概不通。圓剛平日就靠教猴拳跟收賄攢錢，期待有朝一日下山買田娶老婆。

「猴拳雖然簡單，但練起來可是一點也馬虎不得，從今天起一個禮拜天天都得學著。首先要記得一個口訣，他強腳先行，遇弱手速攀，靈動勝強心，處處是樹梢。」胖大和尚漫不經心講解著，示範起動作活像隻癡呆的肥猴，一點都不靈動。

七索不願佔人便宜，摸摸鼻子，落寞地轉身要走。

「那個打麻將的七索！站住！」韓林兒的聲音。

七索轉頭，只見韓林兒得意洋洋地看著自己，示意自己入陣。

「想逃嗎？不急。」韓林兒似笑非笑。

只是想藉機光明正大揍我一頓吧？七索心想，但怕挨打就別學武功，一咬牙，便入了陣，站在眾人邊緣看著圓剛示範。

圓剛雖比劃得很沒勁，但好不容易湊足銀兩的眾人卻挺用心。招式之間最忌死背套路，每個人在練套路時都將口訣心法問了個明白，好思量如何在招與招之間適當地黏合應敵。

平時就很喜歡亂打一氣的七索，很快就將七十二路猴拳牢牢記住，更將口訣想了又想。

口訣中「他強腳先行，遇弱手速攀」十字直指猴拳的武術核心，表示這是一套以機巧為主的拳法。強調一個「快」字，遇到比自己強的對手便要以腳力周旋尋找縫隙，當然要快，遇到比自己弱的對手就毫不遲疑攻擊，速度更是快上加快。

「靈動勝強心」指的是猴拳並非奔雷氣勢的拳法，若存著好強的心就容易執著，執著就固執於招招取勝，失卻靈動糾纏的意義。

「處處是樹梢」則是法門，在意念之間支撐著拳法的神髓，意思是即使身踩平地，也要有雙腳踩踏樹梢的躍動感，若是在室內則需想像四壁皆可踩踏借力，從各個方向攻擊敵人。

習武如果沒有口訣心法配套著學，常常會失去拳法的結構與目的，更因為單人練習時往往要與想像中各式各樣的敵人對打，若章法亂了套，很容易就誤了歧途，將拳練弱事小，若此拳法有特殊的內功應對，只學拳形而不學功法，嚴重者更會走火入魔。

記性好的七索一遍又一遍打著拳，還越打越快，但他注意到遠遠的柴房上頭，室友君寶正有樣學樣，心念一動，便刻意將動作打得特別緩慢，想讓君寶瞧個清楚。

眾勞役僧人在角落練習著固定的套路，資質魯鈍者尚且領悟不到口訣的妙用，只是揮汗如雨地跟著圓剛的姿勢照打。

而韓林兒在資質上出類拔萃，很快就進入狀況，雙腳猶如踩踏在樹梢上擺動。他見七索似乎已經套路記熟，這才出言挑戰。

「七索，光是跟空氣打有個屁用，來來，朝我身上打幾拳看看。」韓林兒笑嘻嘻下戰書，一步步逼近。

七索猶疑了一下，所有人都看向這邊，連圓剛都停下動作乘涼，期待好戲登場。

「放心，我只用猴拳跟你打，新學乍練不佔你便宜，怎樣？」韓林兒的腳步繞著七索，盤量著要從哪裡教訓起。

「那我就不客氣了。」七索學著說書老人口中的「深深一揖」開場，卻猛然被韓林兒一記腳掃勾倒，臉上熱辣辣地挨了一巴掌。

七索大怒，想跳起來，卻被韓林兒猴子偷桃抓了私處一把，痛得蹲下。

「你完全不行嘛！起來！」韓林兒一腳往七索屁股踹去。

不料七索一個勾手抓住韓林兒的腳，韓林兒一愣，七索一扯，掄起拳頭等打。

韓林兒的身子借勁一翻，另一腳直接掃到七索的面門。

「這也是猴拳嗎？」七索倒下，鼻血如注。

「招式是死的，連這點道理也不懂啊？」韓林兒大笑。

兩人快步相互纏繞，然後同時往對方身上踢腳。

韓林兒畢竟在少林待上一年多，無影腳、破空腿、麒麟掌、金剛羅漢拳、地躺拳、梅花指都學過速成班，論動作論應變都遠非七索可及，兩人互踢的這一腳快慢有別，七索登時往後飛了出去。

「好！」韓林兒自讚腳力非凡。

卻見七索一落地就拍身而起，往自己衝來。

少林寺裡有什麼賺頭？韓林兒等勞役寺僧一向都是有錢公子的僕役，不僅幫洗衣幫按摩幫拍馬屁，有時也會安排幾座空轎子帶度假的大爺們下山晃晃。

但奴才做慣了也想支使點奴才，七索的出現正好給大家一個欺負平反的對象，若七索一下子就給打趴了反而沒意思，就是要勢若瘋虎才有搞頭。

「有意思。」韓林兒大笑，朝七索又是一腳。

七索往旁快躲，繞到韓林兒的背後作勢虛踢，韓林兒不閃不避，毫不猶豫就連拍十掌接近，七索縮腳往後速退，完全不硬接。

兩人雖然武功低微，但全按照猴拳的精要在比試，看得眾僧點頭稱是。

「還閃！」韓林兒已連續三十招都碰不到七索，心中很悶。

「難道站著挨打？」七索雖然腳力輸給韓林兒，但鄉下人不僅無知卓絕，腳的氣力也綿長。踢不過人家，閃躲還行。

韓林兒冷笑，眼見七索給自己慢慢逼到落葉滿地的深處，於是一腳踢翻積葉，落葉直撲七索，韓林兒往上躍起，使出猴拳裡的脛擊。

七索冷不防給踢中，胸口痛得快碎開，但總算死命抓住韓林兒的腳。

「就是要你抓到！」韓林兒竊喜，打算迴身用另一腳展現連踢快技，一口氣將七索踢昏。

但七索可沒再使用猴拳的反抓，而是一個肘擊朝韓林兒的足脛骨用力砸。

韓林兒慘叫一聲，那連踢自然就失控踢歪了。

七索逮住機會，朝韓林兒的臉又是一掌，但韓林兒後發先至，用梅花指戳了七索撲向面門的掌心一下，七索痛得哇哇大叫。

幸好這梅花指只是速成班的產物，韓林兒也不是勤練武功的乖學生，否則七索這隻手掌鐵定要廢了。

韓林兒憤怒不已，趁著七索痛徹心腑，幾招起名為猴塞雷的連續手腳技將七索打得暈頭轉向，不消幾個起落，七索便趴在地上毫無還手之力了。

眾僧拍手慶賀，韓林兒兀自摸著左腳上被七索肘擊命中的痛處，瞪著狗吃屎的七索。

他的心中有些佩服這傢伙，才來第二天，就可以跟自己玩得這麼起勁，還算有點資質。至於勇氣嘛，大概全場的人加起來也不會有他多。

「謝……謝你。」七索氣若游絲地說。

韓林兒愣住，這傢伙被自己打成那樣子，居然還感謝自己？

「該不會把你給踢瘋了吧？」韓林兒一說，大夥又哈哈大笑起來。

「如果以後還能讓我一起學拳，大家不管怎麼打我我都沒關係。」七索沾滿鞋印的臉好像在笑，儘管渾身都發疼：「學功夫真是太有趣了。」

韓林兒哼哼兩聲，不置可否。

3.3

「今天晚上要不要下山玩玩？我跟拓拓兒飛鴿傳書下山，今晚調了幾個轎子到山下的嬉春院嫖他媽的，算你一個啊！」

「不啦，少林七十二絕技失傳的大好時機，我可要加緊投稿，看看能不能名列少林新七十二絕技之一。我爸知道的話一定高興死了，千秋萬業之後我也在少林的浩浩歷史裡啊。」

「這麼長進！進行到哪裡了？拳法叫什麼名字？」

「還在琢磨、組合咧！我這套拳融合了鷹取功跟劈空掌跟羅漢拳，名字可了不起，叫殺龍滅鳳拳，怎樣？光名字就震天價響了吧？」

「是啊，可夠勁了！但別忘了在稿子裡添上一千兩銀子，不然想都別想。」

「早知道啦！區區一千兩怎能心安，我打算丟三千兩！那你呢？有沒有興趣？」

「我大字都不會一個，投個屁稿啊，哈哈哈哈！」

鬧哄哄的大飯堂裡，七索與君寶等勞役僧眾忙進忙出，收拾碗筷、張羅著大爺們的胃，聽著令人作嘔的銅臭誑語。

渾身是傷的七索處於極度震驚的狀態。

他萬萬沒料到，自唐以降享譽數百年的少林寺竟墮落到如此地步。什麼下山玩女人？什麼砸錢投稿七十二絕技？這就是自己夢寐以求的習武最高殿堂嗎？

方丈等高階僧人坐在飯堂中央，許多官宦子弟一個接一個過去敬酒，還吆喝著划拳，現任少林第一武僧的大師兄還笑嘻嘻站在飯桌上，胡亂示範醉羅漢怎麼個打法，簡直是醜態畢露。

「失望嗎？」君寶蹲下來，清理著桌子底下骯髒發酸的嘔吐物。

「我不懂，難道我先前聽到的少林傳說都是假的嗎？」七索的腦袋一片慘白，看著方丈的鬍子泡在酒杯裡。

一個穿著華貴的高壯學徒醉醺醺走到君寶面前，君寶立刻將身子站直，暗自屈膝架好馬步，無奈地看著不明就裡的七索。

「大俠張懸的兒子！爺要投稿那個……那個……少林新七十二絕技！叫七七四十九變之陰陽五行崩山掌！算你狗運可以讓爺試招！當心等會被打到吐血而死！」醉漢大聲嚷著，所有人都看向這邊。

醉漢瞪著站得挺直的君寶，突然伸出手指往君寶身上一陣亂點，君寶吃痛，但仍咬牙不作聲。

最後醉漢雙掌胡亂一拍，君寶往後一摔，砰的巨響，將一桌的飯菜給砸爛了。

七索大驚，趕緊衝到君寶旁關心，只見君寶跟自己眨眨眼，表示自己無恙。

「新來的！聽說你的名字很是好笑！說來聽聽！」醉漢將七索凌空提了起來。

「我叫七索！」七索憤怒大叫。

「怎不叫紅中啊！七索又沒有台！」醉漢哈哈大笑，周遭寺僧更是笑翻了腰。

「紅中是我鄰家的女孩兒！關你什麼事！」七索怒極。

醉漢笑嘻嘻一手提著七索的脖子，一手就這麼在七索的肚子連擊三下。

七索一陣暈眩倒在地上，隨即聽見清脆的金屬撞擊聲在耳邊盤旋。

微微睜眼，一錠小元寶躺在腦袋旁，顯然是這一拳的試招報償。

「大師兄你可是看見的了！我這七七四十九變之陰陽五行崩山掌可是很有搞頭的啊！哈哈！哈哈！到時候要加分啊！哈哈！」醉漢吹著拳頭大笑。

大師兄瘋狂拍手稱好，顯然也是醉翻了。

七索被君寶攙扶起，踉踉蹌蹌在眾人訕笑聲中離開飯堂。

3.4

用過晚飯，幾座點了紅燈籠的轎子依約上了少林，韓林兒等勞役寺僧恭恭敬敬撥開轎帳，鋪妥墊褥放好水果，領著公子爺們下山玩樂。

君寶與七索坐在柴房上方，看著紅轎子在寺口魚貫離開。

君寶說，這一下山，喝得酩酊大醉還不打緊，有些人還會將妓女帶進寺裡胡幹，真是荒唐。

「據說上一個梯次畢業下山的，還有人將女人抱到大師兄床上去的，說是獨樂樂不如眾樂樂，大師兄還頗為滿意。」君寶站在屋頂上。

雙腳凝踏，君寶雙手在夜風中緩緩擺動，依舊模仿著黃昏時學到的猴拳架式。

七索將頭埋入雙腳裡，不讓君寶發覺自己已淚流滿面。

好久了，七索都默不作聲。

晚上的山野酒席與妄言誑語，完全沖銷了他黃昏初學猴拳的快樂。

七索甚至不知道自己所學的猴拳是不是真正的猴拳，還是不三不四的投稿發明。難道學武功已變成公子爺們打發時間的消遣？摸著肚子，還在發疼。

少林寺裡能呼吸的幾乎都睡著了，除禪房偶爾爆出賭天九牌的嘻笑聲外，堪稱寧靜祥和。

幾聲寂寥的蟲鳴。

寺院角落，小小柴房裡堆著滿地斷柴。

月如銀鉤，柴房屋頂上，君寶的身體隨風擺盪，動作已無一開始模仿猴拳時的凝重，反而變得清曳鬆軟起來。

但君寶出拳踢腳的速度卻仍舊緩慢，看在七索的眼中有說不出的矛盾。

「君寶，猴拳就是得快，你這樣無視口訣會走火入魔的。」七索忍不住勸道。晚飯後，他早就毫不避嫌地告訴君寶猴拳的口訣心法以及應用的解釋。

但君寶儘管明白，還是胡打一氣，用自己的慢動作重新演繹著猴拳。

過了很久，七索這才發現自己早看呆了。

君寶的動作軟綿綿的，招式之間逐漸沒有間隙，沒有半點勁力，卻脫卻了斧鑿痕跡，呼吸平和緩順。

似是從未見過的舞蹈，一看就無法挪開眼睛。

看似有氣無力，有如柳樹飄搖。

君寶笑笑，他覺得通體舒暢，肌肉處於完全放鬆的境界，要說快或慢，對一個正沐浴在月光之下、享受自我舞蹈的人來說已不是那麼重要。

「慢慢來，比較快。」君寶頗有哲理的說詞。

七索笑笑，對於似是而非的語言他可不想花心思。

不過他還懂得捲起袖子。

「就在這屋頂上過過招怎樣？看看是你的慢靈光，還是我的快管用？」七索擺出猴拳架式，輕輕在屋頂上躍動著。

「真的嗎？」君寶眼睛綻露驚喜。

因崇仰父親，君寶與七索同樣對武學感到癡迷，但進少林六年來完全沒有與人交手過，或者說，只能挨打不能還手。

「當然了，你這麼慢，就算被打到也不會痛的架去哪找？」七索哈哈一笑。

七索天生的平衡感本來就好，在屋頂上像猴子般與君寶鬥了起來，一下子踢一下子連續快拳，打得君寶幾乎無還手機會。

但君寶長期嚴格自我訓練，手勁頗大，只要來得及格擋住七索的快攻，七索就覺得打到石塊那樣疼痛。

一百回下來，七索這才發覺君寶幾乎沒有離開過腳下的圓，只是將身子緩緩移動與自己面對著面，反而是自己累出一身大汗。

「太奸詐了！」七索越來越快，他就不信君寶這種龜速戰法還可以招架多久。

君寶又挨了好幾拳，但他的身子早習慣了挨打，七索的攻擊簡直不痛不癢。他的眼神似乎在深思什麼。漸漸的，七索快速機靈的身法已變成單純的肢體動作。

君寶發覺他只要不攻，單純堅守著腳下寸圓，即使偶爾將動作突然加速也不超過圓的範圍，七索的攻勢根本就滲透不進來。

「七索，你可以再快一點嗎？」君寶茫然道。

隱隱約約，他似乎回到一個人獨自舞蹈的時候。

寸圓之內，他無堅不摧。

「好自大啊，真討厭。」七索想辦法再更快些，但心底驚奇無比。

無論他怎麼突擊，兩眼漸漸無神的君寶都能毫無困難擋下，而且動作一點也不繁複，有的動作像砍柴，橫劈、直砍、斜剁；有的動作像挑水，搖晃、橫擺、或是自己剛剛教君寶的猴爪；遇上自己想撲身扭打，君寶就乾脆輕輕扭身避開。

好厲害。七索心中驚嘆，完全忘卻身上的疲累。好舒服。君寶心中喜悅，打鬥原來是這麼一回事。

夜深了，兩人身影繼續纏疊交錯。

在銀色月光下。

4.1

接下來的幾個月，沒錢的七索還是硬著頭皮參加眾武僧的集訓，當韓林兒等人的練拳靶子。

七索並不是會故意裝輸的個性，所以韓林兒等人多多少少都吃過七索的苦頭，但上少林學拳的時間實在差太多，七索維持著零勝百敗的不光彩紀錄，身上也越來越多瘀血跟挫傷。

猴拳學完，是價值三十五兩的虎鶴雙形，然後是高達五十兩的豪華課程伏魔般若掌，再來大家的基金用罄，只好學便宜的秋風掃落葉踢，順便用腳風掃地。

每學完一種拳，七索就越不容易倒下，但七索不倒下，大家只有打得越兇。

不服輸的人是不受歡迎的，雖然韓林兒佩服七索的意志力，卻也不會因此手下留情。

如果七索有天願意開口認輸，依照韓林兒愛當大哥的風頭個性一定會很高興，不僅會將七索編入他那一夥裡，還會將七索當作最好的兄弟看待。

但七索就是鄉下人可怕的無知個性，不僅愛死撐到底，還寧願跟寺裡地位最低下的君寶混在一塊，也不願跟韓林兒等人多說一句話，讓韓林兒氣得牙癢癢。

「七索，要不要我介紹你幫那些銅臭鬼們洗腳按摩？可以賺賺外快。」

有次七索肋骨被打斷了，跑到廚房後咳血喘息，在樹下刻木板故事的子安師兄忍不住勸道。

「不幫，死也不幫。」七索痛得眼淚都懶得流了。

七索摸著肋骨，此刻他唯一的享受就是聽子安說故事。

子安很早就來到少林寺。

問他來少林做什麼，他只苦笑說是來取材，因為他想寫關於英雄氣魄的故事，天下英雄出少林，不到這裡田野調查一番怎行？沒想到上少林簡單下少林卻超難，必須闖過十八銅人陣跟木人巷，他身子單薄並非習武之才，又沒錢賄賂把關的駐寺武僧，只好窩在廚房煮飯。

這亂七八糟一待，就是二十年。

「不賺錢怎麼學武功？總有一天給他們打死！值得嗎？」子安咬著刻刀柄，瞥眼瞪著不知好歹的七索。

「你自己怎麼不去？」七索有氣無力回駁。

「我想通了，反正橫豎都是個寫，在哪裡寫不都是一樣？要賄賂十八銅人，每人十兩就要一百八十兩，要存多久？把時間浪費在洗別人的腳，不如拿來刻小說，你說是吧！」

子安吹氣，將木板上的小屑屑吹走：「倒是你，既然志在當英雄，把命留住才是康莊大道。」

「天將降大任於斯人矣，必先勞其筋骨苦其心智，增益其所不能。我都會背了，子安師兄你就別勸他了。」君寶突然走出，撕了半個饅頭給七索。

七索將衣服拉開，讓君寶把摘來的搗碎草藥敷在上頭。

子安搖搖頭，繼續刻他的故事。

4.2

肋骨的傷好後，除了習武練拳，七索每天還是跟君寶進行相同份量的苦練。天還沒亮就開始挑水，服侍完大爺們吃飯後就開始徒手劈柴。沒有技巧，沒有口訣心法，兩人好像在比誰比較笨似的瞎練，偶爾也會互相取笑。

當然了，七索每天晚上都會跟君寶講述新的拳法怎麼個打法，聽得君寶傻愣愣地點頭。七索講完了拳，兩人便跳到屋頂上比劃一番，直到眼皮沉重才停下。

只消一個多月七索便發現兩人攻守之間固定的模式。

君寶每次都將初學來的拳以慢了好幾倍的速度打出，全力防禦以自己為軸、約一個手臂晝徑的圓，但那結界卻又不是無可侵犯。若七索硬要接近君寶，君寶也不強守、慢慢退開就是。

當君寶一開始以初學的招式防守時，往往會挨上七索不少的拳頭，但打了半刻鐘後，君寶的招式便會反璞歸真，全都是挑水砍柴的變化式，卻又隱含了新學拳法的某些極簡化。此時七索便完全無法傷到君寶一根毫毛。

漸漸的，七索也受到了影響，越打越慢起來。

毫不稀奇的，武學修練到一個境界自都不拘泥招式、隨機應變，甚至以無招勝有招，但將每個招式打得如此拖拖拉拉、心不甘情不願的境界，這兩個人可說是史無前例。

起初的一個月，兩個人根本就一邊聊天一邊比劃，久了也知曉對方的出招習慣，打了一個時辰也不見誰被對方的拳腳沾了一下，好像是事前說好了的拆招套招。

但再過一個月，兩個人動作還是一樣緩慢，卻一個字也吐不出來。

不知為何，七索發覺這拳越慢竟越吃力、越不好發勁，委實古怪得緊。常常不到半個時辰，兩人都累得滿身大汗。雖然君寶在七索來少林之前幾年就打慣了慢拳，可也沒這麼累過，有對手後所需的集中力果然大不相同。

「君寶，你發明的這拳法招夠詭異的。」七索渾身溼透，躺在屋頂上曬月亮。

「仔細想想，這一點也不稀奇啊。拳只要一快，去勢就容易猜測，但我們的拳慢，每一招都可以中途變化，要一直集中注意力觀察彼此的拳向然後改變自己的拳路，當然累啦，然後我改你也改，累就一直往上添去。」君寶兀自打著拳，還不過癮。

君寶覺得這陣子呼吸之間越來越綿長，若可以在對打時讓肌肉保持在自我舞蹈時那樣輕鬆的話，一定會再突破。

「也是，不打死的拳最可怕了。不過君寶，我們的眼睛習慣了慢拳，以後要是遇上厲害的快拳怎辦？我看沒人像我們打得這樣慢的。」七索看著掌緣上的厚繭，這陣子總算能像君寶那樣劈柴斷木。

「圓，後發先至，勁。」君寶若有所思。

「臭屁喔你，專講一些『慢慢來，比較快』這種只有你聽得懂的話。」七索哈哈大笑，毫不介懷。

君寶笑笑。

圓的意思很清楚。在小小的「圓」內防禦要後發先至不難，但打倒敵人也要後發先至，就大大不容易；就算打到，敵人也不見然被擊倒，所以需要「勁」，說到底武功還是沒有偏門的，沒有勁，就沒有打倒敵人的可能。

這幾個月，君寶漸漸體悟到如果在打鬥時竭力保持呼吸平穩，便能將呼吸保持在體內吐納的竅門，此時似乎有股多餘的氣力在骨子裡隱隱生出，只是還不知道怎麼利用。

「七索，等到你武藝有成時，會想闖銅人陣下山走走嗎？」君寶問。

「不然呢？難道學子安在少林打雜一輩子？沒用過的武功等於沒練過。」七索道，想起子安曾交代自己有朝一日下山時，可別忘記將他刻的故事木板揹下去廣為流傳這件事。

「沒考慮過考試進達摩院麼？雖然絕大多數武功典籍都給元兵燒了，但應該還有一些好東西在裡頭，或許那裡才藏著少林武功的真正神髓啊。」君寶說。

「狗屁達摩院考試，就算我武功練到所有寺生裡最強，只要考試的方法不變，不知道要送多少銀子才能考上，不幹。」七索一心要闖關下山，名揚四海。

而七索口中的狗屁達摩院考試方式，其實是武藝精強的大師兄當唯一考官，要想進去的人都要跟他交手三十招，三十招一過還能站直身子才能進去。

據子安說，撇開大師兄荒淫又驕傲的行徑，他的確是當今少林總本山扣除方丈的武僧之首，要在大師兄手底下撐過十招本就非常難，要三十招不倒，一定得送錢。行情價是五百兩，但乏人問津，並非因為索價過高，而是因為有錢的公子哥兒投稿七十二絕技已很操勞，誰真的想進達摩院？還是早早下山享樂。

「至少少林七十二絕技還剩下五項是真材實料，捻花指，一指禪，大力金剛掌，劈空斬，惹空三疊踢，有機會我真想學學。」君寶嘆氣。

君寶至今受了這麼多委屈，無非就是想有朝一日進達摩院一窺武學奧祕，學不到武功，就瞎練，練出一身挨得起打的身子，反正只要挨過大師兄三十招拳腳就能堂堂正正進去。

「少林也真可悲，錢錢錢，什麼都得花錢，我在我們乳家村還沒見過十兩銀呢。要不是在這裡遇見你，我真的不如一頭撞死。」七索道，閉上眼睛。

君寶心頭一熱，其實天真的七索進了少林，自己的生命才開始有了感動。

「少林寺，原本不是這個樣子的。」君寶說。

與七索相處的這些日子以來，君寶發覺自己的話多了。

君寶開始訴說少林墮落的歷史，那是自己親身體驗，加上在廚房煮大鍋飯兼寫小說的子安師兄拼湊聽聞告訴他的。子安可是相當資深的伙工頭陀。

4.3

四十年前蒙古鐵騎在雀山滅了南宋後，不幾年便要在柴山問斬文天祥，當時文丞相在獄中以指血所寫成的正氣歌輾轉流了出來，不刻傳遍了大江南北，聞者無不涕泫滿面，感佩文丞相慷慨就義的浩浩氣節。

當時嵩山少林乃江湖豪傑的母家根本，暗中串連各路英雄好漢打算劫法場救丞相，而為首的少林第一、第二武僧更是其中的傳奇人物，是歷來極少數領悟出易筋經的曠世奇才，又都未滿二十，端是少年英傑。第一武僧名不殺，第二武僧名不苦，兩位皆是以一當百，夜入匪營強摘賊首的人物。

「這兩位武僧一號召，群雄熱烈響應，十七大門派都派出最厲害的高手與會，在行刑前三天會合柴山外郊。若羅列出每個英雄響叮噹的名號，只怕是前所未有的夢幻敢死隊，就算摸進大都捧回忽必烈的人頭也不奇怪。」君寶說。

君寶雙掌做鷹爪狀，思考著招與招之間的推移，依舊是越推越慢，越慢越推。

「但事實上救文丞相的任務還是失敗啦，是因為有人洩密，中了埋伏？」七索抬起頭，淚已乾。

七索最喜歡聽故事了，對猜故事也有一套。

「真是這樣就好了，大夥死得豪壯也不是壞事。」君寶嘆氣。

眾英雄齊聚柴山，原本是打算衝進重重戒備中搶救文丞相，但不苦深思後覺得此舉若是成功，大夥必也死傷慘重，將來若要滅元復宋，天下氣運還得靠眾英雄匡正，應當避免無謂折損。何況大夥是敬重文丞相才來搭救，而非想恭請用兵奇差又乏謀略的文丞相領導大家。

一旦文丞相身死，說不定還能成為天下反元英雄不畏死的夙昔典範。

所以不苦想了個奇策。

不苦索性放出風聲要劫法場，令負責行刑的將領大感緊張，立刻從鄰近的兵鎮調派人馬前來支援。行刑前一夜，大夥在易容妙手蕭千變的幫助下喬裝混進援軍，輕易就脫隊直搗監獄。

眾人一見文丞相，丞相臉肉潰爛不成人形，當下華山派風長老毫不遲疑用指力將自己的臉一把抓爛，還迴掌將身上的肋骨打斷。蕭千變含淚用蝕骨水將風長老的半毀的面容裝修、扮成文丞相淒慘的模樣，眾英雄這才含淚離開。

等到行刑當天，眾英雄還是在法場外圍鬧事，但不過是做個樣子點點火，元軍還沒開始放箭大夥就散了。其實，那天將人頭留在法場的，是義薄雲天的風長老。

「我爹爹說，風長老一個大字不識，卻真正成就了『風簷展書讀，古道照顏色』的英雄風雅。」君寶說，不自覺哽咽起來。

七索也流下眼淚。

真正的英雄，即使歷史不會記憶，他依舊笑著逆天而行。

「那文丞相後來去了哪？」七索問。

「你腳下。」君寶道，臉色頗有驕傲之色。

文丞相被救出後，也深知自己被世人認為壯烈就義，比兀自苟延殘喘還要能激勵人心，於是在不苦與不殺的安排之下剃了髮，躲在少林柴房裡當個掃地僧，整天就是砍柴、讀書。

也因為丞相的相貌半毀、深居簡出，除了方丈與少數幾個達摩院高僧知曉外，其他人都當他是普通的老和尚。

「柴房的地板上還隱隱約約可見到文丞相用刀刻下的正氣歌。天地有正氣，雜然賦流形，上則為日月，下合為山嶽……」君寶道。

一年一年，就這麼太太平平地過了。

直到有一天，少林要推舉新任的掌門方丈時，大家一致薦舉武藝高強、人品卓絕的不苦，令武藝同樣登峰造極的不殺心生不滿。因為武林大會日期已近，要是不苦當上了方丈，當年曾共組敢死隊的各派長老們，一定會薦舉屢出奇策的不苦擔任武林抗元盟主。不殺心有不甘，一切都看在不苦的眼底，不苦堅決禮讓不殺擔任方丈，但眾僧還是一個勁要不苦領導少林，不苦越是謙讓，眾僧就越是推舉，不殺的臉色就越難看。

最後，不殺在羅漢大殿石柱上留下一個驚天爪印後拂袖而去，心性大變。

「我懂了，所以不殺後來投靠朝廷，帶兵回到少林揪出隱居柴房的文丞相。少林犯了大案，元兵便藉此血洗少林將眾武僧屠戮精光，焚燒藏經閣致使七十二絕技僅剩其五，從此少林一蹶不振。」七索合理地推敲出後來的發展。

「大概就是如此了。」君寶嘆道：「文丞相被不殺賊禿封住穴道，用大力金剛指一塊塊剝下人皮，拖了好幾個時辰才氣絕。此後不殺便養了一批元朝鷹犬，專司狩獵各大門派的菁英，不殺的武功堪稱天下第一，二十年下來好些英雄都給剝皮實草，有的門派為了自保，還將從前與役的老英雄綁了交給不殺。江湖早已不再江湖。」

朝廷一向視少林為眼中釘，此番不容易有藉口剷了這武學殿堂，朝廷的勢力從此毫無忌憚伸進了這座古剎。

祖錢如命的方丈不瞋便是朝廷認證許可的住持，達摩院裡的高階武僧花在習武的時間越來越少，許多官宦子弟更將少林當作武學體驗營遊樂，達官顯要動不動就來拜訪參觀，大開酒席，荒誕不經的怪現象便如七索所見。

「那不苦呢？他不是跟不殺一樣悟出易筋經麼？怎不去阻止他？」七索忿忿道。

「誰說沒有阻止？當時三萬大軍困鎖嵩山，不苦大師帶了幾個少林弟子殺出少林，其中一個便是我爹爹，也就是那些賊禿口中的大俠張懸，他還俗後與我娘生下了我。但不苦與不殺兩人熟稔彼此武功與出招習慣，要堂堂分出高下不如比誰先被誰暗算。而幾年下來，江湖上已沒聽聞過不苦大師的消息，大家都說他早已死在不殺的手裡，還有傳言不殺扯下他的雙手雙腳，丟到藏經閣裡連同經書一同焚毀。」君寶說。

君寶大跨馬步，雙掌平推，動作極其緩慢。

然後突然發勁，動作越小，勁力越大。

「你爹……」七索感到不安。

「嗯，我爹便是死在不殺的手裡。不殺不殺……殺的江湖英雄可多著。」君寶十歲便上少林，便是爹爹張懸生前托孤，不料少林已非昔日光景。

「對不起。」七索替君寶難過。

「對不起?能當我爹爹的兒子，我覺得很驕傲。」君寶很認真地說：「我爹爹當年名列朝廷懸賞榜的十大惡人裡，雖然身死，卻是個英雄。你說，他留給我這做兒子的，還不夠嗎?」

自從張懸的死訊傳回少林，那些賊禿便開始譏諷君寶，讓君寶從十歲起便過著慘無人道的奴役生涯，他無法、也不願像韓林兒一樣幫大爺們洗腳掙錢學武功，只是遠遠瞎學，其他人看見了只有捧腹大笑的份，打他，他也不會還手。

七索看著君寶。

這位室友不單只是逆來順受，默默承受發生在自己身上的不堪。

他的表情還傳達著一股熱忱。

當時七索尚不明白那股熱忱是什麼，畢竟兩人只相處了短短兩個月。

但也僅僅是兩個月，七索就感覺到那股熱忱是很了不起的存在，總有一天，千千萬萬雙眼睛會見識到君寶想要傳達的東西。

5.1

乳家村的夕陽還是一樣漂亮。

三年了。

七索走後乳家村並沒有改變太多，這是時代裡所有人的特色。

只不過說書老人常常漏了辭，漏了段，說到一半就忘記故事說到哪。老人忘了辭時，就會習慣性地看看老狗旁，七索老是蹲著的位置。摸著斷腿，若有所思。

村子裡的大家都說紅中是個賠錢貨，還沒嫁給七索就整天往七索家裡跑，幫忙秋收家務的，活像人家的媳婦。紅中不在乎別人怎麼看她，只是很寂寞。

少了七索，就算乳家村有十個夕陽也不夠完整。

「老師傅，你說七索什麼時候回得來呢？」紅中老是這麼問。

「這世上最難醒的，就是英雄的夢。」老人總是這麼回答。

秋收了，今天村子裡來了不少官吏，還有幾輛準備收佃的大牛車。

所有人都苦著臉，並不是因為收成不好，而是今年的佃租又往上墊了一層，上半年沒繳完的人家，現在利滾利，不曉得能夠剩下幾碗飯。

罕見的，村子來了個稀客。

一個斗笠客騎著馬在村子裡慢慢走著。馬很高，脖子伸得更挺，白毛淙淙很是漂亮，立刻吸引住闔村人的注意，連忙著搜刮的官差也不由自主停下手腳。

蒙古人長在馬背上，最是愛馬，官差們都露出欣羡的眼神。

「小妹妹，這村子裡，可有客棧？」白馬停下，斗笠客看著正在汲水的紅中。是女人的聲音，腔調有些古怪。

「咱這小村子沒客棧，再往前走二十里碰上了大鎮，那兒才有。」紅中說，注意到馬側上掛了一柄劍，劍鞘花花綠綠綴得很漂亮。

斗笠客的臉大半都給遮住，但紅中感覺得到斗笠客正心煩意亂著。

再往前二十里，天不就黑了麼？斗笠客對趕夜路一點興趣都沒有。

「可有能棲身的小店？小廟？」斗笠客問。

「直直過去，小廟有一間。」紅中指著村子另一頭，那裡有座土地公廟。

斗笠客微微點頭，算是道謝。

紅中看著斗笠客驅馬往土地廟走去，卻被幾個官差給喝聲攔住。

「喂！西征軍還在打戰，你這匹馬朝廷要了！」為首的差爺早慣了蠻不講理，尤其看到一匹價值至少三百兩的駿馬。

斗笠客沒有理會，繼續踏馬前進。

「喂！你耳朵是聾了還是找死！」差爺大聲嚷嚷。

斗笠客恍若未聞，依舊騎她的馬。

這差爺也不是蠢貨，沒有令眾官差強行將斗笠客攔住搶馬。他瞧斗笠客不答理他們的傲氣，說不定是官爺子弟貪玩下鄉走蕩，或是武藝高強的浪客，根本就藐視王法、也不怕用刀劍講道理。無論是哪一個，都別沾惹的好。

群差只是遠遠觀察著斗笠客接下來的動靜，吹著口哨將村子裡所有的差兵都召了過來，再做打算。

紅中跟斗笠客無關無係，卻善良地替她擔心著。要是被這群惡官發覺斗笠客是個女子，搶馬也就罷了，恐怕還會發生難以想像可怕的事。

紅中當然不懂馬，但瞧那白馬神駿非凡，鐵定是很能跑的異物，於是咬著牙抄捷徑跑到土地廟，想出言警告斗笠客快些趕路、莫要久留在村子裡。

紅中奔跑著，好不容易趕在斗笠客之前來到土地廟，在草叢裡喘著氣、擠眉弄眼地警告遠遠過來的斗笠客。

但斗笠客似乎完全沒將官差放在眼裡，一見到紅中這樣警告自己，反而挑釁似將斗笠拿下，讓跟在後頭的眾官差看清楚是個女人。

紅中一愣，斗笠客不僅是個女人，還是個相當美豔的色目人，難怪腔調跟紅中所能想像的南腔北調都不一樣。

色目女子長髮像黃金一樣耀眼，眼珠子湛藍，露出的脖子白皙勝雪，看得眾官差目瞪口呆，你瞧我我看你，都是一副色迷心竅。

「喂！爺叫妳留下馬來！」差爺大喝，揮手示令。

差爺身後已聚集了二十幾名差兵，差兵們眼見是場必贏的架，個個一馬當先，瞬間就將色目女子圍住。

躲在草叢後的紅中看了氣結，心想這下場也是妳自個找的。

色目女子冷笑，一躍下馬，順手抄起掛在馬側上的劍。

「要馬，來拿。」色目女子慢慢抽出劍，殘陽之下亦不減鋒芒，可見其銳利。

這些差兵可不是一般破爛貨色，大多是西征血戰後退下來的。

他們瞧這色目女子個子高眺，連手中利劍都比一般人拿得還要長上幾寸，說不定真有些門道，立刻往後退了半步。

「如果妳自以為武藝高強，爺好心勸妳還是省省罷。現在只是要妳的馬，再敢裝腔作勢，爺就不客氣連妳的人一塊要了。」為首的差爺獰笑著，拍拍手。

差兵圍著色目女子慢慢移動，手中的刀不斷晃舞、反光粼粼，試圖擾亂色目女子的視線。

「正好拿你們，試劍。」色目女子微笑，卻讓紅中瞧出了色目女子眼神裡的緊張。

差兵一擁而上，刀光霍霍，色目女子身形不轉不滯，單靠手中長劍急促飛舞，竟將第一輪欺身的差兵輕易逼退，雙方刀劍絲毫沒有相互碰擊。

色目女子冷笑，將手中長劍一拆為二，左右各持一柄。原來那劍並非以機關扣合的長短子母劍，而是更罕見的磁劍。既是一拆為二，握柄分半，劍身也更削薄。

色目女子輕輕抖動雙劍，空氣中隱隱有金屬嗚咽之聲。

差爺是識貨之人，斷定色目女子手持之劍必定是百年前花剌子模的國寶「玄磁雙劍」。此雙劍乃玄磁打造，玄磁之所以珍貴，乃因玄磁有磁鐵之性，卻無磁鐵之脆，有金剛之堅，卻有軟鞭之質。而玄磁不僅能擾動一般鋼鐵，玄磁與玄磁之間引力更是數倍，善用玄磁雙劍者甚至能甩劍飛控，連殺人於數丈之外。

蒙古滅花剌子模已是一百二十多年之事，當時花國城破後搜遍整座皇宮都沒發現玄磁雙劍，還一度認為玄磁只是傳說，百年之後更被說是無稽之談。差爺認定只要將雙劍呈上，日後必定飛黃騰達。

「女人，妳是花剌子模的皇親國戚麼！」差爺大聲問。

色目女子並不答話，只見目中兇光。

她只打算用手中雙劍悼念從未見過的故國。

「等什麼！砍下她的雙手！」差爺大喝，眾兵再度欺上。

色目女子雙劍如翩翩蝶舞，越蝶越急，身形更是挪騰輕躍，宛若是天女下凡穿梭在刀光之中。一刻間血花四濺，五個差兵跪倒在地，紅中嚇得傻眼。

差兵在攻城斬敵時個個驍勇善戰，卻非武藝高強之人的對手，立刻嚴守自身相互掩護，不再躁進的差兵利用人數優勢將色目女子圍困，打算耗竭色目女子的體力。

色目女子的確來自已滅亡的花國，但劍法並非領略自花國的鎮國絕藝「麒麟天劍」，而是自行揣摩、苦思而得，說到底不過是由花國舞蹈裡演變而成。

既是舞蹈，難免有多餘累贅的變化，劍光蝶蝶雖有擾敵之效，卻多是無謂招式，只要敵人冷靜下來便不利久戰。色目女子見差兵不再往前，只好自己往差兵們舞去。

差兵並不上當，乾脆一路後退。

「中！」色目女子額上汗珠滾落，手中劍勢更急，卻沒再殺中任何一人。

色目女子實戰經驗無多，今次更是群戰的首作，仗著天資聰穎與復仇信念終於自創出劍舞，一路殺敵行馬到乳家村。此番遇上有遠征實鬥經驗的差兵是她始料未及，看樣子是太過托大了。

色目女子眼神一瞥駿馬，思量著衝回馬上逃走的時機。

「別讓她跑了！」差爺看出色目女子心中的盤算。

「誰要逃了！」色目女子怒道。

突然，一只水桶從天而降，裡頭的水潑濺出來，灑得眾差兵一陣慌忙。

差兵起先並未自亂陣腳，但一只又一只的水桶從天摔落，幾個差兵忍不住張望起來，深怕有更多敵人埋伏附近。

「倒下！」色目女子趁著奇變突起，立即衝上前與差兵對決，殺得差兵嗚呼哀哉，斷手斷腳一地。

色目女子劍法本就詭異，加上不知敵人是否有強援，眾差兵已無對陣之心，趕著四竄逃跑。

嚴陣既破，勝負即分。差爺大駭也要閃人，不料卻被一隻毛茸大手給按住。

「區區一個女子有什麼好怕的？」

差爺定神一看，原來是前天前到縣裡作客的殘念頭陀，心中大喜。

殘念頭陀乃當朝國師「不殺道人」的十三弟子之九，高大威猛足足有七尺之巨，不殺傳予嚇動八方的少林七十二絕技之「金剛伏魔功」，手持一重達五十七斤的金剛杵，舞將起來有瘋虎之勢，山河欲裂。

前天在縣衙前正好要監斬一戶欠稅人家，殘念索性將三名囚犯用鐵鍊綁在一塊，運氣全身，金剛杵轟然橫擊，首當其衝的囚犯胸口碎開，其餘兩名受到怪力餘震，也當場吐血而亡。

「讓開讓開，盡是些丟臉的小把戲，怎麼抱得大姑娘回家睡覺。」殘念頭陀扛著金剛杵，大步向色目女子前進。

殘餘的差兵退到遠處，心中兀自惴惴。

「不過是粗漢一名，動作遲緩，我一劍就要了他的喉頭。」色目女子並無恐懼，調節呼吸。

殘念隨手揮舞著金剛杵，沉重的嗡嗡之聲讓一旁的差兵感到莫名的壓迫感，真不愧是不殺一手調練出來的猛將。

色目女子心中一凜。這敞胸露毛的頭陀怪力源源不絕，那金剛杵好像玩具般被他隨意戲耍著，等會兒砸下的怪力豈是自己足堪招架的？

「我叫殘念，妳可得牢牢地記住啊，待會到了床上要是叫錯了名字，我另一柄金剛杵就捅到妳雙腿再也闔不上來！」殘念咧嘴大笑，右手平舉，金剛杵竟直直地指著色目女子不動，可見臂力超卓。

色目女子劍花急舞，眼中卻充滿了恐懼之色。

「打歪妳的劍！插壞妳的穴！」殘念大笑，金剛杵遞出。

色目女子當然不敢硬接，想靠速度遞劍刺殺殘念，卻受制於殘念看似笨拙實際上卻很實用的步伐挪移，一靠近，金剛杵便吹落狂猛的颶風，色目女子金髮都給揚了起來。

逃！越快越好！

色目女子這麼決定時，心中一點怯懦都沒有，畢竟雙方差距太多。

色目女子往後連躍幾步，吹著口哨召喚白馬。白馬乃大宛神駒血統，深具靈性，早就等待主人叫喚，登時拔腿奔來。

「想逃？」殘念一杵悍然轟地，大地震動，白馬驚得雙腿躍起。

白馬這一受驚，色目女子更是惶恐，只見殘念已攔在自己與白馬之間。

殘念怪力無匹，竟舉起巨杵要將白馬生生轟殺！

「雪兒快跑！」色目女子急道，雙劍毫無遲疑朝殘念身上飆去。

殘念微笑，巨杵只消往前一遞就輕易盪開了色目女子的雙劍，還震得色目女子雙手發軟、雙劍墜地。

殘念一回身，一手強按著馬臉，一手高高舉起金剛杵。

白馬掙扎，卻無力擺脫殘念恐怖的怪力。

紅中雙掌遮臉不敢再看下去。

5.2

此時一只水桶高高落下，水桶在半空中一個翻轉，水已經往殘念身上潑落。

「誰!出來!」殘念一拳擊毀水桶，身上卻不可避免地溼了。

一個光頭少年手中還提著一只水桶，慢慢地從土地廟後走出。

粗布衣裳，赤腳捲袖，少年的臉上皆是風霜之色，卻有一雙聰慧的明亮眼睛。

「瞧你這身衣服，是剛從少林寺出來的吧?」殘念並不生氣，拍拍自己胸脯：「大家都是少林傳承，我乃不殺師父門下，算是第一百零六期，小兄弟是幾期畢業的?到一邊看著，等一下插穴也有你的份。」

「沒畢業。」少年毫無懼色。

「沒畢業?那就是逃出來的囉!有種!待會師兄請你開開洋葷，再上山不遲!」殘念哈哈大笑。

「清醒清醒。」少年竟舉起水桶，往殘念身上又是一潑。

那水有質無形，武功再高都不可能與之相抗，殘念閃避不及，登時又是一身溼。

「你找死？」殘念大怒，一拳將白馬打昏，舉起金剛杵往少年殺去。

滿身冷汗的色目女子嘗試撿起雙劍幫拳，但手腕痠疼無力，只能眼睜睜看著少年被殘念轟成肉汁。

少年深呼吸，一股先天真氣從丹田下放到周身百脈，不等殘念殺到就先慢慢舞動起全身，雙掌凝重如大筆厚縮，腳步緩踏如虎蹲象步。

一切，彷彿又在銀色月光下。

「還在打套路！」殘念滿臉不屑，卻不知道這是哪一種拳的套路。

金剛杵橫揮，殘念轉瞬間就要將少年的腰桿折斷。

卻見少年身影微動，撫手沾杵，將巨杵斜斜引開，殘念只覺身子不由自主往前一滑，巨杵便將地上砸出一個大坑，土屑紛飛。

而少年絲毫沒有受傷，依舊站在原地，默默看著自己雙手。

殘念心中奇怪，就算巨杵沒有直接削中少年，他的硬氣功已貫注在杵上，少年只要給輕輕沾上了，非得咳血暴斃才對啊！

儘管覺得奇怪，但殘念並無懼怕少年之意，手中巨杵只有舞得更兇猛，不斷往少年身上砸去，少年不再堅守陣地，而是隨著巨杵進擊之處黏動。

不管殘念怎麼發狠，少年都能以毫釐之差避開巨杵，有時再用單掌拖引，有時雙掌順瀉，讓殘念的攻擊不斷落空。

「沾、黏、連、隨，遇強即屈，死纏活打。」少年若有所思，在狂猛的杵風中繼續導引著殘念的攻擊。

殘念猛攻無功心中有氣，地上早已被巨杵轟得坑坑疤疤，有時殘念想中途收勢轉攻都沒辦法，非得耗竭一擊之威才能繼續下一輪猛攻，於是杵法斷斷續續、續續斷斷，已無金剛伏魔之勢。

一盞茶後，殘念儘管天生神力，卻也滿身大汗。

比起身處西征攻城、血肉橫飛的屍塊在四處飛舞的情況，這擊擊都落空的滋味更令殘念感到無力，心中不禁大駭起來。

「己順人背，引進落空，不頂不抗，捨己從人，曲伸開闔聽自由……」少年老是唸誦著殘念無法理解的歌訣，臉色不惶不驚，卻又毫無得色。

而殘念的杵越是砸不到少年，就越是用力揮大棒，但剛猛的勁道不斷被導引到地上，殘念的身子就越不能保持平衡，次次都被自己的怪力給帶著走，此時不覺有些頭昏眼花，腳步也虛浮了起來。

「不對！這世上哪有這種邪門武功？莫非少年唸的是害人的咒語！」殘念這麼一個念頭後，更陷自己於萬劫不復之地。

腦子越來越不清楚的殘念只想趕緊抽身離開，卻有心無力，因為少年的「咒語」越來越厲害，自己不僅停不下攻勢，還捧著瞎繞著少年團團轉。

少年的身影一個變兩個、兩個變四個，殘念繞到最後連呼吸都紊亂得沒有章法，全身的氣力都要狂瀉而出似的。

巨杵竭力過甚，殘念想要抛下巨杵改用雙拳擊打，但巨杵卻像被無形的氣勁給黏在手上，居然找不到縫隙扔出。

「敵欲變而不得其變，敵欲攻而不得逞。」少年唸道：「敵欲逃而不得脫。」他暗暗驚訝自己在無意之中控制了殘念的動作，這可是他與摯友揣摩互擊時所無法想像的。

一旁觀戰的色目女子、紅中當然不明就裡，瞠目結舌看著詭異至極的畫面：少年一手托著金剛杵，一手架著殘念的胳膊底，不斷地劃圓、轉圓、劃圓、轉圓。

圓有大有小、有斜有直，一下是少年自己踏圓，一下子是牽引著殘念轉圈圈，好像妖異的舞蹈。

「脫手？」少年說出這兩個字時，連自己也感到狐疑。

少年輕輕撥開殘念手中的金剛杵，笨重的金剛杵登時順著圓形轉勢斜斜飛出，正好砸落在差爺的跟前，嚇得差爺一褲子尿水。

少年感覺到前所未有的力道盤旋在自己與殘念之間，這股力量明顯不屬於自己，因為他很明白自己並沒有辦法發出這麼渾厚的勁力，而這股勁力越來越飽滿、越轉越急，隨時會撐破兩人跳舞的圓似的。

少年發覺地上都是水，這才猛然發覺兩眼無神的殘念早已虛脫瞎晃、渾身燥熱，地上都是從他身上不斷傾瀉而下的汗漿。那股雄渾至極的剛勁當然來自逐漸枯竭的殘念，自己只是不斷地壓榨、牽引罷了。

「嘖嘖，這功夫還挺管用？還是這頭陀太過廢物？」少年暗自驚奇，眼見殘念無力再戰，乾脆試著藉那股積蓄已久、快要脹破圓圈的怪力將殘念拋出去，於是自然而然順著殘念不由自主的腳步一帶，逾七尺高的殘念居然就這麼平平飛了出去，足足飛了一丈之遠才跌落，摔了個狗吃屎。

摔飛了半死不活的殘念，少年感覺到還有部分的勁道還在自己手上似的，立刻深吐長納，想像體內的先天真氣繼續托引著那餘勁進入體內，變成真氣的一部分。

少年深呼吸，環顧著零零散散的差兵，差兵拖著受傷的同伴連滾帶爬逃開，差爺更不知躲到哪去，無人理會殘念是否摔斷了脖子。

少年幾個箭步跑到殘念身邊，拍拍他雙眼翻白的臉，天真地問道：「喂！剛剛是什麼感覺啊？想吐？頭暈？喂，起來再打一次吧！」殘念當然沒有回話，他全身的筋脈幾乎被搖散了，頸骨也受了重傷。

「啊！妳沒事吧！」少年見殘念昏厥依舊，這才回過神看看還坐在地上的色目女子。

「我一個人自能應付！要你幫忙做啥！」色目女子怒斥，簡直是蠻不講理。

「啊，原來妳剛剛沒出全力，是我不好。」少年一臉愧疚，顯然未諳世事。

少年根本沒意識到他剛剛那一架，已開啟了中國武術最深邃悠遠的一頁。

色目女子也真沒想到救了自己、還被亂兇一通的少年會道歉，一時之間也不知怎麼應付。站了起來，走到逐漸睜開眼睛的白馬旁，憐惜地摸著白鬃。

「請問這裡是不是乳家村？」少年問，張望著。

「你應當先問我的名字吧，哪有人像你，這麼說話的！」色目女子慍言，這少年當真視自己為無物了。

紅中從草叢裡走了出來，看著少年。

「這裡便是乳家村。」紅中道。

剛才她聽見少年承認來自於少林，即使少年並未出言詢問乳家村，紅中也想拉著他問話、打探七索的消息。

「可有位叫紅中的姑娘？」少年喜道。

「我便是。」紅中連忙點頭，心跳得飛快。

色目女子見紅中雙頰略紅，居然又生起氣來。

「喂，我叫靈雪，你叫什麼名？」色目女子瞪著少年。

「莫怪，我有急事找紅中姑娘參詳。」少年滿臉歉意，卻依舊沒將靈雪放在心上似的，拉著紅中的衣角就往旁邊走去，氣得靈雪全身發抖。

兩人來到土地廟後，少年神色惴惴，從懷中拿出一封信交在紅中的手中。

「可是七索捎來的？」紅中開心得哭了出來，一點都沒有平時的好強樣。

「正是七索。」少年嘆了口氣，拳頭緊緊捏著，將頭別了過去。

這信他是看過的。但紅中不識一個大字，是以信裡長達五頁全是稀奇古怪的圖形，少年拆解了半天也不曉得他的好兄弟在塗鴉著什麼。

但，信中的意思他到底知曉了八分，所以他絕不忍心看見紅中待會的表情。

紅中發抖地將信拆開，靜靜地坐在一旁讀了起來。

愣住，然後嚎啕大哭。

這一哭至情至性，連本來想繼續臭罵少年的靈雪都找不到縫隙介入，而少年更是無奈將頭垂下，很低很低。

紅中哭到天全黑了，這才勉強止住了淚，抽抽咽咽的。

「我要去少林。」紅中說著說著，眼睛又噙著淚水。

「為什麼？」少年訝然。

「救七索。」紅中擦掉眼淚，挺起胸膛。

5.3

七索來到少林已經快三年。

對一個遲暮老人來說，三年只是讓眼角下的皺紋烙得再深點，但對一個快滿十七歲的大孩子，三年可以改變整個人。

面對這些改變，七索甘之如飴，因為環境能改變一個人，但英雄卻能夠改變整個環境。要成為英雄，就要有超乎常人的覺悟，那些官宦子弟無聊時便以試招為名對他拳打腳踢，他也學著君寶滿不在乎地承受下來，就當作用最笨的方法學「卸力」。

前陣子七索參加了索然無味的站樁速成班、艱苦的鐵砂掌速成班、保障就業的「胸口碎大石」速成班，雙手被廉價的藥水泡得發紫，雙腿也蹲到抽筋，胸口到現在還會疼。

「子安師兄，昨天講到武松碰著蔣門神，結果怎樣想出了沒，等得我好急啊！」七索倒吊在樹幹上吃饅頭，嚇了正要坐下刻木板的子安和尚一大跳。

「喂喂，都快要闖關比試啦，還有時間聽故事？」子安說道，心裡卻是爽呼。

一個喜歡說故事的人，其最好的朋友莫過於喜歡聽故事的人，如果這個愛聽故事的人不是啞巴，還能說說意見、替故事加油添醋那就更不可得了。

自從七索進了少林，子安寫故事的速度就加快了好幾倍，有人催比一個人悶著寫來得有動力多了。

「行了行了，闖十八銅人陣所需的十八種拳法我都學了個全，就算不靠賄賂我也沒問題。」七索將饅頭啃完，雙腳緊鉤著樹、開始做倒懸挺身的練習。

十八銅人陣裡當然有十八位把關的師兄，每位師兄都擅長一種拳法或兵器，共計十八種，這十八種裡形意拳佔了半數，依照次序分別是昇龍霸、虎咬拳、懸鶴踢、地躺拳、鷹爪功、蛇手、蝙蝠沾、猴拳、獅子吼。其他是兵器類，刀、槍、劍、棍、鞭、盾、三截棍、暗器。最後一關則是天頂錘，必須用頭一口氣敲破五塊磚的程度才能破關進木人巷。

七索並非嫻熟以上每一種武功，卻很有把握比韓林兒等人提早闖關下山，因為他的手勁越來越大，昨天在練蛇手時甚至差點將韓林兒的手折斷，弄得韓林兒哇哇大叫。事實上，七索在這兩年來已沒有被韓林兒等人打倒過，還得留手才不致打傷他們。而七索與君寶更發現，體內有一股非常純粹的真氣正源源不斷生成，說不定這就是人家所說的「內力」。

至於兵器類，因為刀劍不長眼怕傷了公子爺們，守關的師兄個個草草比劃了事，還將鋒口磨鈍，根本沒有實在功夫，不足為懼。

除了功夫上的明顯長進外，七索在挨打上尤其了得。那套「慢拳」在君寶與他三年來的改良精進後，更衍生出抱殘守缺、敵強我弱的防禦法則，常常韓林兒一拳全力打在身上，該處肌肉登時鬆懈軟化，加上身形微微挪騰，幾乎沒有痛苦。

一個不易受傷的人便無可能輸，七索有自信靠挨打的本事闖過陣法。

子安輕輕咳了幾聲，鬆了喉嚨。

「說時遲，那時快，武松先把兩個拳頭去蔣門神臉上虛影一影，忽地轉身便走。蔣門神大怒，搶將來，被武松一飛腳踢起，踢中蔣門神小腹上，雙手按了，便蹲下去。武松一蹬，蹬將過來，那隻右腳早踢起，直飛在蔣門神額角上，踢著正中，往後便倒。武松追入一步，踏往胸脯，提起這醋鉢兒大小拳頭，往蔣門神頭上便打。」子安說唱俱佳，描繪起拳腳相交時全不必實際比劃，七索便聽得直點頭。

「然後呢？打著了吧？」七索應聲，那是一定要的。

「原來說過的打蔣門神仆手，先把拳頭虛影一影便轉身，卻先飛起左腳，踢中了便轉將過來，再飛起右腳；這一仆有名，喚做玉環馬、鴛鴦腳，這是武松平生的真才實學，非同小可！打得蔣門神在地上叫饒。」子安附註似地詳解了方才那套交手的名堂，卻忘記那招還是從七索那裡聽來的「戳腳」招式。

正當七索聽得津津有味，召集所有寺僧的大鐘聲突然響起。

「會是什麼事？」七索抓著腦袋，翻身下樹。

「哪個高官來少林出巡考察吧。」子安嘆氣，大好的說故事時光又報銷了。

兩人跑到大雄寶殿前時，五百寺僧已差不多集合完畢，大家或坐或蹲，一點肅殺莊嚴之氣都沒有。君寶已排在韓林兒等人後頭招呼著。

「什麼事？沒看見大官的轎陣啊。」七索竊聲問道，君寶搖搖頭。

「韓信點兵，看誰倒大霉的時候到了。」韓林兒轉頭，看著七索。

大師兄站在殿前高台上睥睨眾人，幾個達摩院武僧拿著棍子排站在後頭，方丈在一旁捻鬚微笑，一切看來都跟平常一樣。

唯一詭異的是，把守銅人陣「猴拳」關卡的圓剛師兄揹著藍色包袱，換上俗家弟子的打扮站在大師兄旁。

「各位師弟，今天是圓剛把守咱少林十八銅人陣滿十八年的日子，這些年辛苦他了，圓剛功德圓滿，返鄉歸田，依舊是咱少林的好兄弟。」大師兄聲音洪亮，每個字都含有鏗鏘之音。

圓剛長揖到地滿臉喜色，將背上的包袱解下的動作，洩漏一身虛晃顛簸的肥肉。

那包袱看起來很沉，想必是守關時貪了不少銀子，此番下山定是要買田娶妻當地主了。

「恭請方丈為小僧解穴。」圓剛跪在台上，五體投地。

方丈點點頭，微微屈身，捻花扣指，腳步緩緩繞著圓剛，手指彈射出一道又一道無形氣勁，從各處解開圓剛身上長期被封阻的奇筋八脈。

圓剛哇的一聲吐出黑血，登時如釋重負，感激地全身顫抖。

七索看著一臉興奮之情的圓剛，卻暗自替他嘆息。

都已三十八歲了，下了山還能有什麼搞頭？人生最絢爛的日子都這麼耗在無聊至極的守關上，瞎困了十八年，難道是白花花的銀子可以彌補得了的麼？

「所以，今天咱少林要選出一個新的守關好漢，此事干係甚大，因為守關長達一十八年，這位兄弟必須擅使猴拳，拳如流星，腿如閃電。」大師兄目光如鷹掃視全場。

排在有錢公子哥兒們後頭的勞役寺僧無人敢跟大師兄的眼睛對望，深怕自己給點了名。縱使有賄可拿，但一十八年可不是開玩笑的。

「把守關卡，乃是捨己為人的光榮任務，一眨眼一十八年便過去了，再說咱少林什麼東西沒有？要銀子？有！要女人？有！要武功？多得你學不完！要唸經修身養性？藏經閣裡多的是吱吱喳喳的讖言！瞧瞧圓剛，這十八年下來不僅身子變得更壯健，腦子也更清醒了，這證明少林功夫的確是，行！」大師兄一邊說，一邊來回踱步。

「可有自願？」方丈緩緩問道。

方丈的聲音不若大師兄洪亮，卻透著不疾不徐的迴繞聲，可見內功深湛。

七索低下頭，看玩著鞋。

左邊的鞋子破了個大洞，露出三隻腳趾。要不是少林寺一雙鞋要價三兩白銀，他早想換一雙穿了。

「七索？很好，很好，還有沒有人自願？」方丈和藹地說。

七索大驚，猛然抬頭。

君寶與子安也一臉震驚，方丈的刻薄他們是知道的，但沒想到會這麼硬來，今天七索真是交了大霉運。

「方丈，我沒有……」七索結結巴巴。

「七索，還不快上來。」方丈遠遠瞪著七索，神色嚴厲。

七索心想方丈大概是看錯了什麼，只好尷尬地跑步到台上，想親自跟方丈說個明白。

韓林兒等人在肚子裡暗笑，七索什麼人不好得罪，一入寺便得罪了方丈，難怪會有今天的場面，就是神佛也救他不了。

「方丈，其實弟子並沒有自願，弟子志不在守關，而在於……」七索慌慌張張，滿身大汗。

「圓剛，七索想自願守關，你瞧這孩子行不行啊？猴拳練得可得神髓？」方丈微笑，似乎沒聽見七索的辯駁。

「方丈英明。七索這傻孩子在方丈德化感澤之下頗有長進，猴拳在眾勞役寺僧裡算是十分本事的，由他守關再好不過。」圓剛躬身道。

「既然圓剛都這麼推薦，老衲也只有成人之美，七索，以後你要好好的幹、用心的幹，知道麼？」方丈笑得眼睛都瞇了起來。

七索聽了登時五雷轟頂，但在這緊急當口卻沒時間呆晌，七索立刻想回話辯駁。

「哪有你說話的份！」不料大師兄一個踱步，出手就往七索的嘴巴掌去。

大師兄這一掌無工無巧，端的是快如閃電。

一瞬間，台下所有僧人都獃住了。

大師兄的手懸在半空，被七索硬生生撥開。這可是前所未有的事。

「不好！」君寶暗叫不妙。

七索驚恐地看著大師兄愕然的眼神。他還沒看清楚大師兄要摔自己巴掌的手法是哪一招哪一式，只是感覺到自己的「圓」遭到侵犯，便直覺地用左掌斜斜引開。

大師兄的眼神變得很可怕，有如一頭憤怒的獅子。

「長幼不分的傢伙！」大師兄怒道，一招金剛羅漢拳就往七索的胸口砸去。

方才大師兄那一掌只是為了給七索一個教訓，是以沒帶著內勁，威力不透，但現在這一拳可是有如星錘，一旦沾上七索胸口，七索大概要斷上兩根肋骨。

「君寶！」子安看出不妙。

的確，沒有人比君寶更清楚七索接下來的反應，所以君寶拔腿就往台上衝跑。

七索只是直覺地往後退了一小步，胸口內縮，便避開了大師兄這可怕的一拳。

「犯逆！」大師兄打不到七索，只有更怒，擺出大開大闔的起手式，掄手便要將自創的盤古開天拳使將出來。

七索臉色大變，知道自己不該閃開大師兄剛剛那一拳犯下大錯，可是卻又挨不起待會這一掄猛拳，難道還要繼續抵禦？

只見君寶衝過人群一躍上台，雙膝跪地。

「方丈！請求讓弟子擔任猴拳一關的把關人！」君寶叩首，大膽地跪在七索與大師兄之間。

如果真打下去，大師兄手下不留情，七索必定慘死在台上。

方丈冷眼看著君寶，不發一語。

一滴水落在韓林兒的額上，韓抬頭，又有幾滴水珠落下。

天空烏雲密佈，大霧起兮，遠山隱有風雷，頗有山雨欲來之勢。

「大俠張懸的兒子，你可學過一日猴拳？」大師兄收起架式，睥睨著君寶。

「……不曾。」君寶冷汗直流，根本不敢抬起頭。

若是招出七索早將猴拳教予自己，不曉得會犯下哪一條門規，後果難料。

「那便退下罷。」大師兄一腳用力踹下，卻覺得腳底陷入沙坑裡，勁道瞬間分散、化得無影無蹤。

大師兄神色不變。

君寶不是死人，當然感覺到大師兄踢他，卻傻愣愣地紋風未動。

七索震驚君寶跟自己一樣無意間展露了苦練的古怪功夫，若再讓大師兄當眾丟臉，恐怕兩個人都會被逐出少林、甚至被活活打死。

「君寶！你攪和什麼！能夠繼承圓剛師兄的衣缽我高興都來不及，你膽敢攔手強搶！下去！」七索佯怒，一腳往君寶臉上踢去，君寶登時摔得前仰後翻、狼狽至極。端的配合得天衣無縫。

七索大笑，雙膝跪落，恭請方丈賜下十八銅人陣守關者的可怕枷鎖。

他笑著，卻無法阻止眼淚盤旋在眼眶裡，只好緊閉雙眼。

「七索，這死穴一點下去的後果，你是知曉的。每個月都得緩解一次，否則經脈逆流暴斃身亡七孔流血種種你想得到、想不到的奇怪死因都可能出現，若你膽敢辜負守關的重責大任也得由你，莫要怨尤。」方丈微笑，伸出手指：「七索，大聲再說一遍，你可是自願擔任十八銅人陣之八，共計一十八年？」

「弟子自願，這就叫請君入甕！毛遂自薦！老王賣瓜！在所不辭！」七索裸著上身大叫，叫得震天價響。

叫得翻落在地的君寶，也落下熱淚。

他的好友，唯一的好友，那個立志要下山鋤強扶弱，闖出一番驚天俠業的好友，如今屈辱地跪在大雄寶殿前，任憑那些妖僧欺凌、毀滅、剝奪他身上最珍貴的東西。

一聲悶雷，大雨傾盆落下。

「恭請方丈賜穴。」七索大叫，全身都發抖著。

方丈點點頭，滿意地將左手重重按在七索背脊上的密穴，剛猛絕倫的真氣傾瀉注入七索奇經八脈。此真氣霸道無比，根本不理會七索自身自然運行起的真氣抵抗，猶如百萬甲兵直破城池。

七索登時張大嘴巴、瞪大眼睛，眼淚如注，痛得連聲音都喊叫不出。連一向交惡的韓林兒都不忍卒睹。

君寶緊緊捏著拳頭，恨得無法自已。如果他有驚世武功，就算要與整座少林寺為敵他也要將七索救下。看著好友受此絕大痛楚，比凌遲自己還要痛苦百倍。

方丈似乎有意讓七索多受點苦，原本只要半盞茶時間的封穴過程，方丈足足用了一炷香的工夫，痛得七索口吐白沫，肌肉抽搐，五官歪歪斜斜，好像就要變成白癡似的。

方丈微笑，總算放開了手。袈裟也被大雨溼透了。

君寶不敢立刻上前察看，等到方丈擦掉額上的大汗宣佈今天的集會結束後，他與子安才衝到台上，將昏迷不醒的七索扛回柴房。

5.4

七索被點了死穴，手法又是奇重無比，讓他足足昏迷了七天七夜。期間身子時而發熱忽又發冷，吊足了君寶與子安的心，子安略通醫術，開了幾個解熱消寒的方子強餵七索喝下，總算等到七索睜開眼睛。

方丈所點的死穴，如果一個月內沒有緩解一次，就會暴斃而亡。這點穴功夫喚做「鎮魔指」，位列少林七十二絕技之四，奧妙無比，絕非暗算毒辣之技，因為點穴成功須花一盞茶時間，真實打鬥哪來的笨蛋讓人點這麼久？

這「鎮魔指」是少林原本用在匡正行惡之徒的懲戒手段，高僧要求行惡之徒必須改過遷善，方才替他每月緩解一次，直到惡徒的的確確改過為止，高僧才一次將死穴解開。

一次解開死穴的時間完全沒有一定，端視施術之人的意願。但方丈不瞋卻將鎮魔指用在威脅守關人克盡職責上，其實有違少林例規，但方丈用此法管理十八銅人已久，大家也習以為常。

「怎麼樣了？好像不燙了？」君寶鬆了口氣，摸著七索的額頭。

七索不語。此刻的他萬念俱灰，腦子一片死寂。

「知不知你在昏睡時直嚷著什麼？」君寶試著逗七索說話。

七索微微搖頭，又閉上眼睛。

如果能一睡十八年再醒來，也未嘗不是壞事。

「你嚷著紅中啊！紅中啊！莫要等我十八年，快快嫁人吧！」君寶逗著，卻自己流下了眼淚。

七索睜開眼睛，嘆氣。

是啊，自己被困在少林寺十八年已經夠衰尾了，怎能連累得紅中癡等半生？當初如果聽紅中的話，在村子裡成親、挑一輩子大糞也就是了，懵懵懂懂的，至少能感嘆少林夢未能達成，卻也不必真被這個夢鎖了十八年！

「七索，你有個青梅竹馬在等著你，真好，有個人等，十八年一眨眼便過了。」君寶安慰道，殊不知自己安慰人的功夫正好是倒行逆施。

「直你娘。」七索恨恨罵道。

「直什麼娘什麼？反正有我陪你捱，你怕什麼？等我考進達摩院修練七十二絕技，藏經閣裡經卷浩繁，搞不好換你等我哩！」君寶道，裝作毫不在乎。

七索猛搖頭，慢慢下床。

七天沒開過眼，身子沉得跟什麼似的，才踏出第一步就頭暈目眩。

「君寶，」七索好不容易走到柴房外。

此時又逢殘月銀鉤，恰似兩人初次相逢的那夜。

「嗯？」君寶蹲在一旁。

「偷偷翻牆出少林吧，幫我捎個信到乳家村給紅中，告訴她，別再等我了。」七索的背影蒼涼單薄，身影在月光下微微顫抖著。

「行。」君寶立即答允。

雖然自十歲以後，君寶便沒下過少室山接近人群，但如果連朋友這點請求都辦不到，他怎麼還有臉陪七索十八年？再說，少林寺少他這麼個存在感薄弱的下賤寺僧個把月，根本不會有人發現，早去早回就是。

七索深呼吸，兩腳慢慢打開，雙手緩緩平推，動作包含了鬆、柔、靜、空，即使全身乏力也能打出個形。

「君寶，一直以來，我有個大俠的夢。」七索在月光下勉強打著兩人合力推敲出的慢拳，君寶看了只有更加難過。

「我明白，聽到耳朵都長繭了。」君寶蹲著，挖著耳朵。

「下了山，你就別回來了。」七索的語氣很平順，不像在開玩笑。

「你……」君寶震驚，不知道該說什麼。

「你帶著咱兄弟琢磨出的這一套拳，去讓整個武林震動起來……」七索看著自己的雙手，看著天上的殘月。

七索回頭，看著淚流滿面的摯友君寶。

七索的目光又回到初來少林的第一夜，那樣的天真，那樣的豪情萬丈。

君寶忍住嚎啕大哭的衝動，伸出拳頭。

這是男人間的約定。

七索微笑，拳頭輕輕碰了君寶的拳頭一下。

「去讓全天下見識見識，什麼叫參見英雄！」

6.1

官道上，測字攤的破旗搖搖晃晃著。

短髮少年一路啃著饅頭，測字攤老闆笑嘻嘻地跟在後頭嚷嚷。

「大叔你別跟了，我是不會起什麼狗屁混名的，去幹些別的正經事罷。」

「嘻嘻，如果嫌渾名太庸俗，好歹也起個俠名吧，算你便宜一點。」

「起俠名？那又是勞什子東西？」

「是啊，自古每個赫赫有名的俠者鮮少使用本名，要不仇家尋上了，豈不連累家人朋友？起個俠名闖蕩江湖是很平常的事，起對了俠名，好聽、好叫、又好寫，教別人琅琅上口也不壞罷。」

「……乍聽下是有點道理。」

「大俠剛剛出手教訓那班狗官，身手煞是不凡，說不定為你起了個名還是我的榮幸。這麼吧，開張大吉，隨便給點碎銀子就是。」

「我有個朋友，名字裡有個七字，我想起個跟他名字有關的俠名。」

「行，十乃圓滿之數，七加三便得完滿，你便用三為俠名之首。」

「這樣也行，那還用得著問你?認真點吧大叔。」

「我雖不懂拳法，但瞧你年輕氣盛、出拳鋒芒畢露，老夫斷定你前半生受盡旁人難以體會的委屈，是故招式雖後發先至、以慢打快，但其實你神色卻透露出天真的莫名喜悅，足見你的心早已忍耐不住，迫不及待讓天下知曉你這柄罕世奇鋒。」

「……正是，我有一定要名揚天下的理由。」

「既是罕世奇鋒，本來應當將你起名三鋒，鋒銳的鋒，但古來剛強易折、盛名難久，奇鋒自鈍，不如有鋒之音而無鋒之形，便用山峰的峰取代鋒銳的鋒吧，此峰簡形為丰，乃一柄劍貫穿破出於數字三上，乃上佳俠名。」

「實在是太複雜了，三丰便三丰罷。」

短髮少年看著北方，若有所思。

6.2

「別整天發呆，你瞧瞧我，故事之王還不就是這樣？在少林廚房裡窩上一輩子。」子安看著全身塗滿金漆的七索呆呆地坐在大樹下喝著稀粥，忍不住出言勸道。

自君寶下山已有兩個月了。

七索一人猛發呆的時間一天比一天長，就連故事也聽不上勁，連帶弄得子安渾身不對勁。

這幾天是第一百二十七期畢業生分批闖關的日子，也是十八銅人大賺其錢的黃道吉日，少林闔寺上下都喜氣洋洋的，相關慶祝活動連日舉行。

有錢公子爺們闖破了關方丈便頒發畢業證書，證書上書有畢業生修習的種種拳法，將來憑證書便可在坊間開設私人武館，掛上少林正宗的名號。

另一方面，大雄寶殿前也舉辦畢業生成果發表會，許多人輪流上台獻藝，有的表演投稿被錄取的「新少林七十二絕技」，有的清唱著屬於自己的主題曲（將來行走江湖時還得帶著戲班子跟在後頭唱，才有英雄登場的風範），好不熱鬧。

更多人從山下找了許多畫師上來，草繪著自己與大師兄、方丈等人稱兄道弟的感人畫面留作紀念，大夥共享樂了一年頗有感情，紛紛留下自己的家世、住址，以及鵬程萬里珍重再見等立志字眼，有的還相互在對方的絲絹寺服上簽名。

七索冷眼看著這一切，簡直是滑天下之大稽。

這頓飯吃完，他又要回到銅人陣裡，把守那約莫十坪大小的第八關「猴拳」，忙到得一身金漆地在寺裡走來走去，有時才剛卸下金漆睡覺，不多久又得重新漆上守關。

有錢公子爺們對七索譏嘲有加，改喚他做「第八銅人」。

但七索已無感覺，如果他不讓自己的情緒冰冷下來，怎麼撐過這十八年？恐怕會發瘋吧。

這天吃過午飯，七索先到銅人陣的入口集合分贓，做做暖身操。

「七索，這是今天闖關的六個人給的破關費，一關十兩共六十白銀，這是你的份。別說咱兄弟虧待了你。」守第一關「昇龍霸」的圓齊師兄說道，七索接過了賄款。

據說圓齊師兄在還沒入陣前，可是勞役寺僧裡最強的角色，算起來也是江南大俠之子，但被點了死穴後人人平等，只看銀子不看人，分贓倒也公平俐落。

「七索，別整天瞎苦著臉，你在你那破村子裡可曾見過這麼好削銀子的差事麼？就算在京城裡也謀不到這種好工作。存夠了銀兩，下山就是豪富階級了。」守第六關「蛇手」的圓起師兄咬著手中剛分到的白銀。

「打打假拳就有銀兩送上門來，哪有這麼好賺的是吧！」守第十六關「三截棍」的垢德師兄在半年前才入了關，一開始也是意志消沉，但自從他學會溜下山上妓院後，他就不覺得山上山下有什麼區別。

「算一算，我只剩下一年半就功德圓滿啦，下山後我要開間武館專教少林棍法，這才是長久的生財之道。」守第十三關「棍法」的圓滅師兄說道，也不瞧瞧自己肚子上的肥肉已長到看不見肚臍眼。

大家七嘴八舌聊著，七索還是一個呆樣，大家也不以為意，新人就是那副死氣沉沉的德行，但銀子摸熟了，終究會想通的。

鐘鑼一響，十八銅人紛紛各就各位，回到自己所屬的陰暗房間。

七索等了半個時辰，才見到闖關者陸陸續續進到自己房間。

每有闖關者入內，七索就隨便跳了幾下，虛招實招都不計較地亂打，就任憑闖關的大少爺們將自己擊倒，往下一關「獅子吼」踏去，連多一刻的作假也懶。

到了晚上就寢，更是七索難以言喻的寂寞。

君寶走了，還是給自己遣走的。
沒了月下比劃，就連徒手斬柴都沒精神，挑水也沒一較上下的玩心。
渾渾噩噩，真的是渾渾噩噩。

6.3

常常，七索睡不著覺，就會去廚房找子安聊天。

子安經常點了油燈熬夜刻小說，據他說一天得刻足五百個字才睡得著。

「子安，其實你偷偷摸下少林也就是了，你又沒有被點死穴。」

「你不懂，一開始是不情願，但一個地方待久了，反而會害怕外頭的世界啊。少林市儈又荒唐，可也沒山下那樣複雜，打打殺殺的，一不留神就要低頭撿腦袋了啊，當我們搞創作的，頭沒了就什麼也沒搞頭了。」

「那你的夢呢？就故事之王那個。」

「故事之王哪，等你一十八年後下山，再將我的大作扛下山印便是。」

「不是說要增廣見聞？」

「看一時的世界不過寫出叫好一時的故事，待在永恆不變的地方才能寫出歷久不衰的小說，這道理也不懂？呿！」

七索看著子安。他才是英雄。

無論如何都不會灰心喪志，愚昧地堅持自己理想，為了一個愛聽故事的朋友，可以完全將前幾個月說的話忘得一乾二淨。

記得子安說，七索要是闖過銅人陣下山，他便讓君寶揹著翻牆出寺，三個人一齊在外頭逍遙罷。他說，創作者不能死待在同一個地方，他要看看這個世界變成了什麼樣子，到處遊歷增廣見聞、取材寫作，方能成為當代故事之王。

「謝謝。」

「早點睡罷。」

七索感激子安相伴，卻依舊渾身沒勁。沒勁透頂。

直到這半年度，也就是第一百二十七期總畢業典禮的前一夜，七索躺在柴房上曬月亮睡覺時，事情急轉而下。

那晚，七索身上金漆索性不卸了，反正明天是這半年守關的最後一天。

躺在屋頂上，七索慢慢吸氣，肚子越撐越大，好像要將月光給吸進肚子裡似的。

這兩個月來七索雖然對劈柴、挑水、慢拳練習漸漸心不在焉，但慢拳所講究的呼吸吐納他卻沒有忘記。或者說，即使七索想忘記也難，這呼吸吐納一旦熟習了，就像鬼魅纏身，怎麼也甩脫不掉。

武功最忌有形無質，架式再怎麼虎虎生風，若沒有真氣在體內運行催勁也是枉然，所以拳經有云：「練拳不練功，到老一場空。」少林寺這好幾十年墮落，除了少數達摩院裡的資深武僧外，闔寺上下都只練筋骨皮，無法進入真氣運行化育的境界。

君寶與七索沒有途徑一窺少林享譽天下的內功法門，卻在日積月累的慢拳推引中另闢蹊徑，到了最後，兩人都不再以僵勁、拙勁相逼，而是全身鬆透、動作圓活柔和，氣息自竄長了起來。氣息一長，兩人精神清明，體內自孕育真氣。

這功夫後來不在練習慢拳時才發生，而是黏隨在呼吸上頭，是故七索連在睡夢中也有一股真氣在體內運轉，令七索即使深睡，身子對周遭萬物的變化也頗有感應。

七索睜開眼睛。

他似乎聽見夜空中有人縱躍的聲息，仔細一聽，那聲音居然往柴房而來，有時急促前進，有時停下。

「是誰？君寶嗎？」七索驚喜，少年心性的他根本沒想到君寶沒有履約，反而一個勁高興起來。

但仔細一聽，那腳步聲卻又不像，對方的呼吸也很凌亂，一共有兩個，其中一個甚至與常人無異，跟君寶綿綿悠長的呼吸聲天差地遠。

既然對方呼吸聲中透露的功力甚淺，七索也不怕是敵人，索性站在屋頂上大方地觀察。

柴房底下，兩個全身著黑衣、蒙臉露眼的身影似乎猶疑著什麼。

黑衣人一高一矮，高的想推開柴房門，矮的有些緊張。

「誰？來柴房做啥？」七索滿不在乎躍下，那黑影似乎嚇了一跳。

「七索！你怎麼漆得一身金啊！」矮黑衣人抓下面巾，大哭向前。

是紅中！

「紅中！我想妳得緊！」七索心頭一震，緊緊抱著紅中。

此刻七索的呼吸終於紊亂。

高黑衣人也除下面巾，東張西望，指著柴房示意三人入內詳談。

6.4

柴房內沒有蠟燭，七索只好點著星微柴火。

火光照映著風塵僕僕的紅中，她高了些，也瘦了些，人出落得更漂亮了。

七索見這小妮子在這大亂世的，居然為了自己直奔少林，心中感動莫名，久久說不出話來。

「沒話說的話，走了。和尚不好惹。」高大的黑衣人也除下了面巾，正是美豔的色目人靈雪。

紅中依舊哽咽無法言語，只好由七索開口。

「君寶呢？他怎沒有陪著妳來？」七索料定是君寶帶到了信，紅中才慌慌張張跑來。

「沒，他說既答允了你，下次見面便是萬民所繫的大俠，所以只放著我師父一路護我上來。你放心，我師父雙劍可厲害得很，以後我就跟著她學劍。」紅中擦擦眼淚。

「師父？」七索看著靈雪。

「正是。」靈雪心高氣傲。

當天君寶將信交予紅中後，紅中便請求君寶帶自己偷偷上少林，但君寶面有難色，紅中於是向靈雪下跪，要求靈雪收她為徒。靈雪不露形色，心中卻是喜不自勝，裝作無可奈何就收下了紅中。

而靈雪平生首徒的第一個要求便是直闖少林，她照樣應允，向君寶問明了柴房位於少林的位置後便啟程。

好個不分輕重的師父。

「大恩不言謝，還請靈雪師父將紅中帶下山，幫紅中早日找到如意郎君，莫要再惦記著我。」七索一個叩拜。

卻見靈雪霍然站起，抄起玄磁劍刺向七索額頭。

玄磁劍愕然停在七索額前，一滴血落在地上。

「女人為什麼非得嫁人不可？又為什麼要聽你拿主意？她說上山便上山，你說嫁人便嫁人，全拿我當死人！」靈雪怒極，手中長劍氣得發抖。

卻見紅中輕輕撥開靈雪的劍，憐惜地摸著七索臉上的金粉。

紅中的手慢慢游移著，用她的手重新認識長得更結實、更壯的七索。

郎君啊，你在少林受苦了，給人欺負得狠，可你終究還有一個小紅中啊，我倆在娘胎就認識了，註定這輩子要患難一生，你可別叫我嫁給別人……

「你學武功，我也跟著學劍，你在少林一十八年，我便隨師父行走江湖一十八年，我倆終有團圓之日。」紅中咬著下唇，全無少女的矜持。

此刻她若不將話說清楚，真怕七索無法了解自己的心意。

七索默然淚下，恨得不能自已，卻又心疼紅中。

靈雪自討沒趣，收劍坐下。

離天明還有一個時辰，七索拉著紅中小手詢問家鄉舊人，紅中從七索家人到說書老人的事都鉅細靡遺地說了，也提到七索的二弟就要成親，家裡忙得很。當然了，紅中也描繪了君寶與殘念莫名其妙的打鬥，聽得七索直瞪眼，心中澎湃不已。

「那拳果然管用！」七索不由自主興奮起來，卻又有些許扼腕之意。

君寶雖不像自己整天將英雄掛在嘴邊，但他瞧得出君寶是個俠義心腸的鐵漢，這玄奇的慢拳功夫在他身上定能發揚光大。

「管用個屁，再怎麼有用也得待在這和尚廟十八年，到時候拳腳都發霉了。」靈雪這倒是實話實說。

「不，我問過說書師傅，在少林沉潛了二十、三十年才出寺，一出手便威震江湖的大有前例可循，師傅說，那少林七十二絕技浩繁難解，不練它個十幾年怎能有成？大丈夫便當如此。」紅中鼓舞著七索，也鼓舞著自己。

「也是。」七索嘆道。

紅中與靈雪自不會明白少林現在的狀況，倘若少林是以前的少林，又豈容得妳們兩女想來便來、要走就走。

雞鳴了。

靈雪起身，她可不願跟少林和尚動武。

紅中拭淚，拉著跟七索又說了好一會話，說自己將來輕功有成，還會到少林探望七索、帶點好吃的東西給他補補身子。

七索想搖頭，卻又自知抵擋不住對紅中的思念，若能每年見紅中一次，該是多麼甜蜜的期待？七索只好用緊捏紅中小手表達心意，紅中點點頭。

「我走了，七索。」紅中跟在靈雪後，頻頻回頭。

「靈雪師父，還請多多照料紅中了。」七索長揖，將這幾天守關所賺的一百二十兩銀子交給靈雪當作盤纏，靈雪老實不客氣收下。

「不開心的話，就拿那些惡和尚出氣罷，你出不了寺，也別讓他們就這麼撒銀子下山了。」紅中說，與靈雪一齊消失在柴房外的窄道末。她的個性就是如此剛烈。

七索一愣。

這一愣，愣出了少林寺前所未有的狂人傳奇。

6.5

第二天七索一早就養精蓄銳，精神奕奕地來到銅人陣裡報到。

「七索，這是今天的份，八個人闖關，你共分八十兩，拿好了。」圓齊師兄將一袋銀兩晃在七索前，七索卻視若無睹，直直往第八關前進。

其餘十七銅人看了直搖頭，心想七索這新人連收了幾天錢，現在居然鬧起性子，鄉下人的無知真不能小覷。當下十七銅人便將七索的份給分了。

悶熱的小房間裡，七索一邊與假想中的君寶練習著慢拳推引，一邊等待最後一批準畢業生進關。他心中已有盤算，練起功來神清氣爽。

「喂，第八銅人！老子破關來著！」無禮的聲音嚷嚷。

七索睜眼一瞥，原來是與自己同期上山的金轎神拳錢羅漢先生。

錢羅漢也不敬禮，直接捲起袖子、滿身大汗掄拳就往七索身上打去，那招式根本不是猴拳，亂七八糟的根本叫不出名堂。

「肥羅漢，有沒有在練功啊？」七索隨意一避，腳一伸，就讓肥羅漢跌了個超級狗吃屎。

肥羅漢摸著頭上的血包，心中的驚訝更甚受傷的憤怒。

明明錢都交了，這鄉下窮小子怎麼還敢摔傷自己？

「喂，下盤這麼不穩，吃的東西都到哪去啦？」七索搔搔頭，打量著比上山時還更肥的錢羅漢。

「你這小子真不上道！」錢羅漢怒道，使出自己在一個月前被少林認證通過的新七十二絕技「富貴逼人滋補掌法」。

七索不由自主想笑，前幾天毫無心思守關，有時根本就睡大覺任憑這些公子爺走到下一關「獅子吼」，更別提端詳他們的拳腳功夫到哪裡了。

這會兒定神一瞧，簡直是狗屁不通，當下不閃不避。

錢羅漢大喝，一掌打在七索的胸口，本想七索應當立刻咳血身亡，卻覺拳頭打在一桶紮密土沙裡似的，勁力全給消散了去。

七索搖搖頭，直說：「少林裡多的是白米飯，去吃兩碗再回來。」

錢羅漢怒極，這少林裡誰都要敬他的錢三分，再不也得賣推薦人汝陽王的帳，誰敢像七索那樣出言挑釁？當下一腳踢向七索小腹，直取丹田要害。

七索試過了柔和化法，這下運氣至小腹，試試純粹的剛體防禦。

「疼死我！疼死我啦！」錢羅漢一腳踢完隨即慘叫，抱著腳掌在地上打滾，嚇壞了接著進門闖關的兩名公子哥。

七索嘆氣。

紅中說得對極。要是我被困在少林十八年，你們這群廢物也別想下山！

「一齊上吧，管你打的是不是猴拳，只要擊倒了我就可以到獅子吼去！」七索兩手一攤，兩名公子哥立刻抱拳欺上，使得是不三不四的金剛羅漢拳。

七索隨意拆解，輕輕鬆鬆便化解開兩人的攻勢，還使了猴塞雷這連續技，將粉氣十足的兩人轟得滿地找牙，猛吐酸水。

後頭趕來的五人面面相覷，心中實不明白交了錢怎會是這樣的光景？但人多一向欺負人少，聯手打趴了七索照樣算破關，登時一擁而上。

「拿出本事來！要不半年後再下少林寺罷！」七索喊道。

他打定主意，怎麼也別想從他手底下過關。

五人或縱或躍，招式倒使得眼花撩亂，但在七索眼中全是不堪一擊的花招，他表面上使出正宗猴拳做閃電擊打，但勁道卻出自慢拳的內力奧妙，只用三拳兩腳便將五人砸得人仰馬翻。

「收了錢還敢亂事！不想活了麼！」一個鼻子被打歪的少爺哭喊著。

「錢？什麼錢？從今以後要過我這關，要價一百萬兩，你們這些窮酸鬼沒錢就好好練拳去，從馬步開始蹲起。」七索獅子大開口，一腳拍拍錢羅漢的臉。

八名準畢業生就這麼卡在銅人陣第八關，哭喪臉連滾帶爬，跟方丈告狀去。

方丈是什麼身分，能跟小小一個第八銅人討價還價？只好差了一個達摩院武僧到關卡裡警告七索，但七索根本不賣帳。

「銅人陣是你區區一介達摩院武僧進來的麼？既身在達摩院精修，就別想著闖關下山的事，真要闖關，也得從第一關慢慢打起，用考生的身分來會我，出去！」七索引用少林戒規，說得武僧臉紅耳赤。

於是那八名準畢業生就這麼給踢出畢業名單，準備下半年跟新的一批寺僧闖關考試。

6.6

半年裡，七索遙想著君寶在江湖上闖蕩出一番大事業，又掛心著紅中與靈雪師徒兩人是否安好，更因有這麼明確的目標，七索更加鍛鍊自己，唯有如此才有早日與君寶踏馬江湖的可能。

每天雞一啼，七索便站在山腰上的水井邊上踏圓，起先是越踏越急，後來卻不自主越踏越緩，過了三個月腳步要輕則輕、要沉則沉，全在意念之間。

七索也學著君寶不用挑桿提水，再一邊轉圈圈跳上千層石階，一開始當然頭昏眼花，到後來卻能控制身勢，手上水桶也趨平穩。

中午吃飯則是七索唯一閒逸的時光，他一邊聽子安掰起宋江的鉤鐮鎗大破呼延灼的連環馬，一邊翻著觔斗還猛插話。

有時七索一翻就是好幾百圈，弄得子安心神不寧。

晚飯時間，韓林兒等人見七索終於形單影隻，或許願意交他們做朋友，卻常見七索一人躲得老遠，獨自在柴房屋頂打慢拳。韓林兒至此也不得不佩服七索，也知曉自己當初心驕氣傲，錯過與七索朋友相交的黃金時節，內心委實感到可惜。

半年期限一到，下山闖關的大事又如火如荼展開。

第一天，就有三十多人報名闖陣，負責收賄的圓齊師兄笑嘻嘻地與銅人們分贓，一人各收三百兩銀，但剛彩上金漆的七索還是不理不睬，只是往自己房裡走去。

「不會吧？都半年了還鬧什麼脾氣？」獅子吼關卡的第九銅人垢長師兄抓著腦袋，擔心這次又聽不見有人來敲他的門。

果不其然，七索依舊是一夫當關，三十名考生就算是流氓似的圍毆群打，竟無人傷到七索分毫。七索唸著自己領悟到的拳訣，將猴拳的靈動與慢拳的圓柔發勁融合為一，有時大開大闔，有時霹靂雷電，有時彷彿笨拙地抱了個大水缸、腳步拖沓。

不管是哪一招，眾人皆無法與之抗衡。

「出去！」七索一個黏勁，單手怪異地將一名衝來的胖子反向摔出房。

「還不趴！」七索幾個小踢腳，圍在一旁的五名漢子全給踢瘸了腿，紛紛倒地慘叫。

「打陀螺！轉！」七索一個纏勁脫卸，錢羅漢陀螺似飛轉在眾人之間，撞倒了好幾個來不及出招的公子哥。

眾人東倒西歪，哭爹喊娘，七索卻覺得根本連熱身都稱不上，一想到君寶在江湖上遇到的盡是真正高手，自己在武林至尊少林寺裡卻只能跟這些膿包鬼混，不覺有氣，手上的勁道就越不饒人。

就這樣，第九關「獅子吼」門亭蕭瑟，只有守關人垢長師兄發呆了一下午。

第二天，堆在七索面前的白銀亮晶晶的，差點閃得七索睜不開眼。

足足有三千兩銀子，全都是給七索一個人的。

「七索好師弟，你就別再嘔氣了，這樣搞下去對誰都不會有好處的。」圓齊師兄好言勸道。七索卻只是挖著鼻孔，將鼻屎彈在白銀上。

「不是說好了，一個人一百萬兩麼？拳腳真金不二價，要破關就得照個規矩來。」七索說完就走回房間。

當天，五十多名合力闖關者前仆後繼擠進銅人陣第八關，然後爭先恐後地滾出來。

到了闖關第三天，一百名眾志成城的闖關者以狂暴之勢衝進關卡，想靠著人海衝勢將七索踩平過去，卻見七索一人擋在通往第九關的矮窄巷道中，笑嘻嘻地擺起架式。

眾人無法合圍七索，卻更有連成一線推倒七索的可能。

「這麼多人，踩也踩死你了！」為首的錢羅漢怒道，這三天的闖關他都有份。

「怎麼？人多就一定贏的話，這世上還需要英雄做啥？」七索失笑。

說完，七索猴拳霹靂雷電施展開，不等眾人將馬步架好，便在只有一個半人寬的窄巷裡來回穿梭，將滿心以眾暴寡的公子爺們打得落花流水，一人只消一招，便個個骨折筋裂。

七索暗自驚喜，自己在慢拳上琢磨出的功夫用在以快打快的猴拳上也一樣靈光，卻連他自己也不曉得，他的拳法已經跟君寶所領悟出的產生歧異，各自綻放光芒。

「我也不是故意與你們為難，但捱不過我一拳一腳，要怎能下得了少林？」七索拍拍身上的灰塵，看著滿巷子的人肉沙包哀哀嚎叫。

6.7

第四天，七索倒是清靜了，無人膽敢來闖。

倒是達摩院的武僧垢空怒氣騰騰來到七索面前，正是半年前方丈差遣來教訓七索的那位。

「垢空師兄，闖關來著？還是哪位財主湊足了百萬兩銀子？」七索兀自打著慢拳，腳下踏著想像中的水井邊邊，轉啊轉啊轉。

「垢空我今天就要闖關下山，你瞧怎樣？」垢空冷笑，脫下上衣，露出一身橫練的糾結筋肉。

方丈命他闖關將七索的手腳打昏，好讓那些公子哥兒唱著小曲前進，功成之後垢空自不必繼續往第九關闖將下去，總之是衝著七索來的。

達摩院可不是瞎混的，所以那些公子爺們對進達摩院精練武功沒有半點興趣，而垢空與大師兄垢滅同輩，自幼習武，盡得少林七十二絕技「惹空三疊踢」真傳。七索自不敢小覷垢空，更萌生遭逢敵手的喜悅。

「一句話勸你，別再惹方丈了。」垢空的肌肉吱吱作響，右腳抬起，像繃緊的弓弦蓄勢待踢。

七索一凜。這話倒提醒了七索，自己每個月可都要讓方丈以真氣推緩死穴，免得暴斃身亡，萬一方丈用的真氣稍弱、或緩得不用心，自己說不定得終生殘廢？

「想到了吧？」垢空冷笑，這一笑激起了七索鄉下人可怕的執念。

「我娘說，只要吃飽了便生不了病。」七索說得斬釘截鐵，說服自己。

「方丈的震魔指一發作，又豈是尋常生病可以拿來比喻的？要你痛得筋脈寸斷、百穴痛癢才死！」垢空冷笑。

「垢空師兄，你是不是怕打輸我，所以廢話才這麼多？」七索故意裝傻，擺起拳勢。

垢空不再贅言，右腳劈空彈出！

七索跟膿包打得太多，對垢空這一腳還來不及躲開，只好用胸腹直接承受，腳步踉蹌往後一倒，但七索吸勁功夫了得，加上第一時間退卻削勁，並沒有受什麼傷。

垢空早從公子爺口中得知拳頭打在七索身上的古怪，知道剛才那一腳並不能重創七索，所以並不等七索擺好架式，雙腳左右開弓不斷劈出，招式越簡單越沒變化，腳勁就越是凌厲、速度更快，踢得七索閃避不能，結結實實挨了十幾腳。

江湖上說一吋長一吋強，又稱南拳北腿，少林腳下的功夫驚世駭俗，有道是「手是兩扇門，全靠腿打人」，七索的「圓」第一時間就被踢破，此後再也無法重新調整，一路挨打到底。

垢空踢得興起，雙腳凌空閃電轟出三疊踢。

七索身上全是灰撲撲的腳印，滿地都是鼻血。

「君寶在江湖上，遇到的敵人一定不只如此。」七索眼冒金星，總算想起了君寶。

七索沉靜下來，真氣充盈，當下隨手撥攬，將踢往下巴的飛腳輕輕化解。

不料垢空的踢腳功夫當真了得，一見七索開始沉穩下來，速度立刻又翻上一倍，令七索肉眼難辨，登時又挨著了幾下。

但垢空心中的驚訝其實不下七索，他腳踢得越快，七索卻索性不去觀看，低著頭，閉上眼睛，逐漸將欺近的每一腳都擋了下來。

垢空滿身是汗。雖然他氣長力久，但久攻不下難免焦躁起來。

停住腳，七索不動，垢空也不動。

「你只會挨打麼？」垢空嘲笑，心中卻很不明白自己明明踢中這麼多腳，怎麼七索只是皮開肉綻，呼吸卻不見內息阻塞。

「挨打的功夫，又豈是你們這些高高在上的和尚能了解的？」七索緩緩前進，雙目依舊緊閉。兩手在半空中劃著圓，一個又一個的圓。

垢空冷不防一個橫踢砍向七索，七索手中的圓銳利地劈開這一腳。

垢空不信邪，一個直踢突刺七索的檀中穴，七索手中的圓閃電斬落。

「這小子會聽音辨位。」這兩下讓垢空的腳脛隱隱生疼，吃驚不已。

要聽音辨位不難，但要及時做出反應卻不容易，要擋住快腿更是不可思議。

七索微笑，他知道自己已經進入另一個境界。

「別留招。」七索說，耳朵豎起。

垢空冷笑，論實戰經驗他高出七索太多。

他慢慢抬起腳，直到腳跟完全超過七索的頭頂。其間完全不發聲響。

「喝！」垢空大叫，試圖擾亂七索的聽音，同時腳跟重重朝七索頂門砸落。

好一記「踵落」！

七索微笑，身體微微後仰避開踵落神技，左掌輕輕拖住凌厲的下壓腿，一個藉勁便將垢空摔了出去。

「怎麼可能！」垢空大駭，聽音辨位根本沒法子這麼快才是！

「聽勁。」七索睜開眼睛，氣順心和，衣袖裡隱隱被無形的風微微鼓盪著。

「聽勁？」垢空爬起，方才七索這一摔出乎意料，摔得他迷迷糊糊的。

「你身體每個動作，不，每一個下一個的動作，已經被你的氣形、肌肉顫動洩漏給我了。」七索擺開身形，看似猴拳，卻又無招無式：「還要打嗎？」

七索這聽勁乃是從慢拳觸及武學至高境界。他與君寶夜夜無招無式地轉圓推引，逐漸知曉對方肌肉裡透露出的信息，敵強我弱、無欲則剛的牽引，尋找彼此精神鬆懈瞬間發勁推出，方得得勝。君寶下山後，七索便獨自觀省自己體內的肌肉變化、氣息轉移，沒荒廢下這門功夫。

垢空看著七索，一時之間百味雜陳。

這全身彩滿金漆的小和尚到底是如何修練自己的？當大家都在糜爛荒唐打嘴炮的時候，這位第八銅人到底忍受了多少欺凌、努力使自己變強。即使，即使註定只能待在這小小房間裡，一十八年。

「我輸了。」垢空深深一揖，心中對七索的愧疚竟遠遠超過欽佩之意。

七索愣住。

「此後日子多有苦難，還請堅持你自己的道路。」垢空無法直視七索的眼睛，悵然離去。

七索看著垢空離去的背影，又看看自己的雙手。

「君寶，跑得快些罷，否則我就要追上你了。」七索自言自語。

6.8

垢空走後的第二天起，強敵陸陸續續前來闖關。

擅長少林七十二絕技之大力金剛掌的垢風師兄，與七索纏鬥了整整兩炷香時間，才筋疲力盡無功而返，據說還因真氣耗竭大病了一場。

鑽研七十二絕技中劈空掌法門的垢渡，在七索面前劈了好幾百掌，將七索劈得頭破血流的，最後卻讓七索逮住了縫隙、用奇怪的招式扭斷了手，給扔出了關卡。

捻花指乃七十二絕技中極高深的功夫，七索差點被善於此道的圓真師兄點得魂飛魄散，幸好七索鬼靈精怪，利用小房間的矮窄空間不斷縱躍迷惑，引得實戰經驗不多的圓真將真氣用罄，然後才將圓真的手指折斷、踢出關卡。

除了方丈之外，一指禪的行家圓風師兄就很不好對付了。圓風保守、謹慎迂腐的個性完全表現在他小氣巴拉的攻擊上，七索完全找不到縫隙與之對敵，一炷香後，七索乾脆來個相應不理，棄攻從守，只是死命防禦小小的寸圓之地。圓風也很苦惱，一指禪最厲害之處乃無形氣劍，但一來無形無質也就失卻大部分的力量，二來自己又沒有方丈的高深內力，這氣劍對身上隱隱有先天真氣防禦的七索根本不成威脅，要直點七索身上，七索的防守又極其嚴密。兩人僵持不下，直鬥到隔天雞曉。

「喂，給個面子行不行？」圓風額頭上都是汗水，地上一攤汗漿溼了又乾乾了又溼。

「既然進來了怎麼說都得分個勝負吧，要不咱們比腕力？」七索提議，他也累得不成人形。他的真氣稍遜圓風，要不是仗著慢拳功夫太過新奇難解，絕無法扯直。

「你以為比腕力就一定贏我？」圓風師兄臉上的汗都沾溼了眉毛。

「是又怎樣。」七索有氣無力。

就這麼，圓風也給抬出了關卡。

7.1

又到了方丈每月施術緩穴的日子。

七索像往常一樣來到方丈的禪房外跪著，心中惴惴。

寺裡要求方丈莫要幫七索緩穴的聲浪越來越大，若方丈真沒品到要逼死自己好讓銅人陣大敞，吃得再飽恐怕也沒用。

七索打一清早就報到，一路跪到了中午吃飯，又跪到了黃昏群練，方丈都沒有踏出房門的跡象，七索耳聰目明，也沒聽見房間有絲毫聲響。

起先他以為方丈內力精純所以呼吸必定沉緩無聲，但跪到月亮都出來了，七索開始驚懼房間裡並沒有人。

「小師兄，請問方丈人呢？」七索張大嘴巴，看著打掃方丈房間的小沙彌一把推開房間。果然空無一人。

「方丈昨天便出寺雲遊去了。」小沙彌逕自走進房，七索大駭。

「雲遊？」七索壓抑著。

「說是要出外考察其他寺廟的建築風格與管理方針。」小沙彌說得拗口，語氣頗煩。

「考察！方丈可有說他什麼時候回來！」七索驚道。

「方丈要走便走，問這麼多做啥？沒的又惹方丈生氣。」小沙彌掃地，愛理不理的。

七索又驚又怕又想哭，但轉念一想，少林寺又不只我一個銅人，方丈除非打算一口氣無聲無息滅了十八銅人，否則不日便要回來的。

這麼一想，七索登時放下了半顆心，跑去廚房向子安要故事聽去。

隔天，方丈沒有回來。

到了後天，方丈還是不見人影。

到了第三天，七索滿身大汗驚醒，一個箭步衝到方丈禪房，只看見清晨灑掃的小沙彌，依舊不見方丈。

「不會吧！」七索叫得魂飛魄散。

「是啊！」小沙彌回得黯然銷魂。

七索趕緊跑去敲其他十七位銅人的房門，一一請教他們死穴必須緩解的時間，沒想到十七個答案如出一轍，七索的心如墜無底深海。

「方丈前些日子說我們乖，所以就一口氣緩了我們的穴道半年時間，耗竭了不少真氣呢，他還說緩了我們的穴後他好下山走走透透氣，他老人家是該歇歇了。」

「沒搞錯吧！那方丈有沒有多交代什麼？」

「沒啊，少林寺就是這樣了，有什麼好交代？」

「再給我用力想想！比如說自行緩穴的十大方法啦還是……」

「啊，有了。」

「是不是關於我的啊！」

「方丈問我們喜歡吃什麼，他要從山下帶上來給我們。」

「就這樣？」

「方丈沒問你麼？分你吃就是了。」

七索連慘叫都省下了。

第四個夜裡，七索感覺到體內有股霸道無比的真氣在亂竄著，這股真氣不屬於自己，倏忽往返各大穴道經脈之間，有時緩緩移動倒還好，靜靜盤坐忍耐一下便過去了，但真氣經常邁開大步橫衝直撞，攪得七索五內翻騰。

「難道我就這麼死去？」七索酸苦道，真想走到廚房問子安那梁山好漢故事的最後結局，免得死有遺憾。

「不行，好歹也得試試，至多便是死，難不成會死兩次？」七索觀想體內霸道真氣的運行，想用自己體內的先天真氣硬拼、銷融，但那霸道真氣毫無章法地隨處鼓盪，根本無法追上。

真氣來到心口，心臟就疼得呼吸困難。

真氣來到肩胛，臂膀舉都舉不起來。

真氣轟至下腹，接著便是全身墮汗的如絞腸痛。

七索幾欲昏迷，真氣似乎快將自己的皮膚給脹破了。

他感覺到自己的眼睛突起，全身毛孔放大，快要滲出血來。

「走圓。」

一個聲音鑽進七索的耳裡。

七索神智迷迷糊糊，都什麼當口了還走圓？

「腦子放空，走圓，如同步履水井。」

那聲音細細密密地鑽進七索耳孔，卻又陰陽分明。

「那樣就不會死了麼？」七索想這麼問，張開嘴巴卻痛得說不出話。

那聲音消失了，原本趴著的七索突然被一股溫和的風勁給提了起來。

圓。

「是，是，走圓。」於是七索依照神祕聲音的指示，想像腳下便是水井，開始快速繞

七索的想法很簡單，他想將那股霸道真氣給搖散開來。鄉下人的無知就是這麼可怕。腳下這一繞，就繞了整整一個時辰，越繞越快，若是旁人看了定給旋得頭昏眼花。

「娘胡了大牌才生下了我，沒這麼容易就送在你這一團鳥不拉嘰的氣手上。」七索腦筋簡單，所以觀想起體內真氣運行的專注力強。

腳下越快，就越覺得體內真氣好像全縮進了丹田，死命地拉住脈位不讓甩出，四處亂竄的疼痛全壓到了下腹。自己這一瞎搞好像頗有道理。

天明了，七索兀自走著。身體像蒸籠似的，紅通通，直冒煙。

到了大中午，子安見廚房水槽快沒水了，於是跑來柴房問七索要，正才看見七索倒下地上呼呼大睡，子安喚了幾聲，七索仍舊睡得香甜，子安只好自己挑去。

七索直睡到隔天清晨才醒來，一睜眼，知道自己已逃過死劫甚至開心，抖擻抖擻身子，精神似乎更加旺健了，只是喉頭奇渴，大概是汗漿流瀉一地的關係。

七索胡亂猜想，應當是自己順利將封鎖死穴的真氣給盪化開來吧？

那真氣似乎發作了一次就不會再突然暴走，接著幾天七索都不再為鎮魔指所苦。至於

那神祕的聲音？七索根本無從猜起，這少林處處是敵人，唯一的朋友子安卻不可能知道搖散真氣的竅門。

「一定是文天祥文丞相顯靈！」七索這麼一想，頓時茅塞頓開，跪在地上叩了三個響頭，感激得痛哭流涕。

鄉下人能將日子過得快快樂樂，便是如此道理。

7.2

第二個月，方丈依舊沒有回少林。

「死賊禿，擺明了整死我？」七索暗罵，但有了上次的經驗他已不甚懼怕。

等到真氣發作，七索又開始腳下踏圓，身體歪歪斜斜的猶如踩在水井邊緣。

鎮魔指積蓄的真氣來勢洶洶，但已沒有第一次發作時那樣撕身裂心，七索越踏心境越澄明，久而久之雙手還可隨意比劃，胡亂練習起掌法來。

七索假想每一掌揮出都將惡毒至極的鎮魔指真氣給轟盪出身子，漸漸的，連掌心都冒出白色蒸氣、滴出汗水。

「好舒服。」七索還沒趴倒，那鑽心之痛已消化於無形。

但七索卻沒停下踏圓踩井，直嚷暢快。

「多謝你了文丞相！」七索感激不已。這一回又熬過了。

第三個月，頗愛雲遊四海的方丈總算回到寺裡，一見七索安然無恙、表情甚是吃驚，好像看見死人一樣。

「跪下。」方丈道，冷冷地伸出手指，真氣鼓盪在袖中。

「是。」七索滿臉隱藏不住的得色，彷彿有文丞相英靈加持般。

方丈的鎮魔指真氣再度穿進七索的奇經八脈，有如毒龍入海張牙舞爪，比起一年前封鎖死穴時更加霸道了好幾倍。

七索大驚，這賊禿根本不是在替自己緩穴，而是要謀殺自己！

七索想掙脫，卻無奈全身經脈已被鎮魔指真氣駕馭，只能繼續他最習慣的痛。

「這賊禿！將來我好了一定饒不了你！」七索恨恨不已，在昏迷前發誓報復。

而方丈在施下這一指後，又下山雲遊四海數月去了。

7.3

大概是文丞相保佑吧，七索一次又一次逃離閻王的召喚。

「踏圓。」

就這兩字箴言，七索每搖散一次鎮魔指真氣，就覺得自己身上的氣脈涇渭分明，稍運先天真氣觀想體內，那氣行之間的「道路」似乎寬廣了好幾倍，好像孔竅給拔大似的。孔竅一大，七索以自己方法鍛鍊出來的真氣就越充盈，好像怎麼塞也塞不滿似的，既然塞不滿，就不會像一般練武之人、讓真氣在呼吸之間不自覺流出體外。

「這掌力怪怪的？」

某夜七索在月光下，踏著屋頂磚瓦練習著慢拳時發覺，磚磚瓦瓦都給他的腳步踏碎了。一蹲下，七索嘗試著用充盈真氣的左掌用力一捏，竟將磚角硬生生拔將下來，捏得粉碎。

「不是吧？這麼帶勁？」七索驚喜，從屋頂跳下，嘗試運用飽滿的真氣劈柴，那柴簡直像腐木豆腐般給砸得粉碎。

於是，少林歷史上最黑暗的一頁降臨。

就在七索擔任第八銅人的一年後，整整一年都沒有人闖關下山。

七百名公子爺不論身家，除了抓狂蹺寺外，一律留在少林延畢。至於勞役寺僧就更淒慘了，他們以往與七索交惡，是以根本不敢提起闖關之事。雖然銀子看似可以打通少林各個關節，但「破關才能下山」這件事乃數百年來的典範慣例，萬萬無法就此打破。

這麼荒唐的事登時傳遍大江南北，豪富之家紛紛取消將兒子送到少林寺的計畫，該年上少林度假的公子爺只有寥寥十幾人。

眼見寶貝兒子被困在少林，山下的數百權貴紛紛投書獻策，比如用筆試取代搏鬥，或用重要發明（如錄取七十二絕技）代替闖關成績，或父母提供少林獎學金換取兒子畢業等等，有些心疼兒子的父母甚至叫兒子乾脆坐轎子回家算了，沒那張少林畢業證書也沒什麼了不起。

另一方面，少林畢業生聯合會卻在武林大會上發表嚴正抗議，表示這些亂七八糟的獻策一旦通過，少林寺的金字招牌必定蒙塵，往後即使從少林畢業也沒什麼了不起的，更會傷害已畢業校友的榮譽，力主少林應當維持闖關的優良傳統，分優辨劣。

即使抗議信件如萬箭齊發、釘得少林方丈滿頭包，但典範就是典範，能拐彎、能使陰，但就是不能廢除。

可以想見七索在少林寺的人緣降到了谷底，大家走路都離得七索遠遠的，有人怒視、有人乾脆破口大罵，柴房被生漆寫上各種惡毒的言辭。

「蹲下！」方丈怒道，又運起鎮魔指。

「是！」七索滿不在乎，脫下了上衣，暗笑方丈想害死他的鎮魔指真氣全被他拿來作「搖一搖健康操」的材料，反變成挖開氣穴孔竅的生力軍。

卡了個橫行霸道的第八銅人，少林居然搞得狼狽不堪。

但七索的強悍倒也激起了少林達摩院正宗武僧的鬥心，每半年，就有好幾名武僧進關挑戰七索。七索越是挫敗他們，他們就越想起一名習武者應當有的刻苦磨練，偶爾能在七索手底下贏得一招半式，那些武僧就樂得跟什麼似的，出關後還會不斷討論、回憶自己與七索爭鬥的過程。

但就是沒有人真正打敗七索，因為七索的功夫進步飛快，不論拳腳，或是最珍貴的內功真氣，每隔半年都教前來闖關的達摩院武僧大開眼界。

弄到最後，連少林現役第一武僧大師兄都忍不住踏進銅人陣會會傳說中史上最強的第八銅人七索。

心高氣傲的大師兄一出招就是自創的盤古開天拳，拳拳震撼山河，卻被七索陰不陰陽不陽的慢拳怪招打了個平。大師兄心中一凜，接連變招，五種七十二絕技毫無勉強地在他手中使將開來，一下子劈空掌加大力金剛掌，一下子捻花指虛點一指禪實攻，七索的聽勁功夫一個來不及，這才被逮住轟飛了出去。

轟飛了是轟飛了，但七索可是挨打的少林冠軍，立刻起身拍拍身上灰塵，若無其事回到房間裡鞠躬認輸。大師兄驚異不已，沉默了半晌才走。

就這麼，七索在少林寺已待了五年，守關三年的光陰過去。

少林寺擠滿了該畢業卻無法畢業的廢物。

7.4

「你這麼做，真的沒關係麼？」

大年夜，紅中偷偷潛入少林，在柴房煮起七索從前最愛的熱紅豆湯。

紅中跟著武功尋常的靈雪習武，武功自然也尋常透頂，但已足以一個人摸進少林，在大年夜跟七索說一晚上的話。

「多虧妳給我的靈感，也唯有如此我才有提早下山的契機啊，空有一身武功下不了山又有何用？」七索雖然是這麼說，但能不能逼得方丈破格他全無把握。方丈百分之百是少林寺最沒品的人，居然想得出雲遊四海出外考察這狗屎理由。

「你現在武功大進了，身上的死穴又有文丞相幫你擔著，何不翻牆下山？」

「就是因為武功大進，身上的死穴又有文丞相幫我擔著，所以當然不想翻牆下山。我要那些死禿頭苦苦哀求我出關，我要正大光明。」

紅中看著七索，他身上散發一股毫無矯飾的英氣，比起江湖上動不動就用拳頭恐嚇別人、刀子口上講道理的「豪客」，七索樸拙得好可愛，看得紅中不由得癡了。

「咱村子這兩年還好吧？」七索笑笑，拿著空碗晃晃。已經第二十七碗了。

「咱乳家村除了繼續往下窮，還算平順。這幾年世道亂得很，我跟師父行走江湖，看多了嚴刑酷吏下的人倫慘劇，水患頻仍，朝廷那些貪官污吏藉著修河強徵十七萬民丁、廣立名目增稅，從中獲取暴利，用苦不堪言形容黎民百姓可說是客氣了。」紅中回過神，幫七索又盛了一碗，嘆氣。

「紅中，妳長大啦，講話的樣子變得很嚴肅，有女俠的感覺喔。」七索肅然起敬，比起開始闖蕩江湖的紅中，自己只不過是一介武夫。

「可不是，師父跟我想成立一個新的門派，打算史無前例只收女子入門，名字呢，就叫峨眉。」紅中笑笑。

「峨眉？蠻有女人味的名字，好聽。」七索猛點頭。

「師父很好大喜功，直說自古名門大派都用山峰當派名，她研究了很久才找到峨眉山當我們的名號，其實我們根本沒去過那裡。」紅中笑了起來。一想起她那凡事皆率性而為的靈雪師父，紅中的肚子就會笑到痛。

「好的名字是好的開始，就跟咱們的名字一樣。」七索說得斬釘截鐵，又想多聽點紅中與靈雪闖蕩江湖的事。

「師父武功平平，卻老是愛跟君寶計較通緝榜上的排名，所以我們常常偷襲小地方的官府，將裡頭的糧盜了出來送給窮人，還故意留下峨眉的戳記。」紅中說，峨眉的記號乃是雙劍交疊的圖樣。

「通緝榜？那是什麼東西？」七索問，傻裡傻氣的。

「江湖俠客最重視身價了，朝廷願意出多少兩銀子抓你，就表示你這個俠客有多少本事同朝廷作對，越跟朝廷作對，就越是站在老百姓這邊。我師父武功不高，卻很令朝廷頭痛，好不容易在上個月終於攀到了前十。」紅中說，又笑了起來。

「那榜首呢？當今武林誰居第一？」七索口乾舌燥。

「這一年來，朝廷通緝榜上的榜首與榜眼一直沒有更動過，分別是張三丰，與乳太極。」紅中頗有深意地看著七索。

「張三丰？」七索微微失望。但想想，武林最出風頭的人物哪是這麼好當的。

「君寶便是三丰，三丰便是君寶。三丰是君寶的俠名。」紅中說，看著七索眼睛瞬間瞠大，拳頭握緊。

「君寶這傢伙！我就說他一定行！我就說他一定行的！」七索激動不已，興奮得直翻觔斗。

七索真的是痛快到骨子裡了，真想逢人就在耳邊大吼：「那個大俠張懸的兒子就是震撼當今武林的超級大俠張君寶啊！他啊！是我的好兄弟！」

紅中靜靜地幫七索又盛了一碗紅豆湯，等著七索安靜下來。

等著七索再問一個問題。

「對了，那個乳太極是誰啊？姓乳的何其少，咱們也當與有榮焉。」七索捧過紅豆湯，唏哩呼嚕喝了個碗底朝天。

「何止與有榮焉。」紅中微笑，遞給七索一張紙條。

7.5

月黑風高，汝陽王府。

王府堅固笨重的大銅門居然掉了一扇，半百蒙古衛兵東倒西歪摔滿地，個個兩眼無神。無數把明晃晃的大刀插在地上，隨嗚咽的夜風擺盪，發出鏘鏘的聲音。

剛剛那場突如其來的殺入，已經不能歸類為謀刺。

而是一種既驕傲又狂野的宣示。擋者披靡，所向無敵。

已經是這個月第三次了。

囂張的刺客。

「報上名來！」十幾個武功卓絕的西藏喇嘛圍在汝陽王旁怒道。

喇嘛看著蹲在兩丈高牆上、全身塗滿金漆的光頭和尚。

汝陽王牙齒打顫著。

「名？名可名，非常名。」刺客恬不知恥笑著，毫不將眾喇嘛看在眼底。

「敢作敢當！報出名字爺好天涯海角殺死你！」帶頭的喇嘛大有來頭，字字有如金屬擠壓，十分刺耳。他可是不殺道人的得意首徒，殘空。

「道可道，非常道。」刺客打了個呵欠，乾脆在高聳的牆上單手倒立起來。

汝陽王府的弓箭手姍姍來遲，三十把弓在底下拉滿，箭頭對準金光閃閃的刺客。

「記住了，我乃太極。」刺客一身耀眼的金，咧開雪白的牙齒笑著。

不等羽箭齊發，一個翻身，刺客消失在黑夜。

「我闖出來的江湖，有一半都是你的。」

8.1

高懸朝廷通緝榜榜眼整整十二個月、全身金漆的太極，其大名震得連少林也晃動起來。這幾天越吃越肥越肥越癡呆的廢柴公子哥兒們的話題，全繞在這位「金漆人太極」身上。

「又是金漆又是詭異的慢拳，這不是在說七索是在指誰？朝廷那些捕爺笨得要死，要拿太極往少林抓就是！」

「是啊，抓走了那頭死第八銅人大家日子就好過了，哎，我沒畢業就下山，我爹一定給人瞧不起，家產一定只傳給我那兩個畢業少林的兄長，說什麼也得撐下去。」

「不如說幹就幹，咱們飛鴿傳書報官罷！叫不殺親自過來逮他！」

「瞎扯！七索哪來這麼大本事千里往返少林跟汝陽？我中午還常常看見他蹲在廚房吃飯咧！他要真有那麼大本事早就將死穴解開下山啦！還跟咱們這樣瞎纏？」

「是啊，而且幹嘛故意漆了金漆，不是擺明了此地無銀三百兩麼？那頭死銅人要笨也不是這個笨法。」

「倒也是。哎。」

而韓林兒經常服侍著大爺們吃飯，聽得耳語也夠多了，什麼話都不新鮮。但過了半把月，韓林兒聽到一個可怕的消息，一聽不對勁，到了當日黃昏終於忍不住跑去問了七索明白。

七索正在廚房外纏著子安聽故事，梁山泊一百零八條好漢正與奸相高俅做最後的決一死戰，雙方連夜慘鬥，宋江的法術與吳用的智計連疊而出，好不精采。

韓林兒大剌剌走到七索面前。

「七索，大家在傳的那個太極是不是你？」韓林兒也不拐彎、直話直說。

七索蹲著搔搔頭，子安在樹下傻傻笑了起來。在人前，子安總是一副傻兮兮的樣子，所以誰都不會把各種腦筋動到他身上，他才得以專心寫作。

「你這麼聰明，你說可能嗎？」七索反問。

「如果是你也就罷了，但如果不是你，你可得小心了。」韓林兒不像在開玩笑。

「怎說？」七索不解。

「我聽那些廢柴說，朝廷已經開始懷疑你就是偷襲汝陽王五次的通緝犯太極，正思忖要對付你，或許就是這一、兩天的事。」韓林兒手扠著腰。

「對付我?怎麼對付?」七索看著韓林兒。

「據那些銅臭鬼說,朝廷已差了不殺親自來逮你,要我說,你還是逃了罷。」韓林兒很嚴肅,說完就走。

「逃?」七索看著韓林兒的背影。

子安看著七索,七索聳聳肩,好像立刻不將警告當成一回事地抖掉。

「韓林兒說得對,別小看了朝廷,一旦他們盯上你,你怎麼辯駁也不會有用的,再說你應當惹惱了不少權貴,就算查清那太極並不是你,也能生出別的藉口拿你。依我看還是連夜逃下山為妙,既然你身上的死穴已無大礙……」子安皺眉。

那不殺道人子安是見過一次面的,那時遠遠瞧著不殺將文丞相的皮一片片剝撕下來的冷酷表情,便知這人萬萬惹不起,少林依規是不能無端逐出七索,但朝廷的鷹犬拿著符令想怎麼幹都行。

「子安,你瞧我打得過那不殺麼?」七索覺得自己武功大進,似乎看不到盡頭。

「不出三十招,你若還有機會自己了斷便是萬幸,莫要被那不殺挑斷了全身筋脈,求生不得求死不能,受那活剝人皮的苦。」子安實話實說。

「難道真的要夾著尾巴逃走……」七索被這麼一說,背脊倒有些發寒。

子安認真地看著七索，又看了看四周，生怕有人偷聽。

七索見子安有話想說，於是跳上樹梢，看明了附近都沒閒人走動才又跳下。

「有件事我覺得奇怪很久了。」子安說，臉色凝重。

「什麼事？」七索。

「方丈在你身上下了死穴這件事，你不覺得疑雲重重？」

「怎說？」

「如果方丈見你沒有因為鎮魔指真氣暴竄而亡，反而武功更加精進，那他也該懷疑你是不是找到破解的方法或是有高人暗中助你，而不是又死命灌你真氣罷？」

「方丈冥頑不靈，一次比一次還狠，這點毋庸置疑。」

「方丈若真的如此惡毒，要殺你，理當易如反掌。他只消在緩穴時朝你天靈蓋拍上一掌，要不順手廢了你的奇經八脈，也就足夠解決銅人陣的問題了不是？」

「……你這樣說，好像有點道理。」

「真不愧是小說家是吧！」

「那怎辦？總之還是一個逃字？」

七索雖然不願，但為了賭一個氣留在少林似乎已無必要，要不是貪戀著方丈每三個月都會用鎮魔指「加害」他，令他武功突飛猛進，他早想下山跟君寶會合了。

「七索，算一算，你身上的死穴也該發作了吧？」

「是啊，方丈又出去考察了，死穴大概這兩天就會發作。」

「這樣啊……」

七索瞧子安的模樣，倒真有他小說裡智多星吳用的神采。

8.2

柴房內，七索全身盜汗，模樣甚是辛苦。

「怎麼，要發作了？」子安隨口問道，在一旁蹲著刻木板。

「嗯。」七索站了起來，搖搖晃晃。

跟往常一樣，七索開始在地上踏井走圓。柴房的地板已被七索的腳步劃了一圈又一圈的痕跡，苦功斑駁其上。

七索由緩至急，越急越晃，但七索突然打了個嗝，速度驟然緩下，整個人有如醉酒，腳步開始虛浮。

子安察覺到不對勁，抬頭看了七索一眼。

「沒事吧？」子安道。

七索不答，他猙獰的臉色已說明了這次的踏圓頗有古怪。

子安想拉住七索，卻被七索身上的無形氣勁給震開，子安一屁股跌下，卻見七索的身子像脫弦的箭、猛然暴衝撞壁。

轟的一聲，牆壁塌陷了一小塊，七索卻沒有停止住身上的怪異，勢若瘋虎，卻又口吐白沫，像是羊癲瘋發作。

「糟糕！難道是走火入魔！」子安大叫：「我去找人幫你！」說完便踏出柴房。

一道黑影飛快掠進柴房。子安猝然昏厥，倒在柴房門口。

黑衣人出手如電，一指直點七索背脊十八穴。

卻見七索背脊一滑，巧合地避開黑衣人快速絕倫的一指。

黑衣人一愣，左手成抓直撲，想捺住七索的腰際。

七索身子一轉，溜滴滴又避開，一腳卻踢上黑衣人的下腹。

「嘿！」黑衣人眼光如鷹，也不避開七索這一腳，一掌輕飄飄拍出，便藉著七索這一踢讓自己退開。

這兩擊落空，黑衣人便看出七索的走火入魔是裝的，便即要走。

「你究竟是誰！」七索擋在門口，凝視黑衣人的眼睛。

黑衣人不答也不戰，直接朝柴房牆上一衝，匡啷巨響，竟就這麼撞了出去。

七索大驚，趕緊跟在黑衣人後猛追。

黑衣人甚是熟稔少林院落的位置，完全避開寺僧熟睡的寺院，抄了最無人的捷徑奔出少林。

七索只上過兩星期的「輕功水上飄」速成班，但教輕功的老師是個瘸子，所以只學到了個大頭鬼，所幸鄉下人的腳力本健、加上悠長的內息，仍勉強盯著黑衣人的背影不放。

黑衣人一路奔下少林山下的石階，七索好幾次都想大叫站住，但一開口就覺得腳步緩了半刻，只好專注跑著。

少林密林叢叢，七索長期都在少林本寺活動而已，至多是到山腰提水、溪邊洗衣，一路跟著黑衣人鑽進不見天日的山林裡，七索越跑越驚。

七索發現黑衣人的腳步其實是配合自己，自己跑得快些，黑衣人就健步如飛，自己放慢腳步，黑衣人就跟著緩下；黑衣人的內息遠勝自己，武功凌駕在自己之上。

但黑衣人一見自己走火入魔便匆忙入內，伸手便想點倒自己而非趁機偷襲，顯然沒有惡意。

七索停下。

黑衣人停下，背對著七索。

「你是方丈吧？」七索問，臉不紅氣不喘。

黑衣人沒有回頭，也沒有多餘的反應。

「這是子安說的，他這麼聰明，一說便不會錯。」七索說，凝神戒備。

黑衣人撕開面罩，果然是方丈那賊禿的後腦勺。

「我打你不過，你有話便說吧。」七索一見真是方丈，反而洩了氣。

方丈一身勁裝，幾乎沒有老態，目光如炬，完全無法想像這張臉跟平常那個瞇瞇眼、扁嘴、一臉奸臣銅臭樣的方丈是同一個人。

「出手。」方丈攬手，沒有更多的話。

「子安說，你不是想拿我當武功罐子做奇怪的實驗，就是對我有恩，有意幫我打通全身經脈。」七索直言道：「你是哪一個？」

「出手。」方丈皺眉，七索實在是話太多。

「回答我。」七索說，沒有意思動武。何況他從剛剛的一跑一追中，就知道自己的武功差了方丈一大截。

必贏的架毫無意義，必輸的架卻也索然無味。

「若過不了我手上三十招，你就死在這荒山罷。」方丈冷冷說道，左手軟綿綿拍來。

8.3

七索知道這軟綿綿的掌裡可不是軟綿綿的女人勁，只好凝神招架。

方丈的武功頗為詭異，明明就是力斷山河的大力金剛掌，在方丈的手中卻變成軟綿綿的飄忽空掌，但每次掌風削近七索身子，七索立刻感覺到逼人的掌力非同小可，完全不輸大師兄剛猛版本的大力金剛掌。

七索並不畏懼大師兄的剛猛，卻很怕方丈的無法捉摸，是以完全閃躲，不敢硬接。

方丈眼露不屑，掌影更加靈快，七索完全被壓迫性極強的氣勁包圍，只好使出最擅長的慢拳應付，方丈的金剛掌登時被引進落空，方丈卻絲毫不感驚訝，以指換掌，一指禪功夫激射而出。

七索最是懼怕這種無形指功，因為除了閃躲外根本想不出良策，只好硬挨了兩記封穴飛指後，再以飛快的手法自行解穴，方丈再射兩指，七索微微移開重要穴道，又是自行反手解穴，一來一往，十分滑稽。

方丈一愣，他從未想過有這種戰法。

「胡來！」方丈凌空踢腿，七索依樣畫葫蘆跟著踢出。

兩腳底在空中砰然交擊，七索內息一窒，往後飛出。

「腿斷了？」方丈皺眉。

「還早。」七索答，無奈地擺好架式。

方丈見七索說話平常、內息似乎不受影響，點點頭，雙掌排山倒海擊出！

七索大驚，要是給方丈這掌力直接砸到，可不是飛出去、拍拍屁股就可以站好的便宜情況。想要引進落空，卻又絕對辦不到。

這一傻眼，方丈的雙掌已經欺到眼前，頭髮都往後飛了起來。

七索咬牙，腳下踏圓快速迴開，卻見方丈雙掌跟著一轉，往七索的背門轟去，鬼纏身似的。

「賊禿果然還是要我死！」七索無奈，只得鼓盪起全身真氣，用慢拳將方丈硬掌往旁卸去，但方丈掌力太過剛猛，七索只托引了三成，便讓方丈給硬推飛出，內息劇烈翻騰。

「至剛無敵。」方丈冷冷說完。

七索擦掉鼻血，踉踉蹌蹌站起。

「其慢也剛。」方丈雙掌極慢地推出，身子劈哩啪啦發出輕微爆響。

七索擅長聽勁，知曉方丈已經將內力催運至頂峰，肌肉與骨骼紛紛脫開原位、重又密合。

方丈那模樣不似七索的慢拳，他的雙掌毫無任何招式變化，只是這「不變」卻是極厲害的殺著，比起方才的至剛猛拳，七索更沒有把握藉勁牽引、引進落空。

七索深深吸氣，內力在氣孔竅裡源源不絕生出，開始繞著方丈疾跑！

既然他的「慢」沒有方丈的「慢」厲害，乾脆以快打慢！

「死光頭看招！」七索的猴拳展開，九虛一實地攻擊方丈。

方丈銳眼分辨，對七索眼花撩亂的佯攻視若無睹，只是靠著緩慢的步伐與無巧無工的掌力漸漸將七索逼退，那雙掌上的內力何其驚人，在七索看來，方丈的身影竟有種越來越巨大的恐怖幻覺。

七索只能後退，後退，然後發覺背脊已頂到了樹木。

「不放槍給我！那便自摸吧！」七索整個少林寺最看不順眼的便是方丈，要他就此磕頭認輸那是不可能，當下運起全身真氣一擊，與方丈硬碰硬對轟了雙掌！

一聲悶爆，方丈倒退了兩步，七索身子陷入身後樹木裡。

大樹啞啞作響幾乎斷折。

七索喘著氣，警戒看著方丈。方丈也是滿臉通紅，額上有白氣蒸繞。

「知道你的武功有哪兩樣缺點了吧。」方丈捻鬚，慢慢說道：「踏圓。」

七索內息運轉不順，當下也不多言，開始走圓踏井，只消轉了五、六圈便將翻滾的內息調勻，一身是汗。

「千錘百鍊，剛而歸之於柔，柔而造至於剛，剛柔無跡可見。」方丈說。

「……」七索沉思。

「天下武功不無以柔克剛之法，不無後發先至的妙著，這些你跟君寶都已經領略。但以暴凌弱卻是武學真理，這暴，便是最紮根的基礎，教你避無可避、逃無退路。」方丈看著七索。

「你偷看我跟君寶練功！」七索一驚。

「妙著，或許可以制服比自己厲害兩倍的練家子，但如果對方比你厲害五倍、甚至十倍呢？你挪移得了真正剛猛無儔的拳嗎？當對方內力遠在你之上，你能卸掉他的掌勁麼？」方丈不理會七索。

七索默然。

自己雖未執著於巧，但的確頗依賴敵來我挪的功夫，遇上真正的一代高手，自己還是得硬接硬打，不真正變強不行。

「下山罷。」方丈靜靜說道。

七索驚訝不已，一跪落地。

「請方丈指點弟子。」七索汗流浹背，又驚又愧。

原來方丈的市儈樣是裝出來的，那無恥笑臉底下居然是大師風範。

子安跟七索說，方丈有意幫他打通奇經八脈，絕不是想害死他，要不就是想利用七索的身子當某種新武功的試驗場。於是子安設下一局，假裝走火入魔，引得在遠處觀察七索踏圓的方丈不得不伸手相救。

七索剛剛聽方丈叫他踏圓化解翻騰的內息，那聲音依稀與「文丞相」相同，顯然當初便是方丈出言提點、銷融鎮魔指的霸道真氣。

方丈是友非敵，但為何是友非敵，七索依舊身處迷霧。

「指點？」方丈搖搖頭。

「弟子不明白方丈的苦心，但現在總算知道方丈神機妙算必有深意，哎，就請方丈鞭策弟子，教弟子真正的少林武功！」七索誠心叩頭。

「學得太多猶如扛上千斤包袱，何苦？你跟君寶自創奇拳，日後必定青出於藍，不要教少林七十二絕技蒙蔽了你的視野，你的氣穴竅孔已然打開，內功進展將一日千里、進境無邊無際，別懈怠了修練。趁天還未亮，你下山罷。」方丈說完便慢步朝山上走去。

「方丈，我不明白！我有太多事不明白！」七索跪著，摸不著頭緒。

「那就帶子安一齊下山罷。」方丈說，言下之意當然是子安的聰明足以解謎。

七索迷惘地看著方丈背影，情緒難以平復。

「心中有少林，何處不少林？心中無少林，天下即天下。」方丈隱沒在密林裡。

8.4

天已深藍，露水初成。

一輛大牛車馱著數百片木板，慢慢在山徑間走著。兩個換下少林僧服的光頭和尚躺在牛車上，看著即將日出的天際。

「原來少林只是敷衍朝廷的耳目，故意將自己搞爛？」七索蹺著腿。

「多半是的。」子安咬著刻刀桿。

「那少林到底在圖謀著什麼？暗中對抗朝廷？」七索胡亂猜想，幸好他有個超會寫小說的朋友。

「方丈要你下山，表示答案不在少林裡，你就自由闖蕩吧，去找紅中，去找君寶，去看看這身武功能夠為天下人做些什麼，有空嘛就去書攤翻翻，瞧瞧我的大作名動天下了沒。」子安笑笑，看著七索。

「你不跟我一起闖麼？」七索有些難過。他已厭倦了別離。

「打打殺殺的，不適合我。故事之王嘛，理當行萬里路寫百萬字書，日後咱英雄再見罷，我第一個讀者。」子安伸出手。

「子安，在少林的五年裡，承蒙你照顧了。」七索緊握著子安的手。

這未來故事之王的雙手都是厚繭，絲毫不遜自己。

不論在哪個年代，成功的捷徑都只有一條。毫不猶豫踏上最艱難的路。

幾個日夜，大牛車總算繞出了嵩山，行出了河南。

七索跳下車，向車伕拜託再三，又給了好些碎銀子。

「七索，替我這故事起個名字吧，如果可以，再幫我起個筆名，如果此書被禁也殃及不到我。」子安坐在牛車上。

子安心中歉疚，他無法先給七索那浩瀚故事的結局，因為結局他還想不出來，或許遊歷之間才能得到靈感罷。

「重劍無鋒大巧不工，武功如此書名亦然，越簡單越能傳誦百世。」七索想了想，說：「故事講的是水滸梁山寨的英雄俠義，就叫水滸傳吧。」

「有魄力。」子安欣然。

「至於筆名，你本名姓施，這是不能改的，你耐心極堅，又待在和尚庵裡十幾年，筆名就叫施耐庵如何？」七索取名的邏輯很有鄉下人的簡單。

「施耐庵，挺好。」子安點點頭。

「下次見面的時候，你就是故事之王了。」七索笑嘻嘻的，就如同水滸故事裡的九紋龍史進。

「保重。」

子安躺下，不想讓七索見到他已熱淚盈眶。

9.1

元朝至正九年。

黃河在河南白堤決口已五年，河南、山東、安徽、江蘇等地都遭了大水，對鈔混亂致使物價飛漲，貪官酷吏不斂反盛，惹得民亂四起。汝陽王之子擴廓帖木兒，也就是王保保將軍奉命率軍鎮壓民亂。王保保用兵奇速，號令嚴整，屢屢蕩破零星散亂的義勇軍。

怨聲載道的百姓不僅要面對酷吏重稅的勒索，還得面對無法無天的盜賊橫行，那些小盜賊遇到官兵就躲、碰見村民就搶，令百姓不勝其擾。至於人數糾聚數百的馬賊團更是囂張，佔山為王、姦淫擄掠更甚元兵，連地方官府都不敢與之對抗。

七索與子安分開後，一肚子掛念著家鄉，來不及行俠仗義便先回到了乳家村。

七索回到村子時，原以為整個村子會轟動起來，但年邁的母親只是叫他去餵雞，然後去幫弟弟們將破損的籬笆補好。

一切都跟離村前的步調一樣，七索感到無比心安。見到弟媳揹了未曾謀面的姪兒在田裡幫忙，七索更是亂感動一把。

「會說話了麼？叫七索伯伯！」

「大哥，你也快生一個吧，紅中這三年一聲不吭就跑去少林找你，弄得人家家裡沒幾天就跑到我們家要人要聘，爹都快瘋了！」

說書老人這四年來老得很快，但七索一回來，他的故事又說得口沫橫飛，好像又年輕了幾歲。那陪伴說書老人的老黃狗毛又掉了不少，一見到七索，連嗅都不必嗅，立刻便認出故舊，高興地搖著尾巴。

七索蹲在老狗旁，笑嘻嘻地幫老人補充故事的縫隙。受了子安的專業訓練，七索為故事加油添醋的本領令老人嘖嘖稱奇，直呼練武功居然也能令腦袋靈光。

「七索，少林寺怎麼樣？」老人問。

「糟透了，但很愉快。」七索笑笑。

待在最熟悉的乳家村，七索並沒有荒廢他最在意的事。

每天，七索都踏著村子裡唯一的那口井繞圓，回憶與方丈實力懸殊的那場比劃。常常，七索都在冷汗驚心中結束練習。

下山前方丈嚴肅的親手提點，讓七索每夜都反覆思量著自己的武功缺失。

七索與君寶所創的「慢拳」以柔弱勝剛強，但絕對的剛強卻是柔弱所無法與之抗衡的。天下的武功浩如繁煙，剛猛的武功路子尤其多數，少林寺裡的功夫幾乎都講究剛猛，丐幫震幫絕藝「降龍十八掌」號稱狂猛無匹冠絕天下，想來自己也不是對手。比上不足比下有餘的自己，只能踢踢妖魔小丑的屁股罷。

想著想著，七索覺得真嘔。上少林六個年頭卻與真正的少林功夫錯身而過，兀自創了一套稀奇古怪的拳法，不知洋洋得意個什麼勁。

「笑話，我這麼想，難道是巴望著武功天下第一麼？罷了，有這身功夫也就夠了，別光練著功夫卻忘記了要功夫做啥。」七索自己安慰著自己，卻又希冀未來碰著了君寶能問問他的看法。

更希望，君寶的資質遠勝自己，早就勘破了慢拳弊病到了真正高手的境界。

七索回到了乳家村，還有一個目的。

村口，老黃狗懶趴趴地看著遠方，舌頭半吐在牙幾乎掉光的嘴巴外。

「師傅，我一路回來聽得人家說，附近的牛飲山聚了一群跋扈的馬賊，連官府也治不了，他們在哪？約莫幾人？」七索最擔心家鄉遭到蹂躪。

「別打壞主意，誰不知道我們乳家村窮？窮有窮的好處，不會有賊動咱乳家村腦筋的。」老人看出七索的意思，搖搖頭。

七索沒有應話，看著遠方思量。

老人嘆氣。這孩子變成這樣子，自己也有一份。

「那群馬賊兇狠得緊，以紅巾綁頭，原先大抵只一百多人，只知道為首的姓徐，很懂蠱惑人心，短短兩個月間便將賊團擴充到三百多人，半數以上都不是烏合之眾，加上徐賊略懂兵法，還曾敗過官兵兩回。」老人說。

「敗過官兵？這麼說起來，那些馬賊算是義勇軍？」七索問。

「義勇軍？這年頭打著義勇軍的名號姦淫擄掠的可曾少了？兵不兵，賊不賊，在這亂世又可曾分辨得清？只是那官兵更加可惡，不敢與那群馬賊正面對戰，卻淨抓些村民百姓綁上紅色頭巾，充當起馬賊斬殺交差了事，可惡，可憎。」老人摸著自己的斷腿。

七索點點頭，他一路走回乳家村時見了不少暴虐無道的荒唐事，心中焦急，於是搶了匹官馬急趕回家，幸好家鄉只是一個勁的窮。

「七索啊，我們村子只要按時交糧給他們，也就相安無事。」老人看著夕陽。

「嗯。」七索也看著夕陽。

9.2

三百多人的武裝馬賊絕非好惹之輩。

但若怕了區區三百多人，又何能想像歷史留名？

七索深入牛飲山，本想來個最簡單的擒賊先擒王、快速解決這件事，但探勘了三天三夜都沒發現馬賊首領的蹤跡，但眾馬賊號令嚴明、層級清楚，顯然首領的確是號人物。

而這群馬賊頗有詭異之處，個個頭綁紅巾作為信記，每日天明必向東方虔誠跪地參拜，口稱不動明王降世、白蓮聖主德澤廣施等讖語，模樣虔誠無比、有時更涙流滿面，實難與強橫的賊團形象聯想在一塊，與其說是馬賊，不如說是一個武裝教團。

到了第七天，藏身樹梢的七索終於聽到關於馬賊首領的消息，原來牛飲山上的馬賊團只是其中一個分舵，這幫主到處組織串連、在各個山頭進行招兵買馬的擴編，久久才會回到牛飲山一次，這段空白的時間就讓馬賊團自行到官防薄弱的小村莊搶糧劫財、強徵村夫入夥，避免跟訓練有素的官兵遭逢。

思量再三，七索決定出手。要是瞎等首領回山，不知又要拖延多少時日。

第九日，天方破曉，馬賊浩浩蕩蕩集結下山，七索昨夜聽得他們又要襲擊兩個村莊，早就在半路等著。

「你們這些盜賊，一點都沒有子安筆下水滸英雄的俠義行徑，立刻解散回鄉種田去，免得動起手來拳腳無眼。」七索跳下樹。眾馬賊大吃一驚。

七索一個人獨自擋在徐團馬賊每日必經的隘口，大聲唸誦著這段自己背誦再三的警告，十分滿意。

「小子，報上名來！」一名馬賊喝道。

「太極。」七索從容不迫。君寶的好意，他可沒有等閒視之。

馬賊一凜，面面相覷。

「道上皆知太極大俠全身金漆，你不是太極！」馬賊不信。

「少林寺第八銅人早下了山，看來你們的消息很不靈光呢。」七索摸著頭髮初生的腦袋，眾人仍是滿臉疑色。

天性質樸的七索不想多起紛爭，看著身旁的矮樹一拳劈空掠出，碗大的樹幹登時被削斷落地，算是驗明正身的警告。

一個臉色白淨、書生模樣的人物坐在馬上向幾個壯漢使眼色，十幾個壯漢立即下馬，將七索團團圍住。

「失禮了。」書生雙掌合十，模樣謙卑。

「失禮什麼？」七索才剛開口，十幾個壯漢紛紛抽出大刀向七索砍去，一出手便直取要害。

但這些馬賊的動作在七索眼中全是破綻，他隨意幾記猴拳快掌迭起迭落便將壯漢打趴在地，個個拆筋斷骨哀嚎不已，刀子明晃晃插了一地。

「好功夫，不愧是太極大俠。」書生一躍下馬。

七索原以為書生要與自己親自比劃，卻見書生長揖到地，臉色誠懇。

「太極少俠，在下姓陳名友諒，適才小試大俠身手，還請海涵。」書生歉然。

「不敢。」七索這才明白，抱拳回禮。

伸手不打笑臉人，七索見這書生彬彬有禮，要繼續動手居然感到不太好意思。

「我說，你們解散了罷，大家省下一場架如何。」七索環顧眾人。

眾人看著書生，似乎幫主不在，一切以書生馬首是瞻。

「久聞太極少俠與朝廷作對毫不畏懼，五闖汝陽王府謀刺未果，藝高人膽大教人好生欽佩，但少俠似乎對本教有所誤解，其實本教所為與少俠頗有相似之處。」書生侃侃而談。

「怎說？」七索洗耳恭聽。

「世人皆知朝廷暴虐無道，咱這支教軍早已醞釀多時、訓練有素，教主遠走各地以德傳教，不出一載便能成十萬教軍，可謂黎民百姓希望所繫。有道是成大事者不拘小節，大軍不可一日無糧，我教既為萬民所繫便應取之於民，將來驅逐胡虜還政於漢，本教自然與民休息，屆時天下太平，又豈是今日水深火熱所能相比？」陳友諒說得誠懇，身後馬賊紛紛點頭稱是。

「你是說那些村民被你們搶糧搶錢是理所當然的？」七索不知如何，心頭火起。

「天理循環，有因有果，今日之業必為他日之果。我教主乃西方極樂淨土不動明王轉世，修練早超越因果得失，教主勘破大宋失德才致使元人鐵騎南侵，百姓無德才招來元人暴虐以施，我教慈悲，廣劫百姓以化解累世之惡，才能成就千秋萬世之福報，開啟新局。」陳友諒感嘆。

「這麼說起來，搶劫百姓還是為了他們好？」七索緊緊捏起拳頭，他聽得頭都快裂開了。

「因果之道看似當然，世人卻無法以常理蔽之。若我教能得太極少俠幫助，天理循環想必是更快的了。」陳友諒誠摯邀請：「太極少俠氣宇軒昂，身手不凡，待教主回來定是極為賞識，小的必力薦太極少俠擔任教軍前鋒，討伐朝廷更是勢如破竹。」

「你說你教主是什麼東西轉世來著？」七索拍拍腦子，裡頭真是混沌一片。

「西方極樂淨土之彌陀轉世，曰不動明王，世稱白蓮聖主，俗名徐壽輝徐教主。」陳友諒雙掌合十，模樣虔誠。

「叫他來跟我打。」

七索捲起袖子，一腳將插在地上的大刀踢斷。

一炷香時間後，三百多人的馬賊團潰散，或逃或倒，滿地狼藉。

「君寶，這下你該知道我下山了罷。」七索喃喃自語，看著披頭散髮的陳友諒驅馬逃下山，邊逃邊罵。

他想，沒有比這個招呼還要來得有朝氣了吧。

9.3

朝廷通緝榜。

年度犯罪率最高幫派，丐幫。

年度最不可原諒盜賊，張三丰。

年度最惡劣新人，乳太極。

年度盜賊最壞五人，趙大明（賞金一萬五千兩）、張三丰（賞金一萬兩）、乳太極（賞金八千兩）、醍醐（賞金六千兩）、石兩拳（賞金三千八百兩）。

年度最邪惡陰謀顛覆暨非法集會領導，韓山童（賞金三萬兩）、徐壽輝（賞金兩萬兩千兩）、趙大明（賞金一萬五千兩）、劉福通（賞金一萬兩）、郭子興（賞金八千兩）。

特別通緝，少林寺叛徒暨第八銅人乳七索（大元朝豪富聯合會提供十萬兩）

「清一色都是男人，簡直是性別歧視。」

靈雪怒氣騰騰，差點沒撕下貼在客棧牆上的通緝賞單。

紅中在一旁噗哧笑了出來，惹得靈雪瞪了紅中一眼。

她們峨眉派二人組一路尾隨君寶的犯案路線，一面打劫勢單力薄的徵稅官兵。

「師父，我說我們還是找個安靜地方練劍才是，等我們劍術大增，那些男人自然不會瞧我們不起。」紅中老實說，她總覺得峨眉的劍術招數太過累贅，臨敵對戰不夠俐落，好幾次都打得險象環生。

「練什麼劍？他張君寶做得到我靈雪也做得到，待我追上了他，非要他跟我為上次跟上上次的無禮好好道歉不可！」靈雪恨恨道。

有時候真讓她找著了君寶，君寶說沒幾句話就又一溜煙不見，當她是團空氣似的，讓靈雪更加怒火中燒。

紅中心底卻明白，她那飛揚跋扈的師父自乳家村殘念一役後，便對七索的好友君寶產生了微妙的情愫。

而君寶不知道是真不懂還是裝傻，每次與師父講話都是簡單扼要、說完便走，若要長篇大論必是談論武功、講述他在江湖遭遇的劍客所用招式，動不動就要指點起師父劍法來著，搞得自尊心比誰都強的師父常常大發雷霆，君寶自討沒趣，輕功幾個起落又消失不見。其實，她與師父所謂的闖蕩江湖，不過是黏在君寶後頭做做小案罷了。

離鄉已經三年了，紅中是第二次到大都。

生在鄉下的她兩次都覺得京城的一切都很新鮮，街上掛著少林招牌的武館林立，還有搭台賣藝的武夫、比武招親的戲碼、兜售糖葫蘆與鮮果的小販樣樣不少，但今年水患頻仍百姓逃荒者眾，連蒙元大都也流行起擺攤賣身葬父。

這峨眉派師徒倆模樣生得漂亮，又各配了兩口劍在身上，即使在人口熙攘、人種繁雜的大都也十分惹眼；兩女繫好白馬，進客棧點了幾個菜用餐，附近客人紛紛投以好奇又饞涎的眼光，暴烈的靈雪皆狠狠地瞪眼回去。

臨桌三個佩劍的客人的話題吸引了紅中與靈雪的注意。

「聽說那個太極跟少林寺那鬼憎神厭的第八銅人真是同一人！前些日子他單槍匹馬挑了牛飲山的賊寨時親口承認來著！嘿，這可神了，日行千里來回作案，非得等到那不殺親自上少林宰他，他才肯真正逃下山來。」臨桌一個彈著劍鞘的中年胖子說道。

「逃也沒什麼丟臉，普天之下誰敢與不殺為敵？待得那不殺老死，這武林才有新局。」坐在胖子對面的瘦子剔著牙。

「對了，那牛飲山的香軍寨子不也是徐壽輝搞的那白蓮教的分舵麼？那太極可也大膽，這下兩邊的樑子結得可大了，北派白蓮教第一高手醍醐遲早要跟太極一戰！」一個老者拍著桌子，震得酒杯都跳了起來。

「南派香軍的敵人未必便是北派香軍的對頭兒，南派吃了癟，北派樂都來不及了。」瘦子冷冷道。

這威脅朝廷的白蓮香軍雖都以紅巾為信，卻有南北派別之分，兩派表面都奉彌陀下世的稱號，骨子裡卻各奉其主，日後衝突只是時間問題。

「說得好，再者，傳言都說那張三手跟太極使得是同一路古怪拳法，傳是拜把兄弟來著，如果醍醐跟太極作對，張三丰也不可能做壁上觀啊，二打一，醍醐必敗無疑。」胖子搖搖頭。

「大俠誰跟你二打一？英雄好漢，都是一個兒釘一個兒的！」老者撫將著白鬍。

紅中聽得喜不自勝，七索終於出少林了。既然她師徒倆是巴跟著君寶犯案，而七索也會尋著作風大膽鮮明的君寶，她與七索相遇自是指日可待。

至於靈雪耐著性子聽臨桌的劍客說了半天江湖盛事，全都沒在裡頭聽見自己的名字，不由得大為光火。

「好心的姑娘啊，施捨施捨小的些零碎饅頭吧。」

一個氣若游絲的蒼老聲音。

紅中轉頭一看，是個衣衫襤褸、面黃飢瘦的紅鼻子老乞丐。

「拿去罷。」紅中立即挑了個大饅頭塞在乞丐手中，免得瀕臨爆發的師父對乞丐惡言相向。紅鼻子乞丐連連稱謝退下。

臨桌的客人兀自高談闊論著。

「若是一個釘一個，我賭盡得崆峒派真傳的醍醐得勝。」胖子思忖：「崆峒派真正火候的武功向來只單傳一人，醍醐能在眾師兄弟裡破格而出，必有驚人藝業。」

「我也看好醍醐，他不僅盡得崆峒真傳，據說還有白蓮教無極老母的符咒加持，刀槍不入，寸膚寸鐵咧！」瘦子剔著牙，蹺著腿。

「不就是鐵布衫金鐘罩麼，少林又可曾少了這兩樣苦功夫？說到對殺，講究的是氣勢為先！」老者頗有哲理地說：「我賭太極，那小子正在銳氣的鋒口上，擋也擋不住，光瞧他五進五出汝陽王府就知道了！」

店小二為鄰桌的客人添酒，聽得眾人說得盡興也跟著報上一筆。

「前兩天也有江湖上的客人來小店寒暄幾句，他們說張三手跟親朝廷的華山派動上了手，兩邊打得不可開交，還相約在暖風崗上繼續較量呢，算算時間，便是今晚。」小二笑嘻嘻道。

「我們正是為了此事趕來大都觀戰，不知那暖風崗在哪？可遠了？」胖子忙問，可見不是城裡人。

「遠？暖風崗便在咱大都臨郊，消息在城裡早傳得沸沸揚揚，這天子腳下，朝廷多半知曉囉，這架流局的成分大咧。」店小二搖搖頭離去。

又接連聽到君寶的俠名，靈雪忍不住拍桌而起，怒瞪著鄰桌三位劍客。

「左一句張三手右一句張三手，這江湖這麼大難道就沒別的人好提！」靈雪怒道。

「敢問尊駕是？」老者起身相敬，不愧是老江湖。

「朝廷通緝榜第十名，峨眉派掌門人，雙劍繽紛飛之靈雪！有膽再說一次張三手的名字試試！」靈雪伸手抓劍，卻撈了個空。

靈雪一愣，紅中也傻眼了。

靈雪繫在腰際上的玄磁雙劍竟不翼而飛！

10.1

張三丰與華山派在暖風崗相約死鬥的消息，在江湖上早已是眾劍客最矚目的大事，消息傳十傳百，朝廷又怎會不知？

華山派這十幾年來自肅清理，剩下的弟子皆與朝廷關係良好，掌門人岳清河甚至受命為元軍教頭，華山派一行人在蒙元首都當然以逸待勞。至於被朝廷視為眼中釘的張三丰敢不敢赴約，正是群雄議論紛紛的焦點。

這個大消息，自然也將七索從江湖角落呼喚出來。

七索逃出了少林寺，雖想跟君寶會面，但在情感上他最希望找著的人是自己虧欠最多的紅中，找著了，兩人便回到乳家村拜堂成親，然後一起拓步江湖。但峨眉派只積小案不犯大事，七索要碰著她們師徒倆實屬不易，只好一邊劫取官銀當作旅費，一邊往北隨意逛蕩。

好不容易下山，七索有意在實戰中磨練武功，一路上只要遇著了不義之事，七索出手便管，與幾個強佔民院的道人起過衝突，廢了幾個蒙古武官胳臂，又消滅了一批好姦淫婦女的鹽賊，其中不乏江湖好手與陰險的暗算伎倆，讓七索身上多了幾個疤口，跟可貴的經驗。

上週七索與不殺的徒孫對上了手，不意從他們的口中聽得這死鬥之約，七索立即留上了神。這鬥約乃江湖上數一數二的盛事，七索猜想好事的靈雪一定會拎著紅中與會，屆時在圍觀的人群中相認也就是了。

通往大都的行道旁，一間還算過得去的小客棧裡，粗魯的叫囂聲不絕於耳。七索的耳朵豎了起來。

「馬的！就別教爺遇著了那死銅人！竟叫我在粗茶淡飯的少林寺窩了四年之久！」

「可不是！就算他卸了金漆化成了渣我也認得出，定打得他廢筋斷骨！」

正在吃麵的七索頭低低的暗自好笑，他認出那熟悉的談話聲分別是少林寺臭名昭彰的金轎錢羅漢與黃金右手，都是自己的少林同期。

自難纏的第八銅人下山後，八百多個富家公子便一窩蜂報名闖關畢業，死氣沉沉的少林再度忙成一團，今年度的畢業生爆大量，不僅像蜈蚣一樣快速穿過毫無抵禦的銅人陣，連木人巷也擠滿了人，機關幾乎無法正常運作，笑臉版本的方丈乾脆叫操作機關的韓林兒等人加入破關的行列，一齊畢業下山算了。

不過說起惡名昭彰，哪能比得起臭名鼎鼎的少林寺第八銅人？幸好七索早有自知之明，已先將自己易容打扮成尋常的逃荒莊稼漢，穿上最破的衣服，還在臉上塗上幾抹乾泥巴，任誰也不會有興趣瞧上一眼。

窩在客棧角落吃著雜糧麵的七索靜靜聽著錢羅漢跟黃金右手瘋狂罵著自己，正自奇怪懶惰如他們倆怎會千里迢迢跑到大都時，幾頂轎子陸陸續續停在客棧外頭，好幾個穿著華貴的公子爺紛紛下轎入店。

七索頭也不抬，便知道他們也是少林的同期。

幾個公子哥兒寒暄了幾句，登時進入正題。

「等大夥都到齊了，天一暗，咱們就起轎往暖風崗去，住在大都裡的弟兄已安排好視野最棒的位置等著咱呢！」

「甚好甚好，江湖上都說這場比劃是武林年度盛事，但少了咱們這幾個少林優等生在一旁比評，又怎能說是十全十美？」

「可不是？大都的弟兄已備滿香鐔數十酊，咱一邊喝酒一邊看他們打猴戲，古人說煮酒論英雄，想必就是這層道理！」

眾公子爺哥兒哈哈大笑，笑得七索耳朵都快長繭了。

在少林如此，下少林亦復如是，怎麼過了這麼久了還是這番沒有見識的談話？七索聽得沒趣，彎腰駝背咳出了客棧。

七索走出客棧，看天色尚早，便想在大樹下睡個覺再慢慢問路朝暖風崗前進。

但七索才剛剛找到一棵看來十分好睡的大樹，正要拍拍屁股時，卻見一個髒兮兮的小乞丐赤著腳丫朝自己走來，七索遠遠就聞到一股酸臭的氣味。

七索並不是個沒有同情心的人，但從乳家村行到大都一路上都是逃荒的肌瘦面孔，瞧也瞧得膩了，真要廣散銀子也力有未逮。

七索本想來個相應不理，卻見那小乞兒笑嘻嘻地站在七索面前，從懷裡掏出半個饅頭。

「剛剛從廟裡逃荒出來的罷？我也是，被住持拿棍子死命轟了出來，正所謂逃荒一家親，萍水相逢，吃個饅頭。」小乞兒將饅頭遞在七索面前晃著：「冷的，硬了，但還可以吃。」

「……」七索呆呆地看著小乞兒，又看了看那半顆饅頭。

想來是自己的頭髮未長，看起來像個被趕出廟的窮和尚。

「吃罷。」小乞兒微笑。

「你自個兒留著吧。」七索揮揮手，懶散倒地。

他臉色不動，心裡卻很高興，這饑荒遍野的人間竟還有這樣的溫暖。

小乞兒從沒遇過分饅頭卻被拒絕這樣的事，好奇地蹲下，摸摸七索的額頭。

七索心底好玩，運氣上頂，小乞兒登時感覺手背一陣發燙。

「糟糕，你發燒了。」小乞兒訝然。

「走開罷。」七索翻身，不加理會。

小乞兒點點頭，轉身就走，如果被傳染熱病可不是開玩笑的。

「喂！見死不救啊？」七索開玩笑起身，喚住了小乞兒。

小乞兒震驚回頭，看見七索笑開的模樣，立即知曉是被七索耍了個把戲，不是個懂法術的郎中，便是懂武功的行家。

「瞧你好心，這世道當真少見了，這些碎銀子拿去吃幾個餅吧。」七索拿了幾個碎銀扔在空中，那碎銀約莫五塊，但七索用上了巧勁，每一塊都拋得慢吞吞的。

那小乞兒身手矯健，幾著抓手就將銀子揣在手裡。

小乞兒頗有興味打量著七索。

10.2

七索年方二十一，那乞兒年約十六，矮了七索一個頭。

「瞧你這身打扮看樣子是新入我們乞丐界的，但裝熱病的功夫高明得很，卻又不像會淪為伸手討錢的份。」小乞兒直言。

「你年紀尚小，難道乞丐界的丐幫沒了人才？降龍十八掌很是了得，名垂江湖數百年哩，說不定我就是丐幫幫主，考教考教你來著。」七索無聊，便跟小乞兒攀談起來。

「丐幫的人個個揹了袋子，袋子越多輩分便越高，你兩手空空，自然不是我們丐幫的兄弟。」小乞兒拍拍自己背上的三只乾癟袋子。

七索恍然大悟，連連點頭，難怪一路上有些揹了幾只破布袋的乞丐看起來頗神氣，原來是丐幫的頭臉人物。

「你一身武藝，是哪個門派來的？是來瞧今晚張三丰跟華山派火拼來的麼？」小乞兒蹲下寒暄，頗有交攀之意。

「不錯，我正是觀戰來的，至於身上的武功是哪個門派，我還得跟我朋友商量先。」七索不諱言。

「觀戰得挑位子，我們丐幫人多勢眾，位子有三分之一都是我們事先劃下的，要嘛你入了丐幫，我們今晚優惠你最好的位子，包你不虛此行。」小乞兒豎起大拇指。

「這樣拉人入夥也行？」七索失笑：「會不會太隨便了？說不定我今晚入了夥，看足了好戲，明早便溜之大吉。」

「嘻嘻，其實這饅頭下了特製的蒙汗藥，要是旁人方才吃了，現在不入夥也不行。」小乞兒老實說穿了詭計，自己也笑了起來：「但你武功不賴，想來這蒙汗藥對你也沒用，把道理跟你說明白也就是了。我們丐幫的規矩，一日為丐幫終生為丐幫，你明天跑走了也由得你，但你入了夥，這業績就算在我頭上，我往上竄便快些，兩不吃虧。」

「哦？」七索當真不解，想是自己久窩少林坐井觀天，對其他門派的規矩一概不了，立即問個仔細。

原來叫化子一入了丐幫便得一破袋為信，日後若拉進九個叫化子入幫才能升二袋弟子，升為二袋弟子後，若手底下的九個叫化子又各自募了九個小叫化子共計九九八十一人，他便能升上三袋。

以此類推，要升上四袋弟子便須招募七百二十九名叫化子入幫，直到五袋以上的長老才不以召募人數為提升輩分標準，而是以為幫所立下的汗馬功勞計。待得升上九袋長老，便是輔佐幫主統轄十數萬丐幫的頂尖兒人物。後來這個招募人員輩分升級的制度影響甚遠，據說後世有種稱之為「老鼠會」的利益團體便是仿此而為。

七索看著小乞兒背上的三只破布袋。

「瞧你年紀輕輕就當上了三袋弟子，真了不起。」七索佩服，拉人當乞丐這檔事不必親自幹也明白有多困難，何況是拉了九九八十一個。

「好說，要不是大水潰堤，街上也不會有這麼多叫化子跑來跑去，加上我這毒饅頭，還不手到擒來？」小乞兒嘻嘻笑道，突然街角又晃出兩個身手矯捷的小乞丐，朝著小乞兒邊吹口哨邊跑近。

這兩個小乞丐皆揹負了兩只破袋，看來是小乞兒的下屬，一個濃眉大眼，長得比七索還高還壯，卻有一張稚氣十足的臉。另一個小乞丐長得更加龍飛鳳舞，眉毛飛豎、骨架寬大、手腳均比一般人要細長。

濃眉小丐在小乞兒耳旁說了幾句話，小乞兒不住點點頭，而寬骨的小丐瞪著坐在樹下搧風的七索，面無表情，七索被瞪得不知所以然，只好尷尬地看著天上浮雲。

待濃眉小丐說完了話，小乞兒便開口邀請七索。

「現在天色尚早，那火拼定在夜半時分，我們丐幫在附近有間大破廟藏身議事，我幫主為了看比賽也特地從滄州連夜趕來，方才才到，想必也帶了好些難得的酒菜，大俠要不過去休憩休憩，有吃有喝總好過了這棵大樹，就算不想入幫，大家認識一下也是好的。」小乞兒說，看上去是個喜歡結交朋友的人。

「好。」七索點頭，其實濃眉小乞的話他早就聽得一清二楚。

他心想丐幫人多口雜，一定可以聽到更多關於君寶的傳聞，那些有趣的聽聞要是遇著了君寶，以他略嫌木訥的個性就算纏著他說，他也說不好，還不如聽旁人加油添醋的版本。

小乞兒甚喜，立即向七索介紹起自己與兩位夥伴。

「對了，我叫重八，右邊這位濃眉小子姓常名遇春，一身的粗力氣，左邊這個愛瞪眼睛的姓徐名達，打架也是一等一的，都是我的好兄弟。」小乞兒拍拍身旁兩位有如門神般的大傢伙，看著七索：「不知大俠怎麼稱呼？」

七索本想唬爛過去，但一念及君寶拼命為自己打開知名度，可不能辜負了朋友的一番好意，於是大聲說道：「太極。」

「太極！」重八大驚。

徐達與常遇春立刻警戒上前，像是要提防七索暴起傷人似的。

「正是在下。」七索拍拍屁股站起，徐達與常遇春吃驚，一個揮拳一個劈掌，毫不猶豫便往七索身上轟去。

一眨眼，這兩個門神般的人物在半空中翻了一轉，重重地跌在地上。

「天生神力，了不起。」七索佩服，這敵力越大反噬之勁便越威猛，這兩人手勁均無內力跡象，卻俱在空中翻摔了一跤，可見原本的力氣就很驚人。

七索一邊伸腳踢了跌在地上的兩人穴道省得他們又來動手動腳，一邊暗暗好笑，君寶到底神通廣大，竟為自己豎了這麼大根旗子。

重八一下子便鎮定下來，端詳著七索的模樣。

重八不是個精通武功的人才，但他有雙天生的識人慧眼，哪一種人適合擔當什麼事，哪一種人皮肉底下是不是另一個樣，他都分辨得清清楚楚，也因此他才能在入幫三個月內就以神速升上三袋弟子，現在距離升四袋弟子只差了兩百多人。

但重八怎麼看七索，都不像是造成丐幫震動的那個太極。

「看來我的名聲不大好？」七索苦笑。

「太極大俠一口應允到本幫聚會，必是心胸磊落的漢子，傳言大俠與本幫的過節必是一場誤會。」重八鬆了口氣，他見七索的眉頭並沒有隱藏心事的端倪。

若能替丐幫化解一場紛爭，重八在丐幫的地位就更穩固了。

10.3

破廟原先供奉的是八仙，但這些荒年連人都吃不飽了哪來的供奉？要真有神仙，災民肚子餓了，也不會介意把神仙煮來果腹。

缺手缺腳的神像東倒西歪，斷垣殘壁，倒聚集了好幾百名叫化子，個個抓著身上的蝨子下酒，臭氣沖天，還沒淪為乞丐的人家避之惟恐不及，連天子腳下的禁衛軍都懶得過來巡邏。

唯一堪稱完整的呂洞賓神像頸上，攀著兩隻貼滿狗皮膏藥的臭腳。臭腳的主人是眾乞丐裡最臭的傢伙，連頭髮都因太久沒洗糾纏成一個黏稠的黑灰色大球，此人便是天下第一大幫的頭頭兒，趙大明。

趙大明年約三十五，體型寬胖，看上去是個吃喝不愁的傻乞丐。他挖著鼻屎打量著七索，挖完了就彈，彈完了便挖，眾乞丐個個緊閉雙唇，以免誤吞幫主的鼻屎。

趙大明已經維持默默彈鼻屎、端詳七索不發一語很久了。

久到連鼻屎都快挖光了。

七索站也不是坐也奇怪，要走出破廟又覺得失禮，只好僵著看趙大明挖鼻屎。

「丐幫幫主是推舉最臭的人當的麼？」過了許久，七索給趙大明多重的體臭熏到有些發暈，忍不住輕聲問身旁為自己引見的重八。

只見重八一臉尷尬不知如何作答。

「是又怎樣？你瞧過老虎洗澡麼？」趙大明滿不在乎說道，以他的內力修為當然將七索對重八的耳語聽得一清二楚。

「不好意思。」七索訕訕答道。

「你就是少林那個第八銅人？守猴拳那個？」趙大明大剌剌直問。

「是。」七索臉上無光，趙大明卻沒有笑。

「你真像傳說的日行千里，一下子在少林守關，一下子又偷偷跑出來胡搞？」趙大明狐疑地問，手也不閒著，開始在肋骨上搓泥丸子。

「還好啦。」七索面紅耳赤，回答得很心虛。

「操你奶奶的我不信。不過你既然這麼說了，我就勉為其難問你罷，喂，臭和尚，你上上個月跑到鹿邑把天鷹旗的扛霸子江金牌幹掉做啥？他跟你有什麼冤仇非要你幹不可？」趙大明越說越火，手上的泥丸子也越搓越肥。

七索暗叫不妙，那個江金牌是誰他怎會認識，一定是君寶幹的算在自己頭上。他看著趙大明忿忿的臉色，想必那江金牌是趙大明的老交情。

「……那怎麼辦，一魚不能兩吃，人死不能復生，既然死都死了……」七索不知所措。雖然君寶不可能輕易殺人的，既然取了對方性命，那個叫江金牌的必有可殺之處。

「好個一魚不能兩吃！這江湖上誰不知道我趙大明要幹掉的人誰也不許搶麼！害得我白白跑了一趟！」趙大明氣得發抖，肋骨上都是紅通通色的搓痕：「還不只！我上個月專程跑去滄州砍他媽的裂碑手鄭遠，結果到了才知道人又被你殺了！你是怎樣，這麼愛出風頭怎麼不去刺殺狗皇帝？說到刺殺！操！你一個人行刺汝陽王又是怎樣？刺了五次都沒得手，害得現在汝陽王身旁擠滿了幾十個臭喇嘛，連屁都放不進去我怎麼刺？刺個大頭鬼你的隆咚！」

七索這才恍然大悟，原來這趙大明氣的不是自己殺了他的好友，而是搶在他前頭殺了他的獵物，害他東奔西跑白忙一場。

「你說怎辦？」趙大明一腳踩在呂洞賓頭上，一腳攀在神像肩上。

趙大明全身蓄力，像一頭隨時撲下咬人的猛虎，神像隨時會被他的腳力給踏崩塌。

眾乞丐抖擻精神，個個喜不自勝。

意外地，在眾所期待的「華山派對抗張三手」的大比賽前，居然有一場陣容不遑多讓的熱身賽好看，幫主跟最惡劣新人的賞金加起來，高達兩萬三千兩！若這太極跟第八銅人是同一尊，對決的賞金更將飆破所有紀錄！

將七索帶來破八仙廟的重八卻緊張了，雖然他將惹懶惰的幫主跑來跑去的七索帶來，無論結果都是大功一件，但他也想結交七索這個朋友，兩邊若打起來了，他可覺得損失慘重。

正當重八神經緊繃到極限時，七索開口了。

「實在很抱歉，我消息不是很靈通，下次不會這樣了。」七索鬆了一口氣，如果不是殺了對方好友那就好辦了。

趙大明一愣，眾乞丐也張大了嘴巴。

「你說什麼？」趙大明全身的力道好像全垮散似的，兩眼呆滯。

「我說下次不會這樣了。」七索鄭重表示，拍拍胸脯。

在江湖行走最重要的就是面子，沒有臉就什麼也不是。要一個稍有名氣的俠客道歉已經很難，更何況是「太極」兼「少林寺第八銅人」這樣的大人物，理當打死不認錯，還得把話恐嚇回去。

但天真爛漫的七索卻視面子為無物，一開口便認錯道歉，教悶了一肚子氣的趙大明傻眼，反而不知如何收場才好。

「嘿嘿，瞧不出你是個牙尖嘴利的人吶，騙不倒我的，出招吧！」趙大明咬牙，手指朝七索彈出超級噁爛的泥丸，身子拔起！

泥丸撲面，掌風刮髮。

七索大駭，往後奮力一跳。

趙大明一心想打架，因為他全身上下除了泥丸子外，就只有一身驚天動地的絕頂功夫！降龍十八掌！

「見龍在田！」

趙大明霸氣萬千擊出一掌，這掌極其簡單，不曲不折不悔毫無變化後著，但越是古拙的招式越見功夫，剛猛無儔的掌力登時將七索全身罩在氣勁圈裡，破廟刮起一陣悶風。

七索自忖退避得早，原以為掌勁到了尾巴便會漸漸衰竭，屆時自己再來個引進落空不遲，但這一記丐幫享譽百年的狂霸招式貨真價實，一掌直跟七索躍出廟口卻還不見衰敗之相，不愧是武林第一霸道的武功。

「見鬼了！」七索一身冷汗，想起了方丈的教訓。

只是沒料到那句警語這麼快便要靈驗。

沒辦法，碰著了就得硬上！

七索胸口反縮，真氣瞬間漲滿孔竅，身子略側，雙手一齊劈空劃圓，想化解這一掌。

趙大明臉色微一猶疑，七索頓時被一股怪力往旁彈開。

「厲害！」趙大明大為佩服。

他心地善良，只是愛講大話，這一掌只用了八成力，料想如果七索臉色煞白出聲求饒的話，他還有餘神將這一掌導開，免得真傷了七索。但七索居然用了奇怪的方法將自己平安無事地震了出去，真是匪夷所思。

七索姿勢超醜地跌在地上，又打了幾個滾才停下。

剛剛他想將那「見龍在田」往旁引開，卻因為掌力太過雄偉，不但沒引開，反而將自己摔得老遠。不過摔開了也是個逃命法，終究是避開了這掌。

「馬的我認輸！你剩下的一十七掌我可無福消受！」七索罵道，趕緊站起蹲好馬步。

這一下趙大明更奇了，群丐也跟著歪頭張嘴。

平常江湖上雙方動手，就算是一方因實力懸殊敗北，也會推說自己今天狀況不佳甚至誣賴對方下毒陷害等，更何況七索剛剛露的那手大翻轉妙到巔毫、潛力無窮，真打起來還未見輸贏。

卻見七索連聲幹罵，徹底認輸。

「真的假的？」趙大明還是有點犯疑。

「大不了我把我幾個想殺的角色讓給你也就是了！不殺那人人喊打的老賊我是遲早要跟他槓上的，可惜我大概打他不過，你想殺儘管去，但別問我他在哪。」七索沒好氣道，眼睛瞄著等一下逃走的最佳路線。

「瞧你岔開話題的本領！問你是不是真的認輸你給我扯到不殺！看來還得用上我另一招神龍擺尾！」趙大明揑起拳頭，作勢要踢。

「就說認輸了還踢！」七索沒聽見趙大明體內的勁在流動，於是也不忙逃走。

趙大明點點頭，神色十分滿意。

本來他最近頗不得志，明明朝廷的通緝榜上他的賞金比這幾年才竄出頭的張三丰還多，但年度最不可原諒俠客居然由張三手奪得頭彩，加上最邪惡領袖他也給擠到第三，輸給了兩個武功多半不怎麼樣的北、南白蓮教領袖，一股氣真是把他憋死。

但打敗了年度最惡劣新人太極兼賞金破天荒高的少林第八銅人，趙大明笑得跟豬頭一樣，丐幫在破廟裡更是歡聲雷動，喝采之聲此伏彼起。

10.4

意外惹得幫主開心滿懷的重八更是驚喜交集，徐達與常遇春也替重八高興不已。

「太極！我瞧你武功不賴，人品也還可以，簡直是一人之下萬人之上，來！副幫主勉為其難給你當當！」趙大明開心地接受七索的認輸，還張開雙手擁抱他。

七索差點昏死在趙大明教人欲嘔的體臭裡，但還勉強保持清醒。

「免了免了，我天生賤命當不起副幫主，入幫的事以後再說，以後再說！」七索不斷推辭，但趙大明硬是要抱他，七索不斷閃避，瞥見重八綻放喜悅的臉孔。

「好兄弟！這副幫主你不當誰當？你跟我的賞金加在一起，馬的驚天動地！哈哈哈哈哈！」趙大明樂不可支，數百群丐笑得東倒西歪瘋狂拍手叫好，顯然沒人反對七索省下招募新人的過程直接當上副幫主這檔事。

「我是絕不肯當的，要賞，就賞重八吧！你現在笑得這麼開心全仗他帶我到這裡，你得賞罰分明，才是堂堂的丐幫幫主！」七索做了個順水人情給重八，自己也好脫身。

趙大明一聽到堂堂丐幫幫主這幾個字，立刻勉強沉穩下來，連連點頭挖著鼻屎，打量著重八。

重八趕緊跪在地上，心中喜悅無限。

「重八，你年紀輕輕就當了三袋弟子啦？以前大家老嚷你只會拉人卻沒真本事，哼哼，原來你還真有點門道，不錯，不錯。」趙大明粗大的手指在鼻孔裡挖著挖著，鼻血終於給挖了出來。

好一個丐幫幫主。

「不敢，全是一屁股好狗運。」重八模仿著趙大明的語氣，頭抬了起來。

「好狗運也不容易啊，江湖你殺我我殺你的，沒幾分運氣還活不到武功大成咧！」趙大明挖到鼻血狂噴依舊挖他媽的，又道：「總之這次你幹得好，說，要什麼賞賜？直接跳升六袋弟子？」

群丐羨慕地發出唔唔唔的聲音，卻見重八果斷地搖搖頭。

趙大明點點頭，說：「難道你想當副幫主不成？嘖嘖，年輕人好高騖遠是不行的啊，起碼也得接上我半掌見龍在田啊重八！」

「不，弟子並非好高騖遠之輩，幫有幫規，何況是我天下第一大幫，賞罰分明，弟子不過走狗屎運撞見太極大俠，壓根兒搆不上破格上拔的邊，何況若是一下子躍升為六袋弟子，卻沒有六袋弟子的見識與本事，豈不讓那些白蓮教看笑話了，說咱們丐幫連一個逃荒小僧都能擔任六袋弟子，幫裡一定沒有人才。」重八說得頭頭是道，語氣真摯，原本看不起重八的群丐也紛紛點頭稱好，對重八刮目相看起來。

「囉哩巴唆，那你要啥?」趙大明彈出一塊帶血鼻屎，七索一個鐵板橋躲開，正中站在重八後面的常遇春。常遇春臉色鐵青。

「弟子膽小如鼠，手無縛雞之力，請教主親賜弟子兩名好兄弟徐達、常遇春一招半式，好教弟子安心，將來為幫裡辦起事來加倍順利。」重八一叩首。

徐達跟常遇春都驚呆了，只好跟著重八跪下，不敢抬起頭來。

丐幫哪有什麼一招半式?重八這一開口，便是拐彎抹角要求幫主將降龍十八掌傳給徐達與常遇春。

這降龍十八掌並非只傳幫主的祕門，但要學也不簡單，必須為丐幫立下重大功勞，加上武功已經很不錯了才能得到幫主親傳，免得武功太差，打起降龍掌出醜，無端滅了丐幫威風。

「操，你說傳就傳啊?這兩個大頭半點內力也沒有，出去打我的降龍掌不笑掉旁人大牙才怪，不行！」趙大明揮揮手，不幹。

「重八用生命向幫主保證，弟子這兩名兄弟若不得幫主答允，絕對不在外頭使出降龍十八掌丟人現眼，一旦武功大成，幫主瞧得歡喜了再使，有違者天誅地滅！生兒子沒卵蛋，生女兒被狗幹！」重八大聲發誓，跪在兩旁的徐達、常遇春趕緊跟著發毒誓，心裡噗通噗通地跳。

這三人這麼一誓，加上趙大明心情本好，於是就應允了。

徐達與常遇春本就是好武之徒，聽得自己居然可以沾上武林絕學不禁大喜若狂，又想到自己的大哥放棄爬竄的機會成就自己，三人更是抱頭大哭大笑。

「哈！今天大家高興！還不快搬好酒來招待太極大俠！別讓人家以為咱丐幫只有臭蟲跟降龍掌！」趙大明大聲嚷嚷，群丐又是一陣歡騰。

丐幫的藏酒天下無雙，數百叫化子喝起酒來吆喝的吵雜聲也是絕無僅有，許多人都搶著向七索敬酒，直讚七索認起輸來毫不猶疑真是性情中人，而得賞的重八更被群丐灌得酩酊大醉。

酒席間，七索頗替初次見面的重八高興，但也有些洩氣。

自己出了少林依舊是練功不輟，原以為體內真氣又長進了不少，卻一招就敗給了真正的高手，難道自己只能耍耍妖魔小丑麼？忍不住嘆了口氣。

趙大明早看出了七索臉色鬱鬱，拍著七索頭髮還沒長長的腦瓜子，直爽地挑明：「我說太極兄弟，你不必介懷我的武功比你高了五六七八九層，其實我毋庸置疑是武林正派第一高手，這降龍十八掌又是天下無敵的好東西，我不出手也就罷了，一出手就是天崩地裂日月無光啊，一招敗給了我再正常不過啦！喝酒！」

「我了，剛剛那掌見龍在田實在是沒話說的厚實雄渾，我猜連我的好兄弟三手也頗不能敵，我輸得爽快，只是覺得自己相差甚遠，未戰先怯，膿包至極。」七索也不諱言，乾了一杯。

趙大明一聽那赫赫有名的張三手也無法擋架住自己，內心更是雀躍到無以復加，立刻拍拍掌，大笑叫：「今天真是爽他媽的！拿鎮幫之寶出來！」

七索立刻端坐，打算好好瞧瞧傳說中的丐幫鎮幫之寶打狗棒。

沒想到一個老乞丐笑嘻嘻地捧著一把劍呈上，趙大明得意地用手指輕彈劍鞘，劍鞘發出低沉的劍鳴聲。

「怎不是打狗棒？」

「棒你娘，江湖上誰不知打狗棒在十多年前便被不殺一掌劈斷，提它做啥？」趙大明哼哼道：「這劍才是我們丐幫的極品，操，平常我是不輕易拿出來見人的，因為我根本不會使劍啊哈哈哈哈！」

七索聽得趙大明把話說得歪七扭八自相矛盾，覺得非常好笑。

「來！太極大俠，你我今日一見真是相見恨晚，情同父子！選日不如撞日，咱們就趁著人多，以劍為憑，一人一把，結拜為義父義子吧！」趙大明興沖沖地抽出寶劍，竟是合插在同一劍鞘的兩把薄翼長劍！

七索大吃兩驚，幾乎說不出話來。

第一驚，任憑七索對江湖上的事不甚了解，但英雄結義都是兄弟拜把，哪有人在搞父子同盟的！何況這個趙大明看上去不過三十五、六，怎能好意思叫自己拜他做義父？！

第二驚，這勞什子丐幫鎮幫之寶？根本就是紅中峨眉派用的玄磁雙劍啊！

「這劍的主人在哪？」七索忙問。

「我啊！」趙大明恬不知恥大聲說道。

「放屁！」七索指著趙大明大叫。

「好！」趙大明毫不猶豫就放了一個響屁，噗。

趙大明不論是響屁悶屁，屁屁臭不可當，破廟裡立刻瀰漫著一股迫人尋短的氣味，群丐經驗豐富地閉氣，個個停止手邊動作。

「這劍分明是我朋友的東西，峨眉派的玄磁雙劍啊！說！靈雪跟紅中呢！」七索捲起袖子，怒不可抑，與方才判若兩人。

「玄磁雙劍？名字挺不錯的啊，沒事還會黏在一起，真不愧是丐幫之寶！來，一人一把！」趙大明喜不自勝，實在是江湖第一奇葩。

「你把她們師徒怎樣了！」七索大怒，一掌橫劈出。

雙手持劍的趙大明斜身後彎避開，七索橫掌做拳，虎拳再撲，招式平庸但層出不窮，趙大明踢腳招架，七索越打越狠，掌風呼嘯而出。

「喂！別打了！不過是偷了劍還了你朋友就是，誰跟你小氣了！」趙大明也不生氣，還是那張笑臉。談話間趙大明雙腳將七索的掌擊全都硬擋下來。

那端劍呈上的老乞丐吐吐舌頭，指著自己：「是我今天中午在大客棧裡偷來的，太極少俠的朋友是兩個美人胚子是吧？一個生得高大脾氣極差，是個色目人；一個小巧玲瓏，看起來天真善良？」

「正是。」七索這才住手，瞪著老乞丐。

「我摸了劍就溜之大吉，沒動手也沒節外生枝，聽得那兩女今晚也會去瞧三丰大俠跟華山派的死鬥，到時候老叫化子再跟她們賠不是，嘻嘻。」老乞丐連聲道歉，卻也是一張滿不在乎的笑臉。

趙大明將劍還鞘，七索瞪眼接過，嘴角卻浮出笑意。

七索日夜思念紅中，果然在大都讓他給碰著了，今晚定要給紅中一個驚喜。

「這老叫化子是咱丐幫出了名的會偷，外號八腳章魚，他瞧上眼的寶貝就順手摸去當舖換酒，哈！要不是你朋友這兩把劍生得漂亮，現在早就被你喝進肚子啦！」趙大明拉著七索大笑，又要乾杯。

七索不停被趙大明黏成一大坨的頭髮撞到，心中不禁佩服這位丐幫幫主自爽的高強本事，於是也不再介懷，抱著玄磁雙劍連乾了好幾杯酒。

「來！敬我們的情同父子！」趙大明舉杯大笑。

「還是免了吧。」七索笑得歡暢，一飲而盡。

破廟裡充滿酒氣、豪氣，與臭氣，就這麼喝到月亮飄上了夜空。

11.1

月沉星淡。

暖風崗上卻很熱鬧，放眼望去都是四路趕來的江湖豪客，好事的人自動將火把綁在樹上，將一片最寬敞的平地圍了起來，耀得有如半個白晝。

「幫主，看來至少有兩千多人！」八爪章魚跳下樹稟報，他在高處看見了好幾頭闊氣的肥羊也跟著大夥湊熱鬧，手正犯癢。

「喂，多長隻眼睛瞧瞧峨眉派那兩人在哪啊。」七索看出八爪章魚的企圖。

「去吧，酒錢總是缺著呢。」趙大明揮揮手。

八爪章魚高興地領了幾個跟班溜進了人群，往錢羅漢一干人等摸去。

「哼哼，一直都沒碰著面，倒要看看你的朋友有多大本事，能當上本年度朝廷最雞歪的俠客！」趙大明與七索連袂躍上樹，重八三人也爬將上去。

幾個長老也紛紛躍上不同樹頂，在制高點監看遠方是否有官兵人馬。

「幫主，你怎麼看這場打鬥？」重八問。

「那三手若是跟我義子的武功相若，那群華山派的酒囊飯袋兩三下就躺平了，嘿嘿，不過華山派也不笨，既然敢來，一定是帶足了幫手。」趙大明咬著雞腿，還吃不夠。

趙大明在酒席之間，已聽七索講述不少他與君寶在少林結識的過程，少林的腐敗趙大明是聽多了不稀奇，但他對這兩個少年俠客如何在少林裡求生存、自我鍛鍊的部分很有感覺。但七索將方丈救了自己的橋段略過不提，免得節外生枝。

果然，華山派的人馬開進了暖風崗，浩浩蕩蕩的共計三十六人，毫不管別人輕蔑的眼光。

「三十多把破劍擺開六座相互呼應的華山紫霞劍陣，倒也不是那麼好應付。」趙大明這麼說，那就是真不好應付的了。

七索盤算著，如果隻身赴會的君寶陷入危機，他不管江湖面子跳下去助拳，應該可保平安無事。若真不行，喊聲義父救命總會了吧。

「好像不大對頭？華山的人越來越多了。」徐達瞇起眼睛，果然不錯。

十幾個虎咬門的新一輩使棍高手趨前站在華山派旁，而天山派也有十多人手持雙鉤而上，清一色都是近年來親近朝廷的門派，江湖上人人唾棄的傢伙全連成一氣。

更讓七索嘔的是，少林寺畢業生聯合代表會也插了柄大旗在華山派的陣地前，還獻上許多花籃跟匾額助威，匾額上寫著什麼「功在朝廷」、「少林之友」、「劍氣逼人」等漆金大字。

華山派當家作主的，便是當年毀容假冒文天祥從容就義的風大俠的二弟子尹忌，二十年前不殺破出少林改稱道人、開始肅清武林反朝廷勢力時，尹忌一馬當先出賣了自己師兄的祕密行蹤，引得不殺道人宰了華山掌門後，朝廷就立他為新當家。

從此華山派就成了朝廷的鷹爪，武林人人皆曰可殺，卻又不敢真的登門挑戰，原因並非尹忌的武功了得，而是有不殺這個大靠山。

武林中人人避談不殺，只因為談了只會覺得喪氣。

「那張三丰呢！難道竟不敢赴約了嗎！」尹忌站了出來，冷眼掃視群雄，聲音中氣沛然。

「說得好！那張三丰看這等陣仗，就算來了也沒種現身啊！」群眾裡的金羅漢拍手叫好，渾然不知腰際間的一塊玉佩已被八爪章魚順手摸走。

群雄不論與張三丰是否結識，到底是站在與朝廷背反的立場，個個怒目瞪視華山派與助拳助威的一群人，有的年輕小夥子沉不住氣甚至直接開罵，華山派也不甘示弱回罵，形成兩邊對峙的場面。

趙大明看著七索，七索聳聳肩，表示他也不知道君寶會不會來。

「少林一直謠傳，這張三丰竟是那大俠張懸的寶貝兒子，不知是也不是？要真是，可就失之交臂了。」韓林兒與一干少林好友混在人群中，想一探究竟。

韓林兒在少林人面甚廣，因為他受父親囑託，到天下英雄的集散地河南少林，物色英雄好漢加入蟄伏未發的紅巾軍。而韓林兒的父親，正是朝廷通緝榜上除了七索之外，賞金最多的北白蓮教的首領韓山童！

韓山童出身自白蓮教傳教世家，號稱自己乃彌陀降世、又自詡大宋徽宗第八代子孫，暗中糾結農民與荒民成軍，不日便要發動大規模的戰爭，而韓林兒肩負搜獵少林英雄的任務，卻與少林武功最高的兩名弟子錯身、甚至結怨，實在悔不當初。

張三丰遲遲沒有出現，兩邊人馬兀自繼續叫囂，大江南北五湖四海的粗口都出籠了，罵了一遍又一遍就是沒人捲起袖子打架，這武林真是太墮落了。

「操！老子要大便！」

趙大明在樹上大聲吼著，身為一幫之主果真一言九鼎，立刻從褲襠底下摔出一條結實又巨大的糞便，毫不含糊。

粗大的大便即將摔下樹，趙大明翻手一個氣勁迴旋，猶如擒龍控鶴功將大便凌空撈起，只見糞便懸空盪起，趙大明右掌真氣充盈，一招狂霸無匹的「見龍在田」隔空將巨大的糞便推向華山派頭頂，然後暴散碎落！

「操！」

「快閃！」

「臭死我也！」

華山派、虎咬門、天山派眾人一陣驚慌逃竄，但人擠人，一時無法閃避化作萬千碎泥的巨糞攻擊，個個身上沾滿趙大明的氣味，神色憤怒又狼狽。

群雄大笑，連七索也笑得差點跌下樹。

趙大明的行事風格誰人不知，只是這番大糞攻擊將約定的死鬥反客為主，情勢演變成親朝廷三派對上丐幫，華山派眾人瞬間抽劍叫罵，要趙大明下樹決一死戰。

「趙大明滾下來！躲躲藏藏算什麼英雄好漢！」天山派掌門陸莫仇受此奇恥大辱，全身都在發抖，手中的銀鉤正掛著糞便的碎塊。

「臭糞蟲有種就下來領教華山紫霞劍陣！」尹忌長劍亂劈，怒不可遏。

華山派在底下已結成六個劍陣，劍光團團好不刺眼。

「不好意思啊義子，義父要幫你朋友打一場架啦！」趙大明喜孜孜地說，立刻便要跳下樹。

卻見遠處傳來一道清亮的呼嘯，若鳳鳴，若箏響。

「君寶！」七索大喜，聽這呼嘯聲足見摯友的內功修為絕不下於自己。

11.2

那呼嘯自遠而近，速度風馳雷電。

嘯聲越近卻越不見霸道，直是高拔沖天，鳳舞九歌。

群雄知是大俠張三丰終於駕到，卻很訝異張三丰如此年紀，內功修為竟如此超凡入聖。

嘯聲倏然而止，三丰站在一株樹上看清了情勢，這才悄然落下。

七索俯看著摯友，這一別從君寶改成了三丰，長得更高更瘦了，五官清俊蒼白，頗有書生相公的風雅氣。

「真是那大俠張懸的兒子，錯矣！錯矣！」韓林兒徒呼負負，扼腕不已。

三丰雖然內力精深，但看起來竟是一副歷經滄桑的疲累樣，衣服上都是土屑血漬，手裡提著一包物事，顯然剛剛從另一個戰場奔波而來。

「打吧。」三丰也不囉唆。

三手左手一撥，竟劃出一道半丈寬的氣圓，示意入內即打。

尹忌冷笑，打量著風塵僕僕的三手。

「剛剛躲到烏龜洞麼？一身的泥屑血污，沒地髒了大爺的劍！」尹忌出言不遜，劍陣卻靠得更緊密了。

「曹州民變，韃子大軍鎮壓，摘了賊將之首花了不少時間，慢點取你的腦袋，還請閻王見諒。」三手冷冷道，將右手物事擲向尹忌。

尹忌伸手要接，一沾手，登覺這物事速度不快，卻有一股重至之極的內勁，心頭一驚，趕緊摔在地上。

包袱在地上打滾，一顆血淋淋的人頭摔將出來，被割卻的首級雙目翻白、嘴巴張大，死前必定受過極大驚嚇，幾個坐在好位子觀戰的公子爺登時尖叫起來，膽小的甚至當場失禁。

「是阿魯不花將軍！」錢羅漢驚慌大喊，群雄紛紛鼓動起來，驚嘆聲不絕於耳。

這張三手竟日刺軍使，夜趕百里來戰，真是英雄氣魄！

「你……你竟敢刺殺朝廷命官！豈不是……豈不是造反！」陸莫仇手中銀鉤輕抖，語氣卻充滿可怖的顫抖。

「你第一次聽聞麼？」三手劍眉微皺，覺得這問題簡直不三不四。

「大元朝天子腳下，豈容得你這般胡作非為！」尹忌斥道。

「想當年華山派風老前輩一身俠骨，捨身自殘為文丞相慷慨就義，教人好生欽佩，不料後人何其窩囊，趨炎附勢，奶大便娘，我瞧在風老前輩份上饒你一死，你卻立下這無聊戰約丟人獻醜！好！我今天就將你劈入地府，瞧你有何面目見你師父！」三手內力精純，一個字一個字都清清楚楚傳入群雄的耳中。

三手先聲奪人，百里趕路之後立即要戰，完全不將群敵放在眼底，看得群雄滿腔熱血，掌聲如雷，現在又正氣凜然搶白了尹忌一頓，更令尹忌面上無光，臉一陣青一陣白，死去的恩師臉孔彷彿自地獄爬梭出，直教他一身冷汗。

這氣勢連趙大明都欣羨不已，心中開始盤算下次該怎麼把自己的出場弄得此般風光。

七索更是激動，三年不見，君寶竟如此俠者風範。

「怎麼這麼臭？你們身上有屎啊？」三手皺眉，卻不是譏諷。

「砍他！」尹忌大怒，一聲號令，劍陣催動。

華山派的劍陣為了今日訓練整整兩個月，陣法一動便如萬蛇盤動、劍光大盛，虎咬門的大虎咬棍法擊地護陣，聲勢震天，天山派的天女銀鉤陣隱隱不動，更是無法逆料的陣法變數。

三大親朝廷的門派連成一氣，群雄均替三手擔心。

三手絲毫不懼，凝然卓立，仔細觀察劍陣、棍陣、鉤陣之間的變化。

「怎麼著？」七索問，拳頭捏得吱吱作響。

「這陣法看似兇險，其實不過仗著人多勢盛，從咱這上頭看下去，這劍陣跟棍陣原本就不是同一個爹生的，強自交配在一起，不是亂搞是什麼？若能引得陣法衝疊在一塊，陣法就會相互併噬，劍不容棍，棍不容鉤，鉤不容劍，陣法人獸相姦不通至極，到時候就跟一般的大亂鬥沒什麼兩樣啦！」趙大明說的話自相矛盾，說得七索一愣一愣的，但總算明白趙大明的意思。

三手並不處於高處，在少林亦無研習過陣法變化，但三手在江湖上自有奇遇，曾得一無名高人以天象為經、五行為絡點撥拳術，對各種陣法皆以獨特的「聽勢」觀之。

但聽得劍勢如群蛇暴竄最是兇險，但風雷般的劍舞聲中卻隱含被群蛇懾服的虎嘯，三手凝神聽之，這兩種節奏根本不協調，棍法講究大開大闔，卻混雜在寸短寸險的劍光吞吐中，氣勢雖大但並不流暢，這兩種陣法只要自己強自欺入便可輕易破解。

「不對。」三手隱隱覺得有兇險。

要強行攻入陣法，難卻難在以靜制動的天女鉤陣。

這鉤陣殺氣騰騰卻不隨陣盲目起舞，在劍棍兩陣裡十分突兀，顯然尹忌也知道劍棍兩陣齊上的缺失，便以鉤陣守株待兔。梅花三鉤是極兇險的兵器，沾肉即離血屑紛飛，創口難以癒合，以肉掌相抗稍有閃失便會受到重傷。

三丰並非逞能之輩，立即朗聲喊道：「誰借小弟一柄劍用？斬殺群妖立即奉還！」

身上有帶劍的群雄紛紛拔劍相贈，但盼自己手中之劍能被三丰一用，臉上便大有光彩，此後逢人就可自誇，手中之劍曾與三丰大俠並肩作戰。

「瞧瞧我這把青州劍名匠胡鐵師父親手冶造的神劍，利可比魚腸！」

「我這柄賁龍劍才是好東西，一劍既出必見血光，神物也！」

「呸！我這兩柄鱗波短劍乃大宋皇室賜下，正氣浩然，專斬敗類！」

「你們的劍都太娘氣啦，我這柄凱茲屠龍大砍劍重達八八六十四斤，連我都揮不動只是扛著好看，這種大器的砍劍才適合三丰大俠幫它開鋒啊！」

三丰環顧群雄手中之劍，有意要取那極其笨重的大砍劍一用。

手一伸出，卻不禁深深嘆了一口氣。

群雄茫然，以為三丰沒有中意之劍，於是漸漸靜了下來。

「如果，那一柄劍在我身邊就好了。」三手幽幽嘆道，抬頭看著天上。

鉤月斜掛，雲淡風清。

三手毫不理會漸漸逼近的風雷劍陣，看那月亮看得出神。

群雄靜默，好奇三手說的是哪一柄珍奇名劍。

本想等三手大敗群雄才現身見面的七索，此刻再也按捺不住激動的心情，手持玄磁雙劍一躍而下。

「神劍在此！」

11.3

七索昂藏闊步，中氣充足大聲喊道。

三丰驚喜交集，世間再無一事可比生平唯一摯友突然現身，在惡鬥之前昂立於自己身旁。剛剛三丰口中神劍，便是指七索。

好久不見，七索方才那一聲喊叫足見內力修為不僅沒有擱下，反而突飛猛進，竟不遜於自己。

群雄並不識得七索，當下議論紛紛胡亂猜測。

愛出風頭的趙大明於是獅子吼道：「太極義子！好好的幹啊！」吼得暖風崗都震動了起來。群雄這才摀住耳朵，恍然大悟這亂入者乃是赫赫有名、刺殺手握重兵的汝陽王五次之多的狂人太極。

三丰熱淚盈眶，七索笑笑抽出玄磁雙劍，雙劍嗚嗚低鳴。

三丰無言接過其中一柄。兩俠相聚，真情流露，不必多言。

群雄盡皆動容，江湖傳言兩俠本是舊交，果然是真！

「這是靈雪的……？」三丰看著烏黑長劍，極為輕靈，微微晃動便有隱隱蟬鳴聲，登時認出。

「嗯，峨眉的玄磁雙劍！」七索刻意朗誦劍名，好讓好大喜功的靈雪沾沾喜氣。

那靈雪與紅中師徒倆果然窩身在群雄裡，三丰威武赴約，又見久違的七索現身，原本丟了珍貴雙劍而恙恙不樂的兩人笑逐顏開，紅中更是又哭又笑，而靈雪現在又聽得七索手中長劍竟是玄磁，得意之情溢於言表。

尹忌久等不耐，一聲低吼。

六道劍陣一分為三快步湧前，將三丰與七索包圍其中，想將兩俠居中擠殺。

「七索，你懂劍法麼？」三丰與七索背靠著背，語氣依舊喜不自勝。

「就少林寺狗屁不通的那套，你呢？」七索也是狂喜不已，根本不把周身劍光放在心上。

「略通一二，不過武功強弱最是現實，以你的功力，只消將三成內力灌注在劍身上，然後……」三丰喃喃說道，背心隱隱感覺到七索的真氣鼓盪，暗暗吃驚七索三年來的成長居然精進如斯。

「劃圓！」七索脫口而出，長劍末梢抖動，內力所致，刮起氣勁。

三手大喜，原來兩人一別，對武功的遭遇、領悟別有蹊徑，卻在武功的本質上殊途同歸，皆在一個「圓」字上打轉。

七索氣灌長劍，一陣霸道的隨意劈圓轉砍。

雖然華山派劍陣陣法精妙，卻被七索劍身上暴漲的劍氣強自逼退，更有兩柄長劍應聲而斷，持劍者虎口噴血，駭然不已。

「起！」三手一躍而上，施展他最新領悟的快圓劍法。

三手劍尖直指天際，手腕一壓，氣勁圓轉廣被，丈許之內竟無可閃躲，乃是以氣御劍的霸道作風。只見數名功力稍淺的華山弟子籠罩在氣勁之內，長劍瞬間彎折，逕自把持不住。

「斷！」七索趁機突入，簡單一招大橫砍，七、八柄敵劍登時斷折。

「妄徒接劍！」尹忌看準七索不善使劍，一招虛虛實實的「澗裡看花」遞上，卻教三手迅捷移形補位接了過去，尹忌暗暗叫苦，幸好周遭兩陣一齊出劍相助，勉強擋架住三手。

七索也不好過，兩個劍陣自左右立刻圍上，向七索攻出的劍招十中倒有九記是虛招，瞧得七索眼花撩亂，乾脆不斷催化功力，朝四周狂舞長劍護身，劍氣縱橫，近身者莫不驚心。

七索想起趙大明的話，想提氣上躍引棍陣擾亂劍陣，但一躍上空，底下劍陣迅速纏動，移到七索即將落腳處，等待將七索斬成肉醬。

「糟糕！」七索吐舌，卻不緊張。

因為他竟還處於極度興奮的狀態裡！鄉下人的無知值得喝采！

「通通給我閃開！」三手腳踢流星，幾柄斷劍紛紛射向等待七索落下的兩劍陣。

三手內力何其了得，眾劍客趕緊舞劍護身，試圖將三手踢來的快劍擊開。

七索落在眾劍客之間，不善劍法的他索性以劍做拳，使出靈活跳脫的「猴拳」出來，只是七索內力驚人，與其劍交錯幾乎只有斷折下場。眾劍客一面要擋三手飛劍，一面要抵擋七索猴拳劍法，終於潰散。

「棍陣鉤陣上來！」尹忌大吼，手中長劍賁然而斷。

虎咬門早已等待多時，群湧進陣，天山派的雙鉤使者也開始補漏陣法缺口，陣法陡變，強行將三手與七索遙遙隔了開來。

七索絲毫不識鉤法，全仗眾人對他存有顧忌之心、與他快速踏圓閃躲的步法，勉強在危勢中逃來逃去。只是七索還是一張笑嘻嘻的鬼臉，看起來從容不迫。

「師父，怎辦？」紅中看得心驚肉跳，生怕有了閃失。

「他自己都在笑了，擔心他做啥？」靈雪冷冷道，目不轉睛看著三丰新創的劍法，頗有領悟。

三丰長劍開始重滯呆盪，絲毫不見劍理中最講究的輕靈飛快，然而劍勢遲鈍，拙然沉猛，三丰劍尖劃圓、身體也踏著大大小小的殘圓步法，氣勁開始在周身旋轉，越旋越快，竟逼得群敵不敢欺近。

「世間怎麼可能有如此劍法？」尹忌暗暗吃驚，華山前輩不乏以氣御劍的高手，卻沒有以慢制快的道理。

若是以快劍強逼而入，一定會被氣勁給沉落、扭開，或脫手，除非強入者的內力更高一籌，否則絕無可能。

七索遙遙看見三丰所創的慢劍招式，驚喜之餘也想依樣畫葫蘆，卻在驚險的閃躲中沒有間隙容許慢慢揣摩，當下咬牙衝進純粹的棍陣裡，深深吸了一大口氣。

虎咬門門徒見獵心喜，群棍毫不留情朝他身上轟落，棍棍都直劈周身大穴，但七索原先就抱存著要挨上幾棍的想法，手中長劍插地，雙手盤起。

要知道，少林寺第八銅人可是挨打忍痛的高手！

木棍悶聲擊中七索，卻再也抽不開了。

七索吃痛，卻運起精湛的慢拳內勁，將所有砸在身上的棍子雙手盤旋沾黏，虎咬門門徒全被七索的勁力帶著走，除非放手撒棍，否則絕無可能脫離七索的內勁糾纏。七索左手帶轉三根木棍，右手黏動五根木棍，輕靈沉猛兼而有之，眾棍手開始被轉得頭昏眼花，想要撒手卻又不甘。

「厲害！這沾勁功夫當真奇妙！」趙大明拍手叫好，重八也與有榮焉。

天山派雙鉤使者不信邪，竄上要砍，七索猛一反身迴旋，眾棍手不自禁四散摔出，勢道急猛，撞得雙鉤使者眼冒金星。七索猱身向前，拳掌蝶蝶，數人接連中掌昏厥。

「我看就別打了罷？」七索單腳一鉤，踢起了玄磁劍握住，眾劍客駭然倒退。

七索漫步遊走，撿了所有斷劍跟木棍堆在腳下當作「暗器」後，乾脆坐在地上喘氣休息，觀看三丰應戰，眾劍客一有祟動，七索便運氣暴擲一、兩柄斷劍過去震懾。

另一方面，三丰周圍的斷劍跟殘肢越來越多，負傷慘叫的聲音不絕於耳。

但三丰所劃的劍圓越來越大，其額上開始蒸蒸冒汗，這劍法也是他第一次臨敵使用，還不懂收勢惜力，如此下去劍上氣勁必定衰竭。

尹忌也看了出來，暗示眾人不要強抗，避開就是。

「三丰，要幫手麼？」七索哈哈大笑，想不到竟是他先結束戰局。

「幫你個大頭，剛剛要不是我踢了那幾支劍過去，你早就被刺得坑坑洞洞啦！」三丰哼哼應道。平日說話頗有威嚴的他遇著了七索，言語間便輕鬆起來。

「是啊是啊，我現下存了好幾支斷劍，要不我連本帶利擲過去幫你？」七索作勢要丟。

七索的假動作果然令尹忌等人心頭一凜，這兩個傢伙丟出的劍勁力有異不可小覷，卻又無法立即了結三丰。

三丰心念一動，假裝氣力不足，腳步一個踉蹌，果然引來尹忌等人搶攻。

三丰擒敵擒首，伸指彈斷尹忌手中利劍，震得尹忌手腕一麻。三丰一劍盪開周遭來劍，反手朝尹忌背脊一掃，一聲喀啦脆響，尹忌登時跪下，眼睛朝天瞪大，再也無法站起。

尹忌既敗，華山等餘黨面面相覷，無心戀戰，卻在群雄注視下進退兩難。

「放下手中劍走罷，你們不配。」三丰與七索相遇心情大好，拔了賊首，便不欲多傷附勢之徒。

尹忌餘黨臉色漲紅，卻還知道性命為重，紛紛扔下手中之劍掩面四散，群雄鼓掌吆喝，無不為二俠折服。

「想不到他們倆竟偷偷鍛鍊了這身驚人功夫，這下爹爹必將我罵得極慘，罷了，罷了。」韓林兒在人群中嘆氣，紅巾軍要拉攏這兩俠，恐怕非得由別人出馬才行。

如果時間能重來一遍，自己便當大器從容，而不是只想著糾眾結黨。

至於坐在貴賓席上觀戰的錢羅漢等少林當期畢業生，更是驚得目瞪口呆，渾身發抖，個個迴避七索與三手的目光，但這兩位終於重逢的小俠又怎會注意到他們？

「真是英雄了得。」徐達嘆服。

「沒錯，大好男兒便當如此。」常遇春點點頭，心嚮往之。

「好好跟著幫主我，學會了見龍在田跟神龍擺尾兩招，這勞什子雞雞歪歪劍陣就像紙紮似的，這邊一掌那邊一踹，兩下子就給打散啦！」趙大明沒好氣道。

改天真要跟哪個不怕死又不識相的幫派立個死鬥約會，親自示範一下最快速的破關方法，教天下人知道什麼才是正派武功天下第一。

徐達與常遇春開心地看著趙大明，他們倆知道得授一招，終生便受用不盡。

底下，三手與七索還劍入鞘，峨眉派兩位女俠也攜手緩步走向兩人。

紅中眼眶泛紅，靈雪高傲地伸出手，派頭頗大。

「七索，我好想你。」紅中又是一陣大哭，緊緊抱住七索。

「紅中，有了妳，我的人生胡了牌，才有算台。」七索心真情摯，也緊緊摟著紅中。

這兒女情長之事令群雄尷尬不已，紛紛抓癢作傻不知如何是好，想要上前結交兩俠的豪客大有人在，卻被紅中這一啼哭弄得不知如何開口交攀。

原本在大樹上看得又羨又喜的趙大明，卻突然不自覺寒毛豎了起來。

12.1

「不對頭。」

趙大明摸著手臂上的雞皮疙瘩，看看坐在樹上更高處的幾名幫眾，卻沒有人發出代表警示的貓頭鷹叫聲，更遠處埋伏監看元兵動靜的三袋弟子們也沒發出信號。

趙大明親自躍上樹頂，依舊不見方圓三里內有任何元兵調動的動靜。

這天子腳下比武對陣，江湖豪客齊聚一崗，即使朝廷調度幾個萬人隊來驅趕也是正常，而此時此刻不見一兵一卒，或許是朝廷發懶？又或者是各地民亂，朝廷一時無法分神？

「不，還是不對頭。」趙大明搖頭晃腦，想不透自己身上的寒氣是怎麼來的。

略遲片刻，底下的七索與三手也感覺到了從群雄中突然暴漲的莫名寒氣。

善於「聽勢」的三手耳朵登時豎起，但覺一股壓迫性的力量試圖發出震耳欲聾的嘶吼，有如一頭棲息在黑暗中、無法辨識猙獰面目的史前兇獸。

那力量的聲音極其扭曲。無可形容的邪惡。

七索本能地將紅中快速推離自己，與三手肩並著肩。兩人都覺對方身上一陣哆嗦，頭皮都麻了。今天以前，兩人絕無法想像自己的害怕竟可以是這種感覺。

「那是什麼？不像是暗算？」三手皺眉。

久歷江湖的他也曾害怕過，也曾在九死一生的苦鬥中萌生退意，卻沒有像此刻這樣未戰先怯。

「有人在大都養的長白山七尺白額虎走失了麼？」七索咬著牙，免得牙齒抖動。

「危險」這種東西非常奇妙，有人天生就能察覺危及自己生命的東西盤旋在附近，或有大禍臨頭的強烈預感。在東方有人感應到山洪、地震、天雷等大劫難，被稱為仙人；在西方有人預見到千年後衰頹傾危的世界，被稱為先知。

歷經越多生死交搏越有察覺危險的直覺，而武功卓絕之人，五感澄明，更能觀覺常人所不能察。

群雄中幾個修為較深的前輩也開始覺得氣氛不對勁，坐立難安起來，看著坐滿樹上的丐幫幫眾，卻無人示警，真是奇哉怪也。

趙大明突然想起，自己上一次遍體生寒、從心而外皆被恐懼吞沒是什麼時候。

「**大明，快逃！**」

當初師父焦躁的怒吼猶如在耳，接著便是血紅一片。

趙大明瞪大眼睛，幾乎要摔下樹。

一個穿著黑袍的白眉老道低著頭，緩緩從驚駭莫名的群雄中走出。

不言不語，大袖乾癟，地上落葉無風而起，還未沾到老道衣角便脆成碎片，當真是詭異驚駭的功力。

老道一身的黑，站在七索與三手面前，依舊沒有抬起頭來，佝僂著背。

三手感覺一股無形巨力在眼前快速膨脹旋又縮散，綁在廣場四周樹上的火把遽然一顫，火焰瞬間怪異地縮小。

白眉老道抬起頭來，火把上的火焰立刻轟然大盛。

「好驚人的內力，端的是匪夷所思！」群雄震驚不已。

比之三手與七索的武功教眾人如癡如醉，這老道的武功卻讓人渾身不舒服。

老道面無表情，說他是無精打采不如說他兩眼無光，教人無法看透他的心底，一張口，兩排焦黑的牙齒讓人忍不住皺起眉頭。這老道方才就隱身於人群裡，待得兩俠與華山派的決鬥結束，他才現身，一身殺氣破鞘而出。

「老道，名，不殺，字，才怪。沒事的，走。留下，跟這兩個，一起，殺。」

老道每說一個字，聽起來平凡無常，無聲若洪鐘，亦無霹靂旱雷，廣場火焰卻不可思議地忽大忽小，群雄皆感到強烈的肅殺氣氛，有些頭暈。等到老道示下江湖最可怖的名號，群雄盡皆變色，立刻往後退出大空地不敢靠近。

紅中與靈雪也隨群雄退到數十丈之外，生怕分散了七索與三丰的注意力。

靈雪僵硬，緊張得無法言語，與紅中手捏著手。即使是不會武功的重八，也感覺到即使合全場群雄之力，亦非不殺道人的對手。

這不殺，乃百年來唯二悟出少林易筋經的奇僧之一，後來破出師門反噬少林，虐殺江湖豪傑萬千，挫得武林不武不德。人人皆懼不殺，朝廷鼠輩橫行。

不殺破出少林後有十三親傳弟子，卻無一人突破易筋經的障礙，不殺並未引以為憾，反而更覺自己果然得天獨厚，命中註定要領悟超凡入聖的武學，這等成就何等非凡，武林中人對他卻只懼不敬，更令他難以壓抑自己，出手毫不留情。

「自斷，琵琶骨，挑破，雙目，扭下，腳筋，饒你們，不死。」不殺說的是恫嚇之詞，卻無恫嚇之色，毫無感情的一張老臉。

三丰不自覺退了一步，汗涔涔。

曾經指點他武功迷津的奇人警告過，普天之下唯一千萬不要嘗試對抗的，便是這不殺道人，一見就逃絕不可恥，若能苦修二十年，屆時不殺要還活著，才有一點希望能夠與之較量生死。當時三手頗不以為然，此番一見，才知逃跑也是一種本事。

七索仗著鄉下人的無知，卻攔在三手前面，一個眼神，示意待會兩人一出招便出全力，用霸道的快攻讓不殺沒有還手餘地。

12.2

「樹上，下來。」不殺右掌凌空遙擊，身旁大樹落葉紛飛，一招平淡無奇的少林劈空掌竟有如斯威力。

趙大明笑嘻嘻躍下，竟沒有走。

「這樣才饒我們不死，你怎麼不去街上賣糞？賣他個十兩白銀一條，你有天分！」趙大明嘻皮笑臉的，全身卻已真氣充盈。

不殺看著趙大明，他身上真氣的感覺，讓他想起一個老朋友。

「你師父，臨死前，有，沒有，哭，求饒，吐，想知道，否？」不殺回憶起十五年前，與前丐幫幫主霍仲的那場架。

降龍十八掌只出其十一，霍仲的雙手就給他扔進了井裡，此後霍仲被囚禁在大都水牢裡三年，全身泡得腐爛。

「你是說那個老混蛋啊？啊！我老早就看他不順眼了啦，我個性懶惰他卻老逼著我練什麼狗屁十八掌，動不動就拳打腳踢，還罰我當眾大便出醜，操！想起來就有氣，害我現在四下無人時反而大不出東西來！你殺了他，很好啊！等一下是該好好跟你道謝啊哈哈哈！」趙大明朗聲大笑，瘋狂拍手，將不殺的氣勢壓了回去。

三手與趙大明未曾謀面，卻從他的大笑與臭氣中知道他就是丐幫幫主。一身的純陽剛氣，筋脈憤怒地暴張猛縮，內力遠在自己之上。果真世間武學多端，諸家修為各有所長。

雖然不殺方才威嚇要殺盡留下之人，但群雄可絕不肯錯過這一場真正攸關武林禍福的死生大決，比之起來，方才的兩俠鬥陣不過是場節奏明快的熱場。

「你身上，鎮魔指，可解？」不殺看著七索，竟說出這麼一句沒有頭緒的話。

「是又怎樣？」七索凝神，氣沉下盤。

「留你，不得。」不殺語畢，廣場四周數十火炬瞬間熄滅，暖風崗一片漆黑。

七索但覺惡風撲面，不殺已來到其前，五指箕張，用的是少林七十二絕技之龍爪手。不殺悟得易筋經，此後催動任何武功猶如探囊取物，不管是什麼平凡的招式到了不殺的手中都是威力倍增，還多了份絕不留情的霸道。

「好厲害！」七索仗著無知攬身迴旋，雙手抱圓飛轉想格開這龍爪手，卻被可怕的怪力甩脫出去，就跟下午被趙大明的見龍在田甩陀螺出去那樣，七索跌出五、六丈外。

不殺皺眉，這種事還是頭一回遇到。

而適才當七索試圖卸化不殺那一掌時，三丰從七索背後傾掌而出，十成十的功力毫無保留打在不殺身上，不殺不閃不避任由三丰轟下，易筋經功力自動運轉護體。三手掌力如雷，卻猶如打在一條巨大的鐵柱上，掌力盡數反彈，三丰大驚趕緊往後翻滾卸力。

火炬熄滅的瞬間，雙方實力懸殊高下立判。

但不殺沒有趁勝追擊，因為他很在意趙大明的舉動。

方才不殺與兩俠對鬥，趙大明居然不趁機突入補上一拳，只是晾在一旁柔身伸展，甩扭頸項，做起健康操來。

七索跌在地上，瞪著趙大明這個今天才認識的新朋友，三丰也喘著氣，頗不滿趙大明束手旁觀的態度。不殺殺過萬人，對此也極為不解。

不殺不解，也無暇理會，因為七索矮著身子，雙掌攬後猶如雀鳥、掌心聚勁疾衝而來，地上塵土飛揚。三手大袖飄飄，身體旋轉，猶如一只人體大陀螺。

兩俠各從左右撲向不殺。

七索大喝一聲，雙掌自後而前、由下而上劃出兩道裂土半圓，乃是一招平庸無奇的少林金剛羅漢掌「雙杵擊鐘」，靠的全是可怕的內力。

不殺面無表情，好像戴了醜陋的人皮面具，心裡卻湧起一陣難得的憤怒，雙腳凝力不動，兩手自下而上揮出，也是一招雙杵擊鐘！兩人都是同樣一招硬功夫，七索卻是助跑了三十大步才聚勁上轟，不殺卻鷹眼霍霍，純粹凝力便轟，彷彿當狂奔而來的七索只是個三歲小童。

雙掌交集在即，七索驚聽出不殺體內的真氣孔竅裡好像塞滿了許多巨大的鐵塊，鐵塊不斷被可怕到不正常的力量從四面八方擠壓，彼此撕咬，發出震耳欲聾的崩壞聲。

「七索不可硬拼！」三手也聽出不妙，雙掌勾勒勁圓，奮力為七索消解不殺陰霸掌力，七索忙將攻勢轉為守勢，將所有內力轉化為橫消抹解的散力。

連聲轟然悶響，畢畢剝剝，三人之間快掌連雷，廣場四周的火炬依舊殘留著零星火苗，竟被急速擴張的風壓再度引燃。

群雄均感駭異，耳邊都是極沉重、似近實遠的爆響。

不殺兩掌成爪，施展出碎石裂鐵的少林龍爪手，兩俠周旋在不殺四圍，忽快忽慢，全以不殺沒見過的慢拳拚命拆解，七索內力尚遜三手一籌，臨敵經驗更加不如，此刻已快脫力，幸好三手勉力將不殺的六成攻勢接下。

然而強如三手也漸感不支，不殺每一爪都暗藏絕大後勁，雙腳猶如踩在山洪爆發的土石流裡，快要無法踏穩。腳步一虛浮，內力便無以為繼。

不殺本有意引得兩人真元耗竭瘋狂而死，所以並未連使最殺著，被怪異的招式化解開他也不在意。但不殺每每覺得兩人就快用罄身體裡最後一滴內力、束手待斃時，七索與三手卻又能從體內的真氣孔竅縫擠出根本不該存在的勁力，讓不殺又開始憤恨起來。

他最在意的一件事，竟然成真了？

三手一個眼神，兩俠同時撒手翻滾開，這一翻滾藉著不殺的巨勁盪開，竟摔到十五丈外才真正著了地。

不殺沒有追上，群雄這才看清不殺的雙腳早已深陷入土，其四周也全陷得凹凸不平，足見方才三百招裡片刻都充滿內功重手。

兩俠罕見地劇烈喘氣，汗流浹背，一半是真氣大耗、從體內蒸出的熱汗，一半是九死一生的冷汗。

12.3

趙大明在一旁早做完了暖身操，兀自挖著鼻孔，挖出血來也不在乎。

剛剛他沒有加入戰局，只是目不轉睛地看著。

「喂！你打不打啊？」三手瞪著趙大明頗有不滿。

雖然自己並不認識，但這傢伙怎麼說也是武林公認的正派第一高手，更何況他體內的陽剛真氣絕對凌駕在自己之上。

「打啊！等你們投降的時候我再上吧，要不，就退到一邊去，我一個人來。」趙大明雙手用力拍著自己的臉，像是要提振自己的精神。

但趙大明的手勁卻越來越大，好像要將自己打昏似的用力。

「幹嘛這樣？大家一起上啊！給他來個甕中捉鱉！」七索嘴巴吞吐著濁氣，擺開慢拳架式大聲說道。他的體內真氣翻滾如浪，一時無法平靜。

只見趙大明獨自大步向前，毫不把不殺放在眼底。

七索與三手兩人面面相覷，難道趙大明真有偌大自信能獨自打敗不殺？

「你們兩個聽著，這老禿頭剛剛只用了七、八分力在羞辱你們，別以為你們還有機會，就算加上了我，也打不過這個老禿頭。」趙大明的雙頰都腫大起來，紅得快脹破皮。

三手點點頭，他隱隱約約「聽出」不殺體內真氣孔竅還有擴張的空間。

趙大明瞪著不殺。不殺沒有反駁，也沒有表情。

重八眼看幫主與不殺之戰箭在弦上，卻沒有勝算，心中連生十計，百人打狗陣、鎖魂歌、毒蛇陣、亂石陣等，卻無一管用。難道，只能祭出那著？重八看著外表沉穩、骨子裡足智多謀的徐達，徐達緩緩點頭。

「既然大夥一齊上也打不過這老禿頭，那為啥還要一塊上滅了自己威風，讓那老禿頭肚子裡暗笑！操！」趙大明肚子高高鼓起，真氣勃發，昂首闊步道：「男兒大丈夫，不管是大便還是打架都是同一個道理，就是氣勢第一！有了氣勢才有勝算！就讓我一個人拍拍這老禿頭的光腦袋吧！」

七索與三手無言，無法反駁。

按照兩人的想法，既然不打，那便逃，但卻又沒道理放下趙大明一個人不管。

不殺冷冷地看著趙大明。

屠虐這江湖三十年來，能讓他留下印象的武功少之又少。

例如，降龍十八掌。那可是他生平罕見的遭逢。

「你師父，臨死，前，說你，是個，笨蛋，果然，如此。」不殺踏出一步。

「見龍在田！」趙大明暴吼，身影一晃，瞬間已來到不殺的面前。

不殺全身十丈內無不籠罩在趙大明降龍掌的殺意內，草屑紛飛，無可避閃。

無工無巧，豪邁的右掌硬劈！

「蠢貨。」不殺唸道，與趙大明硬碰硬對轟了一掌，卻因邊對擊邊說話，這一個托大，竟覺胸口一窒，差點提不起氣來，心中暗暗訝異。

只見趙大明並沒有被震飛，反而借勁在空中一迴，反身踢出剛猛無儔的「神龍擺尾」！

不殺氣凝不順，卻也不往後跳開，伸指一招「參合指」激射出一道凌厲的氣勁，想阻擋趙大明這連花崗岩也能鑿破的一腳。卻見趙大明無視參合指的威力，一腳踢得不殺連退了好幾步。

「好！」七索大叫。

「見龍在田！」趙大明雙腳甫落地，一個大吼，居然又瞬間來到不殺面前，掄起右掌又要轟出。

原本不殺一個氣凝不起來也沒什麼大不了，但跟他不斷對掌的可是當今武林正派第一把交椅，只見不殺被轟得接連後退，塵土飛揚。

趙大明接連又是一大串重複又重複的「見龍在田」與「神龍擺尾」，掌腿雙絕，撼動山河，千篇一律地交替。

「怎麼不換點新招？就只是那兩招換著打？」三手暗覺怪異。

不殺心中大怒，古井不波的死臉色竟浮現難得的怒意，接連變了幾招，什麼般若掌、大力金剛掌、大悲手、普陀蓮花指卻都無法阻止自己被一掌威力大過一掌的趙大明逼退，生平之恥莫過今夜。

「神龍擺尾！」「見龍在田！」「神龍擺尾！」「見龍在田！」「神龍擺尾！」「見龍在田！」「神龍擺尾！」「見龍在田！」

趙大明聲若旱雷，掌若海濤，即使招式與節奏都沒有變化，依舊轟得不殺節節敗退，群雄大感振奮。

「我要大便！」趙大明突然吼道。

趁著神龍擺尾踢起的瞬間，不殺的「一指禪」遞出與抗。趙大明的腳高高踢起，褲子瞬間撕裂開出了縫，一條大糞朝不殺呼嘯而去，不殺遞出的手指正好戳中溼溼軟軟溫溫的大糞。

大糞平淡無奇，當然禁受不住少林神指，瞬間爆碎成碎粒，將兩人噴得滿身。

不殺憤怒異常，顧不得氣轉不順只能守無暇攻，強自催出十成掌力，與趙大明的見龍在田硬碰硬對轟，兩人都是拼盡全力，趙大明與不殺登時雙雙往後跌滾。

趙大明雙掌滾燙，氣息翻湧，吐出一大塊血後哈哈大笑起來。

趙大明天縱奇才，自命如果再苦練五年，功力絕對可與不殺比肩，而現在他尚遜不殺四成，卻將不殺打得毫無反手之力，身上又沾滿自己的大糞，真是樂不可支，一面狂笑一面吐血。

沾滿碎糞的不殺絕不好過，在氣息不暢下強行催化十成功力的結果，縱使領悟了易筋經依舊大傷身體，筋脈受損，現在更是說不出一個字來。

但不殺深深吸了好幾口氣，真氣如燒紅的鐵塊充盈孔竅，縱使筋脈受創也無損眼前的局面。無限的殺意暴湧而出，廣場火炬瞬間縮扁成一線。

現在的不殺，就連達摩在世也非敵手。

七索與三丰凝神聚氣，不管趙大明願不願意，兩人都要聯手力拼才有生機。

趙大明擦掉嘴角黑血，站在兩俠前，瞪著不殺。

「你知道你最教我生氣的是哪一點嗎？」趙大明看著不殺，嗅著沾黏在肩上的碎糞大吼：「一看到你，竟讓我害怕得全身哆嗦，混你媽的蛋！今天非要把你的屁股整個扒開不可！見龍在田！」

三俠齊上！

不殺臉面神經抽動，火炬飛滅。

13.1

七索睜開眼睛的時候，雙手都無法動彈。

想要說話，卻覺得喉頭乾渴，渾身燥熱。

剛剛彷彿做了一個很吵雜的夢。

「七索，你別說話，好好休息。」

紅中的聲音，一雙好像哭過好幾次的眼睛。

七索微笑，卻不肯再閉上眼睛，紅中餵了七索一口水。

張望四周時，七索脖子有些僵硬，沒想到連這種小動作都感到吃力。

這是個簡陋的竹廬，與其說它嵌在一個洞穴裡，不如說是夾在一道深邃的岩縫中，四周都是茂密的松灌與落葉，隱藏得很好。

沒看見三手，倒是趙大明露出肚皮躺在一旁呼呼大睡，全身臭得可怕，唯獨兩手被黑布緊緊包纏住，似是受了傷。

「君寶沒事罷？」七索腦子一片空白。

「他沒事，在屋子外陪著靈雪呢。」紅中說，七索如釋重負。

七索深深吸了口氣，內息開闊平靜，真氣在孔竅裡運行無礙，正頗為安慰、想扭動起身時，卻驚覺兩隻手竟都沒了感覺。

「你的手受了傷，要好幾天才能動得。」紅中扶著七索。

「嗯，我記得。」七索苦笑。

七索怎可能忘記。

暖風崗一戰末，不殺強催掌力，將三俠裹在狂暴的陰勁中，還未拆得了招七索便覺得耳膜被劇烈鼓盪的氣旋擠壓著，頭痛欲裂。待得兩人雙掌交接，整條手臂就好像弄丟了似，一點感覺也沒有。

接下來他氣血翻湧、眼前一黑，怎麼倒在地上都忘記了，自己只記得恍惚中被一股力量托了起來，隨即騰雲駕霧嗚呼哀哉摔滾在地。耳邊一陣嗡嗡轟雷之聲從遠而近，然後就漸漸不省人事了。

「想喝紅豆湯麼？我一直在等你醒來，待會就去燉。」紅中捏著七索的臉。

七索點點頭，嘴饞得緊，在紅中的攙扶下起身下床。

走出竹廬，七索瞧見了兩人背對竹廬、盤坐在岩縫外守護著，體內真氣緩緩流動的聲音，像極了丐幫一派的功夫。

「可是丐幫弟子？」七索問，兩名守護緩緩站起，轉身深深向七索一揖。

七索瞧明了兩位守護身負九袋，俱是丐幫武功精湛的九袋長老。

「你昏迷的幾天，都是這兩位長老護法的。」紅中說。

七索一揖回去，自己一條命多半是合丐幫之力撿回來的。

「貴幫大家都安好吧？重八呢？」七索料想那不殺出手陰狠毒辣，武功超凡入聖，丐幫不知死傷多少才勉力將自己救下，心下歉然，亦關心自己才認識一天的朋友們。

「敝幫安好，重八稍時就回來，太極兄稍安勿躁。」長老笑笑，滿臉都是皺紋。

「這裡是哪裡？」七索問，東張西望。

「此距暖風崗只有三十里，擎合山上，此處隱藏甚好，賊人不擾，敝幫又從附近調來功夫最好的八袋、九袋長老前來把護，太極兄盡可放心。」長老道，此次幫主落難，十個九袋長老在五日內便到齊了，個個武功都不下於少林達摩院精研武術的武僧。

七索聽得遠處水聲裡隱隱有風雷之聲，讓紅中攙著他的手慢步過去。

「那裡有條小瀑布，小雖小可卻挺湍急，也只有你才聽得清君寶跟靈雪在那裡練劍。」紅中笑，瞧著七索的臂膀。

兩人走向瀑布，兩名長老遠遠跟在後頭像是保鏢，而松林內也看見幾名身懷高強武功的丐幫弟子凝神警戒，七索走過，他們都對七索遙遙拱手答禮。

瀑布旁，七索見到君寶躺在樹下，正看著靈雪演習劍法，偶爾在要緊處出聲指點，脾氣一向驕傲易怒的靈雪卻出奇的沒有出言頂撞。

靈雪的劍法已無先前的繁複累贅，卻仍舊像天女妙舞，招與招之間的黏合都充滿了瀟灑的靈氣，偶一變招，就是溜滴滴的殺著。

靈雪本就天賦極高，才能從花刺子模的古舞中思考出劍法變幻，加上君寶化繁為簡地提點，劍法立刻突飛猛進。

「劍走清靈，好劍法。」七索讚道。

靈雪沒有停止舞劍，躺在樹下的君寶撇頭看著七索。

「我比你行，早了你兩天醒來。」君寶頗得意。

「是麼？那你睡了幾天？」七索傻笑。

「一十四天。」君寶笑笑。

「那我不睡了一十六天麼？」七索訝然，自己除了在娘胎裡睡過十個月，再無今日如此浩浩長眠。

「我倆此番能夠醒轉已然稱謝，大睡幾天又有何妨？浪拓人生，不過悠然一睡。」君寶哈哈一笑，全身懶洋洋地躺著。

七索卻從君寶的笑聲中「聽」出了不對勁。

君寶體內的真氣沛然充盈，卻在孔竅間流轉窒塞、顛顛簸簸而顯得大而無當。君寶此刻不是作懶不起，而是根本就全身乏力。

「君寶，起來轉圓踏井活動活動吧，很有用的。」七索建議。

靠著踏圓平淡無奇那招，七索將鎮魔指的霸道真氣給消解虛無，甚至拿來做拓寬真氣孔竅之用，此刻君寶也當用得著。

君寶笑笑，沒有說話。

「這踏圓就跟咱們平常……」七索正要開口解說踏圓的妙法時，突見靈雪一劍凌刺過來。

七索一驚，直覺想伸手撥開，卻忘記兩手受傷、動彈不得。

靈雪的劍停在七索的喉頭，劍尖劃破了一點皮肉，一旁的紅中卻低頭不語。

七索看著靈雪充滿怨恨的眼神，心中竟開始慌了。但慌的可不是靈雪的劍。

「靈雪……」君寶淡淡說道。

羈。

靈雪手中的劍刷一聲回鞘，一個字都不願說掉頭就走。

「踏圓是吧？我以前也幹過，但這次好像是不成了。」君寶雖是嘆氣，卻一臉瀟灑不

七索全身如置焚爐，一顆心不斷往下沉。

「你聽勁的功夫應當到家了，也該聽出來了吧？」君寶勉強撐住大樹，身子搖搖晃晃

爬起來，有如酩酊醉酒。

13.2

原來七索與不殺道人硬碰硬對掌之時，君寶就站在七索身後，以畢生功力將不殺的勁力導進自身，然後傾洩於腳下土地，七索方不至於全身筋脈寸斷。

而七索一昏倒，不殺立即一輪猛攻想將七索斃絕，君寶與趙大明擋在昏厥的七索前，聯手勉力將不殺裂石穿岩的龍爪手全都硬接下。

空氣中都是雙方內力外功交纏撕咬的可怕聲音，教群雄無法接近。

趙大明憑藉著高昂的鬥志力撐，依舊是勢不可當的「見龍在田」，但功力稍遜一籌的君寶卻漸感不支，雙手開始麻木，體內真氣渙散遊蕩，奇經八脈在不殺的巨力無窮盡的衝擊下竟一一裂斷。

一旁趙大明瞧著不妙，咬著牙大叫一聲「看我的大糞」，不殺遽然一怔，趙大明兩手反轉，抓著七索與君寶猛力一拋，將兩俠丟得飛遠。

不殺知道中計怒極，趁著趙大明防守不及，橫爪朝趙大明脊椎一勾。趙大明吃痛，強靠一口氣賁然拍出最後兩掌。

正當趙大明陷入險境，一群來路不明的胡蜂自遠處呼嘯而至，俱朝不殺身上鑽擊。不殺何等超凡武藝，豈是區區蜂群能夠對敵，不殺處變不驚，兩袖灌舞，刮起陣陣氣勁不讓蜂群靠近，偶一催勁，閃避不及的蜂群立即被兩股撕咬的氣旋撞擊昏厥、掉落在地面。

但蜂群成千上萬、不懂畏懼，竟毫無止盡地朝不殺身上攻擊，仔細一看，蜂群的攻勢隱隱居然可見五行變幻，陣法嚴謹，顯然有高人在背後操控。

不殺在蜂雷奔響中冷靜傾聽，一股低盪迴旋的笛聲在高處若即若離，似是催動蜂群的背後黑手，不殺立即抄起地上一石猛擲過去，那琴聲依舊低吟迷離，催得蜂群攻勢益加猛烈，擾得不殺快要睜不開眼睛。不殺連續丟擲了十數顆石子，那笛聲才消然而止。

而趙大明、君寶、七索三人已經不見，群雄一哄而散。

不殺怒極，暴衝追上群雄亂殺了好幾個人才勉強收攝心神。

「就算逃了，也是三個廢人。」不殺甩著手上的血，看著紅色月亮。

13.3

的的確確，三個廢人。

「筋脈寸斷，我現在全身軟綿綿的，空有一身內力，卻沒有半點勁。」君寶背倚著樹，模樣十分辛苦，卻還是笑笑：「七索，如果尋得過繼內力的法門，我跟趙臭蟲就將一身的內力都送給你，你兼具三人之長，苦練幾年定能打敗不殺。把這責任一股腦都給你，可委屈你自覺點啦。」

七索駭然，心中不祥的預感浮現。

紅中的小手緊緊捏著他，他還是一無知覺。

「義子！爹的手就是你的手！你的手就是爹的手！從今以後再也不分離的啦哈哈哈哈哈哈！我就說我倆怎麼會這麼有緣一見如故義結父子咧，原來老天爺是叫爹生兩條好手給你來著！哈哈哈哈哈哈哈！」

趙大明剛剛睡醒，大笑嚷嚷，躺在竹編的大躺椅上晃將過來。

四個丐幫弟子抬著躺椅，其中兩個分別是七索見過的徐達、常遇春，而重八與幾名丐幫長老則苦著臉跟在後頭。

七索慌張地看著自己無法舉起來的手，紅中知道他的意思，於是輕輕托起他的雙手讓他瞧個仔細。

粗大，惡臭，黝黑，根本就不是自己的手！

「這是……這是怎麼回事？」七索已經猜到是怎麼一回事了，心中的悽楚比其他的感覺都要巨大，只是其中變故匪夷所思，他一時無法置信。

「不只君寶哥全身筋脈皆斷，趙幫主為了救你跟君寶哥，腰椎下三寸也給那禿驢打折了，江湖第一神醫終須白斷言趙幫主終生無法再站，而你，你的手也給那禿驢震壞了，筋脈十有九斷，骨頭都流出了漿，這雙手即使又生好了，也沒辦法使出像以前那樣的武功。」紅中擦擦又流出的眼淚。

既然情況壞到無以復加，那個所謂的神醫終須白便來個東拼西湊。

切下了七索的廢臂跟趙大明的粗臂，相互對調，以神乎其技的技術將兩人手臂切斷、再縫合裡頭的筋脈與血管，待得斷骨自然叢合、血性恢復後，這兩條手臂就跟自己的一樣。

「有這麼神奇？」七索歪著頭。

「那還得靠咱爺倆血性合得天衣無縫啊！」趙大明得意洋洋，絲毫不以失卻手臂為忤。

那天終須白說，這換手換腳的本事原來不難，他猜想三國時的華佗就有這樣的本領，或許更早就有此道名醫。但每個人的血性有所不同，若是血性互異的人交換了身上的手手腳腳，則會發燒、嘔吐、傷口化膿糜爛，最後必定雙雙死去。

所幸終須白研發出特殊的粉末，可以測驗出每個人的血性分殊，一驗之下，七索與趙大明的血性相合不斥，終須白立即動刀換肢，讓七索擁有全天下最亢霸也最骯髒的雙手。

「不能用其他的骨頭，例如老虎或是豹子的骨頭抵代趙大哥斷裂的腰椎骨麼！」七索看著紅中捧起的雙手兀自不敢相信。

但事實擺在眼前，就是這麼亂七八糟。

「操！竟忘了這著！找那神醫算帳去！」趙大明氣惱不已，當真要指揮起抬著竹椅的四人離去。

七索看著君寶，君寶微微笑，但不難看出君寶的灑脫裡，有著難言的落魄苦楚。強自瀟灑的臉最令人看了難過。

「拋下你闖蕩江湖三年，鋒頭銳盡，在危急中又遇到了你，老天爺實在待我不薄。夠了，七索。夠了。」君寶悵然若失：「那終須白說，只要我好好鍛鍊身子，不消三年應該可以跟常人無異，但真氣竅孔零零散散，再也無法使用武功了。」

七索深呼吸，但幾乎快要喘不過氣來。

老天爺將他們兩人一個鎖在少林，一個放下山闖蕩。現在好不容易兩人重逢，卻又廢盡一人武功，放一人獨自單飛。

難不成這兩個人只有共擁一夜江湖英雄夢的緣分麼？

「不說這了，今朝有酒今朝醉，留取丹心照汗青。」君寶故意模仿七索慣常的亂用成語：「咱們跟那條大臭蟲討幾罈酒去，今夜我們兄弟喝個痛快。」

「再好不過。」七索點點頭，握住君寶的手。

13.4

那天夜裡，兩人在瀑布邊聊了一整夜。

一向沉靜寡言的君寶用最簡單的方式，將他這三年闖蕩江湖的經歷說了一遍，包括如何在與不殺七名座下弟子拼鬥中，領悟到深湛的武學至理，如何與貪官污吏周旋，如何剷除江湖惡霸，如何塗滿金漆假扮七索版本的太極。

君寶越是輕描淡寫，七索就越是問個痛快。

飛揚跳脫的七索也將他如何死守十八銅人陣的爆笑事誇張地說了一遍，說到與達摩院圓字輩、垢字輩死命比拼的過程，君寶全身血燙，恨不得當時就在一旁跟著打上一架。

七索自也將自己如何對抗鎮魔指的過程仔細說了一遍，又佐以子安的推測與方丈的現身，說得君寶嘖嘖稱奇。

「真是奇了，原來那個老是在黑夜裡偷襲我的黑衣人，就是方丈。」君寶此言一出，才教七索驚訝不已，

原來君寶在行走江湖之初，不久也曾遭到神祕的黑衣人偷襲，以君寶當時的武功竟然

毫無還手餘地，就被封住穴道點倒，那神祕黑衣人用怪異的手法炮製君寶，強行灌輸霸道的真氣在君寶奇經八脈裡，讓君寶痛苦不堪、每每都會暈厥過去。

從此每個月圓夜，君寶都會嚐到痛徹心腑的焚燒感，幸有另一武林高人在暗處指點「踏圓！」兩字，君寶依言踏井踩圓，方才引著百穴中的霸道真氣平復下來。

可那神祕黑衣人始終不放棄，每隔一陣子都會偷襲君寶，灌輸霸道真氣想整死君寶，但君寶靠著踏圓法訣每每半生半死的熬過。出乎意料的，君寶體內真氣孔竅大開，功力源源不斷大增，君寶左思右考後才推敲出那黑衣人必是用意甚深的武林前輩。

在最後一次黑衣人又要來偷襲君寶時，君寶盡展畢生絕學奮力抵抗，想問個明白，但那黑衣人眼看自己已無法得逞時，便施展輕空爽快離去，留下大惑不解的君寶。

「我想子安說的不會有錯，方丈或許是個有苦難言的好人罷。」七索說：「這荒謬年頭，當個好人都要畏畏縮縮的。」

「我才傻，每次痛都來不及了，竟沒連想到那霸道真氣會是鎮魔指。」君寶徒呼負負：「要是我知道，一定火速衝去少林寺告訴你破解鎮魔指的方法，我們便能早點共踏江湖了！」

兩人開始胡亂瞎掰起少林寺方丈的真面目是什麼，越扯越是奇怪，光怪陸離的穿鑿附會，比如方丈其實就是不殺易容的人格光明面，要不就是失蹤已久的不苦大師戴上人皮面具，要不，就是文丞相根本就沒死，化裝當起方丈大師來著。

講到亂扯處，兩人俱是哈哈大笑。

「七索，這三年來我過的都是心驚肉跳的日子，深怕一個不小心就慘死在不知何處呼嘯而來的暗箭，深怕一個閃神就挨了一記重掌，深怕，我們倆再無相逢之日。」君寶靠著大樹有感而發，身子醉得搖搖擺擺。

七索熱淚盈眶，身邊都是空蕩蕩的酒罈子。

「韃子佔我江山、奪我妻女，奴役我漢人萬千。有個在江湖上幫人測字的先生跟我說過，韃子的氣數將盡，各路牛鬼蛇神必將傾巢而出、逐鹿中原，是不是真這樣，我一介武夫又怎會知道？我只曉得……」君寶認真說道：「換你了，七索，讓那些邪魔歪道見識見識，什麼叫參見英雄。」

七索閉上眼睛，一陣清風刮起了無數落葉。

「我們一起在少林柴房頂上創的拳，就用你的名字響亮些，叫太極拳罷。敬太極拳！」君寶暢然，將最後一罈酒一飲而盡。

七索仰起頭，喉頭鼓動。

他不能再讓眼淚流下。

英雄的夢已經在剛剛轉手。

那種夢，那種英雄，眾人永遠只能看著他的背，所以看不見他的眼淚。

第二天七索醒來，君寶竟已不告而別。

靈雪尋君寶不著，氣得策馬漫無目標亂追，連紅中也不管了。

紅中說，君寶行動不若以往，終會教靈雪尋著，兩個歡喜冤家相攜歸隱山林，未嘗不是一個屬於英雄該有的好結局。

七索沒有回答。

只是看著月亮。

14.1

大都，汝陽王府。

「朝廷通緝榜上你一個要犯都沒給逮回？饒你自稱武功天下第一又有何用？尤其是那個太極，一日不除，他日又來行刺，你擔當得起？」汝陽王座前第一武士，也是其義子王保保將軍，怒聲喝斥。

不殺面無表情。

「限期要你擒犯回來，瞧你這死樣子也知道你辦不到，若要你這不笑不哭又不吠的狗終日在王上身旁護駕，又是索然無味至極，混帳！」王保保怒氣勃發，絲毫不將不殺放在眼底。

不殺依舊面無表情。

他沒有感嘆，因為他幾乎快要沒了情感。

數十年前，在那座偌大、寂靜、大雄寶殿前廣場滿地汗水的少林寺裡，不殺原來是個內向自閉的小子，不善表露情感是他給人一貫的印象，幸有不苦師兄帶著，兩人自小交好。也因為不殺內向，所以對武學一道更下苦功，甚至還比不苦早了數月闖破易筋經百年來的障礙。

不殺一念之差叛出少林、擒殺文天祥後，每每想到年少時不管是在少林或是在江湖，大家的目光都集中在自己的師兄不苦身上，卻忽略武功更強的他，不殺就覺得五內俱焚，連臉都扭曲起來。

以前他的模樣俊朗，但自從他心性大變後容貌就逐漸僵硬。表面上，不殺不斷奉朝廷欽命追殺武林門派裡的反抗勢力，實則是控制不了那些曾與自己交好的江湖盟友怒責、諷恨自己的眼神，往往主動出擊，一動手便是大殺四方。

久而久之，不殺不只失卻了抑揚頓挫的情感，也因為情感的消逝致使顏面神經久未牽動而麻痺，失卻了表情。

失卻了表情，失卻了情感，世上再無任何一種武功能夠治癒寂寞的病。

獨步武林，不過是個驚世駭俗的怪物罷了。

王保保不斷用尖酸刻薄的言語辱罵著不殺，不殺卻一點反應也沒有。

他的神思依舊停留在上一次，也是叛出少林以來唯一一次的暴怒。

當著全天下英雄的目光，那是何其難堪的畫面。當不殺的手指點碎了趙大明屁股噴出的熱騰騰大糞，他幾乎陷入失控的怒火裡。

那種感覺他很想再嚐一次。

那感覺讓他接近了「人」。

可惜，那種感覺恐怕是不可能再有了。

不殺擰碎趙大明脊椎的觸感很紮實，那混蛋絕對要殘疾一生，哪怕是武林中人人皆會的太祖長拳也好，他再無法使出任何一種招式。

至於前途似錦的三手與太極，他本就不看在眼底。

即使不殺從少林傳來的聽聞中推敲出一件他至忌諱的事，但他確定自己的掌力已令太極的雙手報廢，三手亦必筋脈散碎，忌諱也不再是忌諱。

全都壞掉了。

壞掉的玩具，再無法給他那樣憤怒的感覺。

王保保當著眾衛士繼續冷嘲熱諷，汝陽王冷冷地端凝著不殺。這一切都是不殺叛出少林、想用暴力奪回屬於自己的尊嚴時，所始料未及的。

始料未及，但也毫無所謂了。

就算王保保與汝陽王不是疾言厲色，而是諂媚奉承，也與眼前的光景毫無殊異。無法教不殺心起波瀾。

「再去，殺誰，呢？」

不殺怔怔良久，竟陷入無以復加的、空空蕩蕩的虛無裡。

14.2

終須白「神醫」這稱號並非浪得虛名。

七索的手在三天後就能感覺到血氣，第五天就能自己舉箸吃飯，過了十天，居然能揮灑自如，只是還不能運功凌擊。

饒是趙大明天生就是修練陽剛一路武學的上料，雙臂真氣孔竅甚至還比七索要粗上許多，七索心知日後內力增長，掌下威力定然倍增。

當然，七索將趙大明的髒手反覆洗了好幾次。

趙大明生性樂觀，整天都在擎合山自吹自擂克服了對不殺的畏懼、與不殺單挑的爽快事，雖然自己從此半身不遂，卻未黯然神傷過。

「太極好兒，你有了我雙手，內力又還差強人意，我教著這兩個小鬼降龍掌，你也在一旁學著啊，將來這幫主之位非你莫屬，你可要好好的幹啊！」趙大明大聲嚷嚷。

七索得了趙大明的雙手才不致成了廢人，對趙大明既歉疚又感激，雖不願接下丐幫幫主的位置，卻無法拒絕趙大明傳授降龍十八掌的好意。畢竟是人家的手。

於是徐達學「見龍在田」、常遇春學「神龍擺尾」時，七索都會在一旁聆聽學習這千篇一律的兩招。趙大明下身軟癱，全仗口訣心法提點七索運化脈位，以身示範。

「怎麼來來去去就這兩招啊？」紅中撈著湯問。待在擎合山養復元氣的這幾個月裡，丐幫上下都迷上了紅中煮的紅豆湯。

紅中天真直問，趙大明這才說明白為何只有這兩招的原因。原來前幫主霍仲在教完趙大明這基本的兩招後，就被不殺擰斷了雙手擒走，趙大明只好悶著不斷練習這兩招，但這一掌一腿在趙大明專心致志的習練下，威力強大，擋者披靡，往往一招斃敵，縱使趙大明從沒心思隱瞞，旁人也不會發現趙大明光會這兩招。

「真是可惜了餘下的一十六掌。」七索看著斷裂的腕大樹幹呆晌。

不愧是天下第一剛猛的武功。

同樣，不愧是擅使天下第一剛猛武功的手。好像儲存著趙大明的記憶，一經喚醒，進展飛快，一日千里。

至於當天暖風崗惡鬥之後的奇變斗起，那神祕的笛聲，那突如其來的胡蜂群，不只七索，連丐幫都摸不著頭緒。那夜丐幫長老不過是趁著蜂群擾亂不殺，快速搶出受重傷的三俠，但對神祕的幫手都無法聯想到是誰。

但強援不會無端出現，必是有所求而來。

丐幫靜靜等著，但江湖上卻一點風聲也無，似是怕著露了痕跡，讓不殺道人尋上。

14.3

朝廷通緝榜上的人名，象徵著武林最新的興衰變化。

趙大明、三手、太極三人與不殺一戰後，雖成為江湖中津津樂道的豪戰典範，但丐幫勢力卻隨著三俠的銷聲匿跡而急頹。

十個月後，年度犯罪率最高的幫派已改弦易轍，從丐幫換成了白蓮教的招牌。年度最不可原諒的盜賊，則從張三手換成白蓮教第一高手醍醐。年度盜賊最壞五人則是白蓮醍醐、崆峒石兩拳、獨行俠藍槍海、血魔厲無恨、奇盜花一痕，其中藍槍海與石兩拳俱已與白蓮教結盟。年度最不可原諒新人，則是率領以少林火工弟子為班底的白蓮義軍，屢屢奇襲落單朝廷軍隊的韓林兒。

由此可見白蓮教的勢力蓬勃發展，不斷滲透民間，乃至江湖豪傑紛紛加入。此時距南支領袖彭瑩玉在袁州發動造反已有數年之久，朝廷無情鎮壓，卻沒有辦法遏制住以宗教為種子的農民起義。

至正十年，白蓮教對朝廷的威脅不再是隱隱成憂，而是即將星火燎原般的恐怖存在。

潁州，白鹿莊。

清幽的山谷底，層層疊佈的毛山櫸林間裡竟藏著座偌大莊園，風高氣爽，蟬鳴鳥叫，就連當地人也甚少知道這谷裡有這間大屋子的存在。

更不知道這間大屋子，竟是赫赫白蓮教的地下指揮部。

韓山童與其子韓林兒在院子裡下著棋，唯一的護衛醍醐正躺在屋簷上蹺腳睡覺，運起地聽大法觀察周圍五里內的風吹草動。

一隻藍色鴿子正啄食著韓林兒掌心的小米，棋盤上千軍萬馬，廝殺縱橫。

「爹，混入丐幫的弟子重八飛鴿回報，那趙大明的的確確是廢了，張三丰也不行了，但那太極在終須白的幫助下接續了趙大明的雙手，似乎還有兩下，有可能接替趙大明成為新任的丐幫幫主。」韓林兒戰戰兢兢，卻下了一手殺氣騰騰的黑子。

「那太極人怎樣？可能加入咱們北紅巾麼？」韓山童一身黃色道袍，白髮童顏，下了一手絲毫不見攻防稜角的白子。

韓林兒輕嘆，又想起了那件憾事。

「那太極與孩兒在少林是舊識，明明就天天見面，卻不知他怎地練就了一身奇怪的高強功夫，他個性外柔內剛，是個不肯輕易妥協就範的人，所以才會死守銅人陣三年。早知他性如此，孩兒便當放下身段與其交好，此事甚憾，孩兒當銘記在心。」韓林兒不敢與父親雙目交接，低著頭，下了一步殺著。

「銘記在心什麼？」韓山童拂然不悅，韓林兒心頭一驚。

「孩兒日後定謙讓待人，廣結天下豪傑之士，盡為我白蓮所用。」韓林兒背後都是冷汗，答得四平八穩。

「錯矣，我父子倆乃是真佛彌勒轉世，有慧根的，有福分的，有大智慧的，便會自動受我倆感召，沒有福分的，遲早會給上天拔走。記住，我倆父子出口成金，人人奉為圭臬，怎會有錯？錯的，也是愚魯人家解讀謬誤，失了真意，知曉麼？」韓山童瞪著韓林兒，韓林兒不住點頭。

但韓林兒心想，父親變了，且變得多了。

在他受命入少林習武、廣納英才以前，父親何等謙讓，如今身邊讒臣眾多，用來號召民眾起義的「彌勒降生」宗教口號，難不成爹聽多了，竟當真起來？

「聽說那太極打得牛飲山上徐壽輝座下的馬賊一敗塗地，可是真的？」韓山童心情平和，輕鬆自在地將韓林兒的殺著化解於無形。

「嗯，就怕太極對咱白蓮教沒有好感，要結盟便會棘手。」韓林兒神色恭謹，迅即回了一手異軍突起。

「這樣麼？那就是難搞麼？」韓山童微笑，一子落下，雲淡風輕的佈局。

韓林兒一愣。

「要我去殺了他麼？」醍醐突然開口，伸了個懶腰。

醍醐語氣裡不帶殺意，好像此事絲毫不難，殺了七索不過是舉手之勞。

「你瞧那太極與咱家的醍醐，誰比較厲害些？」韓山童似笑非笑。

「似在伯仲之間。」韓林兒答道，瞥眼看了看屋頂上的醍醐。

其實以韓林兒平庸的武功修為，根本瞧不出誰強誰弱，以他的目光胸襟，更加瞧不出兩人的氣勢。

「倒不必殺了太極，一個弄不好，丐幫幾萬弟子可不是整天瞎要飯的。吩咐重八盡量拉攏就是，若不能得逞，也要教那太極知曉那夜是誰幫了他逃走，總得賣個面子，別礙著我們的大事。」韓山童語畢，醍醐哼了一聲。

那夜暖風崗惡鬥，正是白蓮教臥底於丐幫的情報好手重八，急中生智，喚徐達以白蓮教快速、又絕對祕密的方式，傳來了正在左近待命的蜂笛手，命令胡蜂群纏住不殺，好拖延時間讓丐幫好手趁亂將三俠救走。

這胡蜂陣乃是白蓮教不為人知的祕密殺著，共有十多個分別揹負用粗布遮蓋住的蜂簍，蜂笛手會自動跟隨教裡重要頭領人物，負責掩護頭領逃走、襲敵、迷亂敵人視線等用途。若是十幾個蜂笛手一齊上陣驅動百萬隻胡蜂連結成的彌陀大陣，甚至可以拔倒整個千人兵營。

此蜂陣還在訓練階段，是以極為祕密，一旦一百個蜂笛手訓練完成，必能輔助紅巾軍在戰場上扳倒馳騁萬里、所向無敵的蒙古騎兵。

無論如何，縱使太極不願幫助白蓮教一臂之力，丐幫終究欠了白蓮教一個大人情。

「重八挺能幹的，小小年紀應變奇速，是誰的屬下？」韓山童端詳棋局，黑白如何廝殺，都不脫他的意料。

「是劉伯伯的部將，也是隸屬爹爹的。他有兩個手下也挺帶種，信上說，無論如何都得讓他將徐達跟常遇春給帶在身邊。」韓林兒說，手中的黑子兵敗如山倒，卻兀自苟延殘喘。他口中的劉伯伯，自然是指他父親的重要部將劉福通了。

「若能將丐幫勢力整個拉攏過來自是最好，成功後，就讓重八到郭子興那邊當個副將監視他，或是派重八再到徐壽輝那支軍隊裡當內鬼也行，姓徐的近年招兵買馬，動作很大，還常常跨越地盤攬人，弄得爹疑神疑鬼，可惜人事初起，不便拔他。」韓山童少見的憂色。

白子如張大口，將韓林兒的黑子吞噬殆盡。

勝負底定，韓林兒躬身認輸。

「孩兒這就吩咐重八，安排孩兒與太極一見，希望丐幫盡歸我教驅使。」韓林兒說道，想起了與七索在少林寺的恩恩怨怨。

14.4

終須白這幾天的心情很好，因為他終於還了丐幫一個人情。

二十年前終須白就是個醫術高超的名醫，卻經年累月一身跌打瘀傷，只因家裡有個動不動就打老公的惡婆娘。丐幫前幫主霍仲無聊管上閒事，便幫終須白攆走了他那惡婆娘、跟殺人不眨眼的大舅子，還順手拎了終須白上青樓連嫖三天，此後終須白便欠了霍仲一個天大的人情。可惜霍仲太快被不殺殺死，讓他無以為報。

兩週前，兩名丐幫長老尋上了他，終須白來個乾坤大挪移，終於還清了霍仲留下的恩澤。但，有一件事教終須白很在意，始終想不透。

是以一完成了東拼西湊，終須白便風塵僕僕回到在采石經營的熱鬧客棧，在這裡，沒有人知道客棧老闆是個天下第一的神醫，只知道他略懂藥草，能治風寒等尋常疾病。

這間人來人往的大客棧，藏著一個武林中最大的祕密。

也只有像終須白這樣的神醫，才有本事藏得住這樣的祕密。

這個祕密是一個可怕怪物強塞給終須白的古怪任務。

終須白走進客房，一間從沒有旅人住進去的客房。

只因為那間客房，住了一個很特別的人。

「不苦廢柴，你何時生了腳，將易筋經傳給了那太極？」終須白看著躺在床上的老人，坐在床緣。

若有旁人在聽見了這樣一句話，不知道會有多麼震撼。

床上的白髮老人正是不苦，百年來唯二悟出易筋經的奇僧之一。

只不過此時的不苦四肢缺其三，只剩一隻乾癟的左手。

一代武功卓絕、俠骨仁心的大俠淪落於此，既非遭人下毒暗算，也非誤中以眾暴寡的埋伏，而是與人一對一力拼慘敗，四肢被怪力硬是撕扯下來。

擁有這樣武功，能夠做到這種地步的人，只有不苦的同門師弟，不殺道人。

終須白還記得那個大雨夜，一個穿著黑衣的高瘦僧人淋著雨，揹著一個大竹簍，走到這間客棧前。

大雨溼透了黑衣僧人的臉。不殺。

不殺將大竹簍丟在終須白面前，打開，裡頭是四肢俱廢的不苦。

拋下一句「有本事，將他，四肢，組好」後，不殺就冷冷消失了。

這續接四肢是何等繁雜的人體工程，不苦的血性特異，千人中僅有一人，這位神醫尋覓了好久，才找到一條合適的手臂接在不苦身上，好讓他能夠自己吃飯、洗身。

「說笑了，別說我這獨臂老兒有什麼本事飛簷走壁出去，即便能夠出去，也沒辦法傳授那易筋經不是？」不苦笑笑，他的頭髮跟鬍子幾乎爬滿了整張床。

終須白點點頭，他想也是如此。那易筋經的祕密確是如此。

「我聽得旅人們將暖風崗惡鬥說得口沫橫飛，那太極、三丰、大明跟不殺鬥得厲害，此番你前去幫他們醫治，可有好消息？」不苦好奇問道。

原本已成廢物的不苦大師早灰心喪志，但這幾年來他隱居在這間客棧裡，卻無法阻止自己精湛的內功催動耳力，將整個客棧裡的高談闊論聽得一清二楚。三丰與太極這兩位令朝廷頭疼至極的人物一出現，死沉沉的武林彷彿又活了起來，不苦對江湖奇事就沒有停止過好奇，甚至到了瞭若指掌的地步。

「太極命硬，我接了趙大明的雙手給他，但那趙大明自然就整個報廢了。至於那個叫三丰的，可惜啊可惜，他的資質在三人中是最好的，但整個脈象被不殺打得猢猻倒散，空有一身內力，還是廢人一個，坦白說，就多你一雙腳罷了。」終須白老實說，好的醫生從不隱瞞病情。

但太極的斷臂筋孔奇大，除了趙大明，他只在不苦的身上察覺到這樣的狀況，若非易筋經，一個年華雙十的少年俠客又怎麼可能擁有如此豪猛的竅孔？

一般習武之人的筋脈跟隨內力增長而擴大，但內力不可能無限增長的原因，乃因為筋脈會老化、也不可能無限制膨脹粗壯，而有極少數人是天生好手，一出生就擁有比一般人粗獷的筋脈，例如趙大明，習練陽剛一路的功夫更是如虎添翼。

而少林奇功「易筋經」便是一門能夠使常人筋脈在短短幾年、甚至數月間活絡數倍、內息大漲的神功，從此內力的進展一日千里，催動各種平凡無奇的招式都能發揮強大的力量。

而七索的筋脈，在終須白的明眼下，顯然不是天生自成的，而是易筋經的奇效所致。但七索熟習「太極拳」慣用的吐納法，內功在呼吸間自然生成先天真氣的妙法，卻是終須白所不清楚的了，雖然終須白也把出先天真氣的脈象略有不同，卻一併歸在易筋經的神效裡。

「不苦廢柴，可我左思右想，那太極的的確確練過易筋經，而那個三手的脈象雖然紊亂得一塌糊塗，可我手指這麼一探，也是練過易筋經九跳一疏的奇象，跟你大致相同，不會錯的。」終須白喃喃自語，竟不可解。

不苦抓著大鬍子沉思。

若旁人口出此語，他定然不信，但出自與自己時時相伴的神醫終須白之口，那便不可能錯。

五十年前他與不殺共同突破易筋經障礙，全靠著無數夜裡、拿著生命苦苦交搏而來，五十年後，居然也有兩人跨越這道、令數千優秀的少林弟子死於筋脈寸斷的「易筋經障礙」。

「太極與三丰可是少林弟子？」不苦問。

他聽過太多道聽途說的癡言妄語，江湖上傳開的話一向真真假假，只能就著人聽，不能盡信。

「兩人都是，我在探三丰脈象時問了，三丰早著太極三年下山，而那太極就是江湖上傳言死守十八銅人陣那傢伙，奇的是，他只上少林五年，武功進境便達第一流高手境界，雖然三丰說他倆合創了一套稀奇古怪的拳法，但內力是騙不了人的，十之八九，是易筋經。」終須白越說越自信。

神醫如他，在不苦的託付下，一直想研究出不靠易筋經也可以在短期內強拓筋脈的方法，例如百年蔘王、百蛇毒膽、傘大靈芝等珍藥調配等甚至切開肉體進行手術，但都久試無方。想來自古奇險搏奇功，還是一分錢一分貨的公平交易。

不苦斟酌苦思，眼神不時綻放出興奮的神采。

江湖上都說，少林一派已成了照招收費的爛學店，正義墮落，黑暗久蒙，令不苦心灰意冷。但如果終須白推敲是真，那麼……

那麼現任少林方丈的不瞋師弟，一定是個苦心致志、笑裡含淚的勇敢人物。

比起強折不撓的他，又更加可敬百倍。

「終兄，幫我帶一句話到少林如何？」不苦緊握拳頭，指骨喀喀作響。

這十幾年來，沒有人知道不苦還苟活著，人人皆猜他早被不殺裂屍而亡，尤其不苦被硬撕下的四肢早被不殺送上少林，丟進藏經閣連同七十二絕藝的正本一同焚毀的悲慘景象，全看在一群「不」字輩的師弟眼裡。

幾乎，少林精神也隨著不苦的四肢、武經，埋葬在火焰餘燼裡。

終須白好奇地看著不苦。

不苦以一殘廢之軀，又想跟荒唐的少林學店說什麼話？

「有沒有好處的啊？我又沒欠少林人情，你在我這裡也不是我愛收留你，還白吃白喝了我那麼多年，如果你沒跟我說那易筋經的祕密，我早就拿掃把轟你出去當乞丐啦。」終須白搖搖頭，他黑白分明，守信重諾，卻不是甘冒奇險的英雄人物。

「說的是。」不苦莞爾，他知道終須白並非他自嘲的那種市儈之徒：「那就讓少林欠你一份人情如何？闔寺上下無不感激，天下英雄以先生為最。」

終須白呿了一聲。

15.1

「紅中，大俠是什麼？」

「七索，做你自己就好。」

七索躺在紅中的大腿上，看著天上的星星。

悠閒的夜已無數，貓頭鷹在樹上打瞌睡，松林間靜謐的，只剩下兩個小情人說不盡的柔情蜜語。

六年前在乳家村，他們倆還是整天打打鬧鬧的玩伴，一晃六載，相處時光如鳳毛麟角，卻彌足珍貴，一刻的攜手便是一刻，幾句話便能回憶上一整年。此番重又相聚，伴隨著君寶與靈雪的離去，又多了份遺憾與感慨。

世事不能圓，人豈能久？

七索心底對紅中的愛意，是摻雜著無限感激的。

不管在哪個時代，一個女孩家什麼也不管，就哭哭啼啼一個眼兒往少林寺要人，都是極其難能可貴。那是份真正的無畏，真正的無所不往，真正的勇氣。

七索羨慕著紅中，她知道自己要的是什麼。可他自己，卻在與君寶聚又分離後，失卻了對英雄的信仰。

又或者，他一直欠缺著，一份真正的執著。而不只是一個夢。

「我聽子安說，一個人會成為英雄有好幾種可能的原因，不同的原因造就不同的英雄，有的好打抱不平，有的是想保護重要的人，有的天生就以天下蒼生為己任，有的兄弟說一句話就火裡來水裡去，太多太多了，就連趙大哥拼著命也要甩一條大糞暴在不殺的臉上，這種無聊至極的動作，看在群豪眼底也是英雄了得。」七索的語氣有些失落。

紅中的指尖輕輕勾碰著七索的雙手，有些失落，也有些慶幸。

七索看著打瞌睡的貓頭鷹，嘆道：「我呢？從小聽說書師傅講英雄故事，悠然往之，糊裡糊塗就往少林裡跑，進了賊窩還不自知。幸好碰上了君寶，我才有一丁點兒成為英雄的可能。」

「天下事兒就是如此了，要不是尋著你，我這小紅中也不會走出小村子，將這有趣世界看了個透，我倆都很幸運。」紅中憐惜地撫摸七索的臉頰。

「是啊，謝謝妳。此時此刻要不是天下將亂，要我跟妳一塊兒胡亂在江湖上走走，當個隨手見義勇為的方便大俠，也是極好。」七索握住紅中的小手。小紅中的手因習劍而粗了，七索心疼不已。

「君寶走了，可他還留了很多東西在我的小七索身上，你可不能灰心喪志，你火裡走我就火裡去，你有志氣，我替你高興。」紅中揑揑七索的臉頰。

「紅中，我說認真的，這次我的手算是死裡逃生、重新長出來的。若有下次，我又給打殘了怎麼辦？我一個失手被砍死了怎辦？」七索黯然：「君寶留了很多東西給我，可也帶走了很多東西。」

「如果你殘了，我餵你喝紅豆湯，如果你死了，我在你墳前說故事給你聽，還會買本你朋友子安寫的大作，一個字一個字唸給你聽。」紅中笑笑，只要有七索平平安安待在身邊一刻，她便不擔心受怕。

七索閉上眼睛，安安穩穩地在紅中的懷裡睡了。

紅中輕輕靠在樹上，禱祝七索的夢別要再是一個月後的丐幫英雄大會，也別要是與不殺驚心動魄的對決。躲在松林的這些日子，她看多了七索渾身是汗地驚醒。

「想想說書師傅那條老黃狗罷，牠可想你得緊。」紅中也閉上眼睛。

15.2

丐幫要召開英雄大會，可是武林間數一數二的大事。

論資歷，丐幫自秦以降便有萬人之眾，老字號老招牌。

論實力，歷朝歷代的開國皇帝莫不與丐幫結盟，只因丐幫人多勢眾，總是天下第一大幫，敗類絕對不少，人才卻也肯定濟濟。

論武功，自唐朝始，丐幫的降龍十八掌便與少林七十二絕技、易筋經神功不相上下，各持擅長。

論鋒頭，歷屆武林盟主裡，丐幫得七，少林得五，其他雜派異士加起來二，也是丐幫掄元。

每次丐幫召開英雄大會，大者國難當頭、亂世爭雄，尋常者立下新幫主也是轟動的大事，尤其趙大明生死未卜的情況下，群雄皆欲一探究竟。江湖上更有傳言，此次新任丐幫幫主頗有機會問鼎武林盟主，畢竟白蓮教雖然勢大，但派系內鬥不休，實難團結與抗。

趙大明屬意七索擔當下任幫主，十位九袋長老都看在眼底，雖有不服者，卻也難免被七索的武功所懾服，加上前幫主的雙手更掛在他身上，降龍掌又是親傳，只怕不願意也沒本事反對。

可是，七索太過年輕，又沒有趙大明一貫的無厘頭威風壓陣，他要是當上了丐幫幫主，只怕許多老江湖會瞧他不起，連帶丐幫聲譽掃地。

白蓮教派往丐幫臥底的重八，卻有另一番盤算。

大都渡口，一艘小孤舟駛在廣闊的湖心中，四周萬籟俱寂。

除非有武功高手潛在水底閉氣偷聽，否則這小舟上盡可暢所欲言，即使是全天下內功最深、耳力最絕的人靠在岸邊，也不可能聽到距岸十里的小舟動靜。

重八與他的兩位好兄弟徐達、常遇春，坐在甲板上慎重地商議大事。

「教主來信，說道要我說服太極投靠白蓮，事成後便派我到徐壽輝那邊繼續當內鬼，或是派我到郭子興的香軍裡當個副將。你們覺得如何？」重八看著徐達、常遇春。

重八的心裡已有了計較，只是希望兩位生死兄弟想法與他相似才好。

「內鬼這種工作不是長久之計，整天提心吊膽不是大丈夫所為，那太極心地善良，武功又好，這個朋友大可一交。」常遇春心思直率，沒有多想便說。

重八點點頭，並不答話。

的確，太極與他一見如故，是個心性澄明之人。

「如今四處民亂紛起，這韃子江山易主只是遲早之事，若想出人頭地，爭雄一方，不外跟隨英主、結識英雄兩個途徑，教主近年心高氣傲，自溺於讒言之中，教主這位子遲早是傳子不傳賢，我看那韓林兒也不是什麼好料，盡做些芝麻佈局，便自以為是運籌帷幄，縱使白蓮勢大，大哥距離白蓮權力核心實在太遠。」徐達分析，說得重八連連點頭。

徐達沉思片晌，繼續說道：「大哥距離教主位遠，終不可及，距離太極卻是咫尺之間，大可兄弟相交。太極雖無謀略可言，胸無大志，但其心地善良，若得天下英雄齊心輔佐，足可稱雄一方。此時大哥與其交好，無論將來怎麼變故，此人終究是友非敵，但教主變幻莫測，做內鬼的，遲早要將項上人頭奉上。」

常遇春讚道：「說得不錯。」

重八看著湖心上倒映的圓月，緩緩說道：「我也是這麼想。我與太極相遇之前，在丐幫裡人微言輕，一個沒有份量的內鬼就算回到了白蓮，也不會受到重用。而太極在與我相遇之前，也不過是名列通緝榜上的武夫。我倆相遇，太極便即登上幫主之位，統馭十萬乞丐，而你們倆也習得降龍十八掌，冥冥之中，我與太極或許是風生水起的互運關係。」

重八的神色竟非一個十六歲少年該有的模樣，倒像是歷經滄桑。他原本不過是想趁這亂世出人頭地一番，但與太極的相遇，卻改變了他對自己的期許。

徐達提醒：「但做內鬼有內鬼的好處，兩手收情報，兩邊做人情，交互蒙利後再打算盤不遲，既是亂世，便有誰都看不準的亂局，骰子越晚離手，便多一分機會。」

重八微笑，卻有不同的想法。

要比謀略，他是萬萬及不上徐達的。

但要比下險棋，他可是比任何一個人都還要有氣魄。

要亂世稱雄，可不是按部就班、謀略高超便得成功，要知道普天之下能人輩出，不過三個臭皮匠，豈能贏得一堆諸葛亮？

重八原先就一無所有。

父母病死無錢下葬，任土石流隨意掩埋，為了裹腹偷生躲進廟裡敲木魚當和尚，人家也不要，將他轟了出來。

大不了，就讓這亂世洪流將他淹沒吧。

但只要他手中還有籌碼，他便要一次賭大小，贏了乘倍，輸了重來。

「我要繼續當內鬼，只不過，這次要反過來。」重八深呼吸。

15.3

英雄大會前九天，七索跟紅中在林子裡練武說笑。

紅中的劍法在丐幫幾位善使劍的九袋長老指點下，頗有進境，只是紅中內力薄弱，只靠著劍法、劍速，實在沒有太大威力，七索便教紅中他與君寶領悟出的呼吸吐納道理，緩則剛，剛則柔，雖然進展緩慢，但七索明白這功夫急不得，卻終究能發揮偌大威力。

「太極兄！雙手恢復得如何？」重八笑笑，在遠處打著招呼。

「恢復？多虧你家老大，這雙手只怕比以前還要管用哩！」七索哈哈一笑。

這話倒是真的，七索以往雖在慢拳「太極拳」中領悟到四兩撥千金、以柔克剛的妙理，自從被方丈點破「柔與剛的勝負，乃在於功力深淺的基本問題」之闕漏後，就一直無法突破對「最強的剛」的畏懼迷思。

而現在學了降龍十八掌的一掌一腿，全身真氣可以至剛純陽，威力更勝以往，若能剛柔兼濟，將以柔克剛的太極拳與以剛碎柔的降龍掌融合貫通，一定能另闢蹊徑，功力倍長。

但說到將「太極」與「降龍」融會貫通，簡直就是無法想像的怪題目，七索也只是隨意想想，並不認為自己真能找出答案。

以後找聰明的君寶問問看吧？或許這才是七索心底的盤算。

「太極兄，這些天瞧你們練功得勤，不敢打擾，但一直想找你聊兩句。」重八說，肩上的袋子已經到了四只，簡直是拉人的高手。

「你去說話兒吧，我一個人練劍行了。」紅中說，滿身香汗。

七索於是迎步上去，留下紅中獨自在林間習練慢拳吐納。

「你那兩個七爺八爺兄弟呢？」七索問，他們三人幾乎都是形影不離的。

「幫主正命他們比劃比劃哩，依我看，我那姓常的兄弟要強上一些。」重八笑笑，七索點頭同意。

重八與七索看似隨意走著，實則在重八的腳步導引下，避開林間長老護衛最多之處，來到那日君寶與靈雪練劍的瀑布旁，讓瀑布巨大的聲響掩蓋兩人的談話。

七索不是笨蛋，自然明白重八的用意。

兩人坐在瀑布旁，吃著大西瓜。

「太極兄，你我一見如故，對我們三兄弟又恩重如山，有件事，我不想瞞你。」重八開門見山，對七索這種人來說，迂迴鋪陳只是浪費時間。

「嗯，趙大哥要你勸我當幫主麼？」七索話才說完，卻又覺得不可能。趙大明那傢伙橫看豎看，都不是行事娘氣之輩，要說便直說了。

「不，不是那樣的。」重八搖搖頭，看著手中西瓜。

「那你說吧，我不跟別人說就是。」七索吃得滿臉是子。

「我是白蓮教派來打探丐幫消息的內鬼，像我這樣的探子，幫裡只怕還有十幾個。應該說，現在武林中各大門派，都有白蓮教的內鬼在裡頭。」重八看著七索直承，沒有閃避他的眼睛。

「嗯，那也沒什麼。」七索聳聳肩，根本不在乎。

或者，他根本不感興趣。

重八笑了出來，又增添了對七索的幾分好感。

這樣的人，要對他用心機，誰都會感到內咎，誰都會覺得多餘。

「自遇到了你，我就覺得自己運氣不錯，開始想幹點大事。」重八老實說：「韃子欺我漢族太甚，我漢族勇士卻是韃子兵的十倍，若能團結大家齊心合力，復興漢族指日可待。將韃子趕出關，救我民族，才是我大好男兒的作為。」

七索正缺一個奮鬥的方向，聽到此言，不禁動容。

他想到了說書老師傅的兩條斷腿，想到了自己曾住過文丞相養老的柴房。

「說來說去，還是要我當幫主不可？這叫緣木求魚。」七索直覺。

「如果只幹自己願意幹的事，又豈能稱作英雄？」重八不諱言。

「哇，這樣也行。」七索失笑，的確很難反駁。

「當丐幫幫主跟驅逐韃虜是兩回事，但當了頭頭兒，辦起事來就不是那麼難，如今丐幫欠缺頂上人物，白蓮教的勢力就更加難以控制了，大局未明，我們漢人千萬不能自己分裂，徒給韃子翻身機會。」重八道。

七索點點頭，聽多故事的他也熟悉這樣的語句。

「如果太極兄願意擔當重任，小弟甘心回白蓮教，表面上擒功而回，實則為太極兄當內鬼，我們兩個相互呼應，漢人勢力團結不散，大事指日可待。」重八話中之意，是將七索看作答允了。

「你小小年紀，竟能想到這麼奇奇怪怪的地步，真該把你寫進子安的故事裡，當個白面書生鬼才相公。走一步是一步，總是不負我心就得，倒是你，也不一定要去當什麼內鬼不內鬼的，聽起來很危險，你若瞧著不對就儘管閃開罷。」七索嘆道，算是答允了。

重八緊緊握住七索的雙手，激動不已，那份心交之情自也感染到了感情豐富的七索。

「如果重八你不嫌棄，我倆此刻撮土為香，結拜兄弟，學他個義結金蘭如何？」七索想起子安故事裡的水滸英雄，整天沒事就是搞結拜，搞到最後尾大不掉，足足拜了一百零八頭好漢。

此刻七索心情激盪，便生起了這個念頭。

重八又驚又喜，也不廢話，當下朝七索磕起響頭。

七索嚇了一大跳，趕緊飛快磕了回去。

兩人不斷磕過來磕過去，足足磕了百多個才滿身是汗住手。

「你一直管我叫太極，其實我本名叫七索。你是重八，我是七索，我另一個好兄弟俠名叫三手，咱們名字裡頭都有數字，自然也是要用數字下去當排名的，三手大哥，我二哥，你三哥，你那兩個跟班也排進去的話，那便是四弟跟五弟了。」七索滔滔不絕說完。

重八點點頭，自然沒有異議。

兩人結拜了兄弟，心情都是大好，重八在瀑布邊繼續聊著天下大事，並逐一將他所知道各幫各派裡的情況、朝廷兵力部署，都簡單地跟七索說了一遍。

「現在最要緊的是，讓丐幫裡的大夥對你心服口服，你這幫主才當得實至名歸，說的話才有斤兩。」重八的口氣很興奮。

「那要怎麼做好？」七索直問，如果當個人人等閒視之的幫主，必定無味至極。要幹，當然得體面些。

「幹件大事，越大越好。此距英雄大會尚有九天，我們用三天尋找下手目標，再用三天幹件大事，最後三天內這件大事自然在道上傳得沸沸揚揚，分毫不差。」重八眼睛閃閃發亮。

15.4

天大白，萬里無雲。

熱河大山谷，御上獵場。秋黃的乾草原，草比人長，大風不斷掠過。

窸窸窣窣，呼呼托托，不安靜的山谷，一片的肅殺。

但那肅殺卻不是來自長草裡藏著的猛虎野獸，或是飛禽巨蟒，而是來自遠方兩千多人的冷眼注視。

這兩千隻眼睛在短短半個時辰內，便將這十里獵場裡的所有猛獸逼趕到這片枯黃山谷，等待至高無上的皇帝一箭又一箭，將牠們天決。

精銳。

兩支全副武裝、身披犀甲的千人隊戒護在蒙古皇帝妥歡帖木兒旁，人高馬壯，軍容嚴整，個個手持長槍鐵鉤，眼神如鷹，不愧是馳騁萬里蒙古鐵騎的最強。

這些驍勇善戰的鐵騎全是擴闊帖木兒、人稱王保保親自挑選的好手，貼身保護著當今統馭有史以來最大版圖的皇帝。

更遠處兼有兩個萬人隊就近紮營，但那兩個萬人隊久未經戰、馬肥人呆，這正是王保保要帶著親軍護駕的原因。

崇動。

兩隻野豹正玩弄著一隻受傷的蹬羚，彼此追逐嬉戲，使得長草晃動的方向與風悖反，暴露了形跡。

「常聽得人家說，將軍武功蓋世、治軍鐵血，跟朕比比看射箭如何？」年輕的皇帝說話已頗有架式。

「皇上先請。」王保保笑道，連「微臣不敢」、「傳言都是謬讚」這樣的自謙都省了。

「為何？」皇帝微笑，搭起弓，瞄準了野兔。

「皇上射得了兩隻豹子，臣便射得一隻，皇上射得一百隻猛虎，臣便勉力追上九十九隻。」王保保氣宇軒昂，話中承認箭術無敵天下，卻又自認不敢贏過當今聖上。

一番話不卑不亢，鋒芒曖曖，說得親軍大感威風。

「倘若朕一隻都射不到呢？難道將軍便要跟著失手出醜？」皇帝笑笑，不以王保保的驕傲為忤。

蒙古人在馬上打下天下，對真正的英雄一向敬重。

「絕無可能。」王保保不知哪來的自信。

「是麼？朕看未必。」皇帝哈哈一笑，拉滿弓。

兩隻豹子兀自耍弄著遍體鱗傷的蹬羚，渾不知自己已經命懸一線。

皇帝嘴角上揚，弓滿箭出。

此箭去勢凌厲，方向卻略偏上揚，多半要劃過草原，直射入林。

王保保快速絕倫搭起長弓，輕喝一聲，一柄較尋常羽箭重、厚、長的鐵箭率即破空貫出。

不愧是當今蒙古第一將軍的箭！

只見後箭去勢勁急，直追皇帝前箭，帶起一股風壓，竟將底下枯黃長草狠狠壓低，甚至削開，幾尾乾草甚至還破散開來。

「好！」皇帝驚嘆。

那後箭不只追上了前箭，雷電般的風壓還逼得前箭往下一歪，皇帝原本射高了的箭，立即貫入最大的那頭豹子腦裡。而王保保的後箭直直前飛，消失得無影無蹤。

那受傷的蹬羚愣了一愣，看著腦門暴開的花豹圓瞠雙目，緩緩倒下。

剩下的花豹驚吼一聲，嚇得拋下蹬羚四處亂竄，不時張望探察不知從何處飛來的敵人，全身的毛都豎了起來。

「果然是盛名之下無虛士，將軍好箭法！」皇帝拍手大讚。

兩千親軍立即就地踱步，大喝威風，聲勢何其驚人。

這一踱地，不只那頭受驚慌亂的花豹立即伏在地上不敢亂動，隱匿在山谷裡的幾頭猛獅也發出恐懼的低吼，幾隻雀鳥呀呀怪叫，漫無章法地飛出山谷。

王保保將軍卻毫無驕傲之色。

他沒看見他那後箭的最終著落。

他很在意。

王保保的箭法天下無雙，眼力更是天賦異稟，有「百里碎花針」之稱，要是他沒算錯，那柄箭現在應該插在一頭白額虎的眼珠子上。

但箭消失了，無聲無息，好像被神祕的山谷給悄悄吞沒似的。

「怪了。」王保保皺眉，不等皇帝開口，又搭上了一箭。

「將軍可是要射殺那頭花豹？」皇帝失笑，實在不覺得宰殺那頭受驚的花豹，有什麼樂趣可言。

「臣是想打頭大白虎獻給聖上，祝皇上龍體安泰，國靖民安。」王保保有口無心，箭頭瞄準了那正警戒四方的白額虎。不射，他心底會老實不痛快。

這箭與方才那一箭又有不同，箭尾裝上特製鐵爪，足以帶起更霸道的尾勁。

「哪來的大白虎？」皇帝還在狐疑，王保保猛箭出手！

銳不可當的天下第一箭！

風壓有如龍捲，霸道地激開擋在前頭的所有乾草，一時漫天飛黃。

「好！」

幾乎，兩千雙眼睛在心底同時讚道。

鐵箭的尾勁發出嗚嗚錚響，生了厲鬼的眼睛，領著閃閃發亮的追命箭頭。

銳利的風扎得白額虎臉上的毛都豎了起來，白額虎愣了一下。

那銳箭已經到了牠的鼻頭前三吋。

王保保也呆晌了一下。

因為那鐵箭不僅沒有令白額虎腦漿迸裂，還硬生生停在半空，然後居然以極快的速度倒退，倒退，再倒退，向皇帝的方向奔來！

那鐵箭抓在一隻大手裡！

那大手長在一頭比野獸還要像野獸的男人身上，那男人生了一雙快似疾風的腿，還有一對天真無邪、興奮火熱的眼睛！

「真是好箭！差點就要抓不住啦！」

太極，七索！

「護駕！」王保保驚極大吼。

縱使沒有人及時察覺現在是什麼情況，但隨時貫徹命令是一種嚴肅的反射。

兩千支箭同時張起，瞄準了底下的山谷。

不必尋找什麼可疑的、移動的黑點，第一時間就朝兩千個方向射出，最暴力的壓制！

「狗皇帝！今天吃飯了沒！」

七索大吼，剛猛的內力將朝氣十足的招呼，直噴到皇帝的臉上。

七索左手扛著一只厚重大鐵盾，右手抓著兩支，原本應該深深插在白額虎頭上的鐵箭。

狂奔。狂奔。狂奔。

兩千支羽箭飛掠在大山谷裡，像一朵形狀不規則的、黑色的雲。

「最好是吃飽啦！」

七索右手奮力一擲，適才王保保射出的兩支箭立即以驚人的勢道射向谷頂，與那兩千支羽箭錯身而過，朝皇帝方向轟來！

皇帝驚呼，王保保還來不及搭箭相抗，那兩箭便呼嘯逼來。

一名參將中箭倒地，一匹黑馬也跟著彎倒。

七索的暗器天分奇差，這一擲力道雖強，但偏得亂七八糟，那倒霉的參將與那匹中箭彎倒的黑馬都離皇帝老遠，一人一馬還隔了三丈。

「狗皇帝好狗運，真不愧是天賜良緣！」

七索並不氣餒，兀自亂用成語，左手持大鐵盾運勁亂舞，輕輕鬆鬆震開了射向自己的十幾支羽箭，腳步絲毫不停。

然而被刻意驅趕到山谷裡的百隻猛獸可就沒本事避開羽箭了，鮮血濺上無數破碎的草屑泥土，有的甚至被射成了刺蝟，連哀嚎都被兩千道殺氣給掩埋了。

只見七索越奔越近，皇帝的背脊驚出一身冷汗。

「一分三！」王保保臨危不亂，手中鐵箭同時瞄準狂奔直上的七索。

這兩千名久騁沙場的武士瞬間一分為三，三分之一繼續挽弓搭箭，三分之一挺起長槍鐵鉤策馬下衝山谷，三分之一緊緊將皇帝圍在核心，慢慢朝後方移動。尖銳的號角亦立即響起，傳到駐紮在附近的兩個萬人隊的耳朵裡。

「隨意放箭！」王保保下令。

數百隻羽箭衝著七索飛射而來。

七索腳步略緩，側身躲在鐵盾後，擋住絕大多數的飛箭砸擊，右手不斷重複那招半生不熟的「見龍在田」，揚起的氣旋將幾支太過靠近的羽箭震歪。

突然間，七索的鐵盾吃力一震，原來是王保保沉重的鐵箭轟到。

「看你能擋得了我幾箭！」王保保自負，又挽起一箭射出。

王保保的武藝不凡，練的是西域輾轉傳進蒙古大草原的奇特內功「野呼喊」，發勁、擊打、摔投、乃至呼吸吐納都與中原各派功夫迥異。王保保是這野呼喊功夫的箇中高手，要不是曾親眼見識不殺恐怖的殺人手段，以他的個性，恐怕會誤以為自己乃是武功天下第一。

「好傢伙！」七索手中鐵盾連續擋開王保保十二支鐵箭，震得手掌發麻。

漫天羽箭如蝗，又全都是朝七索射來，這壓迫感可不是兩千支羽箭隨意亂射可以比擬萬一的。七索擋得很吃力，腳步幾乎要停頓。

但七索沒有忘記撿起射落在身邊的羽箭，一把一把往皇帝撤退的方向擲去。

皇帝強自鎮定，卻聽得背後慘叫聲此起彼落，七索亂丟的羽箭毫無準頭，可都是霸道無方的凶器，有幾滴熱血甚至穿過層層護衛，濺到皇帝蒼白的臉上。

王保保繼續凝神發箭，遙遙與七索較量著，不一刻已攻了四十多箭，其中還有三箭連珠的神技，在百箭的聲勢輔助下，射得七索是寸步難行。

但蒙古兵越是射，七索反擊的凶器就越多，死咬著漸行漸遠的皇帝隊伍。

王保保左手持弓高舉，眾箭手立即停止射箭。

「在死前告訴我，你的名字。」王保保心下佩服不已，此張狂刺客若非敵人，真是值得灑酒相交的豪士。

「太極！」七索臉不紅氣不喘，聲音有若洪鐘。

「竟是此人！」王保保瞇起眼睛，原來這傢伙便是刺殺其父，汝陽王五次未果的江湖狂人。勇敢如此，難怪不殺拿他不住。

兩人遙遙對視，皇帝早已退到七索臂力之外的安全地帶，兩個萬人隊也已開拔、急急朝這裡衝來。

大地晃動，百鳥驚鳴。

地面傳來驚心動魄的震撼，一分為三的六百多個鐵騎持長槍鐵鉤正朝七索衝來，沒有人嘶吼吶喊，沒有多餘的虛張聲勢，只有震耳欲聾的馬踏聲。

「不妙。」七索暗叫。

如果真與合作無間、視死如歸的數百蒙古鐵騎正面交鋒，不管武功再怎麼高的勇士，恐怕都不能全身而退。一個不留神，就得把命留下。

「這事應該鬧得夠大了，再不走就太累了。」七索深呼吸，孔竅快速收縮、凝斂，將全身所有的真氣都集聚在丹田。

六百鐵騎與七索的距離不到三十丈。

七索猛然大喝一聲，地上乾草全都硬挺了起來！

王保保座下的神駒立即拔起，更何況是直奔七索的六百匹戰馬，匹匹都錯愕地急停、嘶叫，差點摔倒、拉屎。

七索這聲簡短有力的驚天一吼，乃是丐幫人人都會的「鎮魂歌」，若是數萬人同時默契地這麼一吼可不是開玩笑，在前前幫主齊天果的帶領下，曾嚇得圍城在青州外的蒙古大軍三個月都不敢越雷池一步，南宋方得以延長三月的國祚。

「這太極豈是雷神？」王保保大駭，雙腿一夾，坐下神駒方才鎮定下來。

待得六百鐵騎從錯愕中回神過來，那箭海中只剩下一只合三人之力才能勉力扛起的大鐵盾。

刺王未果。

遍地落箭的山谷，留下英雄未竟的豪爽餘味。

16.1

少室山山腳，一座尚藉藉無名的山嶽，名武當。

末世尚玄，道觀林立，武當山便座落著三十幾間大大小小的道觀、精舍。

夜半，一間小小破爛的道場猶點著燈火。

道場前面是毫無頭緒亂種些野菜的苗圃，後面是埋得不三不四的亂葬崗，屋頂漏水不修，水井濁了不管，夜風刮得大樹搖晃，發出啞啞歐歐的怪聲。不管從哪個角度看，這間沒有香火的爛道場肯定是撞鬼的好地方。

爛道場裡面住著兩個一大一小假道士。只因這年頭，道士跟和尚是兩種最不會被騷擾的落魄職業，尤其廟產只有一些死人墳墓，沒有官差會生腦筋來收租，犯晦氣。

「師父，你瞧瞧這一段寫得怎樣？」

一個小道童喜孜孜地跪在一個中年男子面前，手裡卻沒有捧著竹卷或紙張。

他們窮，買不起那些昂貴東西，倒是刻好的木板塞滿了半個屋子，地上都是懶得清掃的木屑，只要一個大噴嚏，立刻花了整間道觀。

「唸罷。」男子放下手中正刻到一半的木片，豎耳傾聽。

於是那小道童背了一大段他方才在腦子裡編的英雄故事，小道童記心甚好，居然在腦瓜子裡想了一個小章節的三國英雄故事，加上邊說邊漫天扯淡，這一講竟說了一個時辰。

男子聽得一下子點頭，一下子搖頭，待得小道童背完，男子簡單給了些意見，也讚了小道童幾句，逗得小道童興奮不已。能得到師父的稱讚可不容易。

見小道童如此開心，男子反而嘆了口氣。

「貫中，照我看這說故事賺大錢的時代還不到，你整天蹺學堂跑來跟著我，盡攢些奇奇怪怪的東西在腦子裡，還不如去背點四書五經考個功名，免得到了師父這年紀還是窮瘋，怨嘆一世。」男子刻著木板，就快到故事的結局了。

「師父，把一生賭在說故事的人最浪漫了。」小道童崇拜地看著男子。

「是麼？要是有好姑娘家也這麼想就好啦。」男子笑笑，不以為忤。

道觀的門突然被撞開！

沁涼的夜風登時帶了一股冰冷的血腥氣，吹進了小道觀。

男子跟小道童在虛幻世界裡機智百出，在現實生活裡卻不懂機靈應變，傻傻地看著闖進道觀的不速之客。

一男一女。

男的高大削瘦，劍眉入鬢，英氣底下卻有蒼白的病容，滿臉大汗。

女的扶著男子，是個漂亮的色目人，女子手裡握著一柄劍，身上有好幾處已乾涸的傷痕，顯然與人惡鬥不久。

「喂！把蠟燭熄了，借我們躲一躲！」女子不斷喘氣，看來狼狽，口氣卻很無禮。

被女子攙扶的男人呆呆看著屋子裡正刻著木板的男子，兩人同時都是一怔。

「君寶！」男子獃住，這假道士當然就是立志成為當代故事之王的子安。

「子安？」子安驚喜，此人當然就是深受殘疾重傷的君寶。

16.2

那日君寶不告而別，靈雪策馬急追，幾經波折，終於教她在一條年久失修的官道上找著滿身大汗的君寶。

兩人碰著了又不免一番口角，靈雪逼著君寶帶她一塊歸隱，君寶卻說他習慣一個人，正吵得不可開交時，君寶在江湖上所結下的仇人就在左近趕路，仇人不意聽見君寶受傷的消息，立刻呼朋引伴前來夾擊，幸得靈雪劍法長進，拼命保護君寶才殺退眾敵。

但君寶身受重傷的消息卻從此走漏，江湖大噪，被殺敗的敵人紛紛糾眾再追，敵人一路追變多路追，靈雪與君寶一路躲躲藏藏好不辛苦，偶爾與敵人遭逢，無一不是靈雪仗劍捨命才護得君寶周全。

到了後來，連不殺座下的大弟子與二弟子也加入了追殺行列，君寶與靈雪兩人命在旦夕，幸好白馬腳程急快，這才一路逃到少室山旁的武當山，馬兒山中行走不便，腳印又容易顯露蹤跡，靈雪這才喚白馬與兩人分兩路跑，用馬蹄印欺敵人耳目。

不料座下大弟子殘忍、二弟子殘爆並不上當，一發覺馬腳印突然深淺不一，立即想到是兩人棄馬而逃，率領二十幾個喇嘛殺往武當山裡，還派遲來會合的不殺三弟子殘沸前往熟悉此處地形的少林寺調兵遣將，務必翻了整座山也要找出兩人。

少林近日許多朝廷貴客來參訪，連日大開酒宴，殘忍與殘爆計畫殺了三丰後，便提著項上人頭前往少林與會、炫耀戰功。

一見到君寶疲困交集的模樣，子安察覺情況不對，還沒問清楚詳細原因便捻熄了燭火，將房門關緊，命他的小徒弟不可作聲。

「來者是誰？」子安在君寶掌心中寫字。

「不殺座下，約三十多人，慘。」君寶回寫在子安手心。

子安愣住，區區不殺座下，又怎能是一人分飾兩俠的君寶對手？

但以子安聰明絕頂的腦袋立即想到，一定是君寶受傷不敵。子安什麼怪本事都沾過一二，亦略通醫脈，立即搭上君寶的脈搏，內息強勁，卻怪異地斷斷續續，全身筋脈必定是千瘡百孔。

「怎會如此糟糕？」子安寫道。

「人在倒霉，身不由己。」君寶回寫。

「七索人呢？」子安問。

「有夠遠。」君寶輕嘆。

子安神色凝重，這氣氛不多說，早就感染到心思縝密的小徒弟身上。

「師父，我有一計。」小徒弟在子安掌心寫道。

「何計？」子安皺眉。

「空城。」小徒弟自信滿滿，這正是此計的最要緊之處。

子安沉吟半晌，這空城計乃是小徒弟剛剛跟他編造的故事，訴說城內無軍的孔明大開城門，示敵以己弱欺騙司馬懿，讓他反而畏懼埋伏，不敢進城一戰。此刻用上空城，當然不至於讓敵人畏懼有詐，而是敞開道觀大門，假裝若無其事。

「別躲了！再躲下去也是殃及無辜！怎是你堂堂三手大俠所為？」

正當子安與小徒弟作如此想時，巨大的吼叫聲就在附近，隨即幾聲破門毀壞聲、與清修道士的淒厲慘叫聲。

子安心驚，這幫賊子根本就是殺人不眨眼的魔鬼，也不管附近的道觀是否藏匿，破門就是亂殺。這空城計此刻絕不管用。

「罷了，我出去罷。」君寶嘆氣，在子安的手心上寫著：「別衝動，來日告訴七索誰人殺我，以他之力，定可輕鬆為我報仇。」

子安顫抖不已，憎恨自己無法喚出木片上刻的水滸英雄出來幫拳。

靈雪知曉君寶必會出門受死，也不囉唆，手持雙劍便要踏出道觀一拼。

「妳這是何苦？天下之大，英雄何其多，我乃殘疾廢人，不值姑娘青睞。」君寶搖搖頭，扶著牆壁，看著靈雪清瘦的背影。

「你少臭美，我就是看這些人不順眼。」靈雪沒有回頭，雙劍輕顫。

君寶又要開口之際，卻見靈雪踹門出去，地上似乎有幾滴清光。

殘忍內力修為頗深，早在遠處聽得兩人對話，火速率眾喇嘛圍住小道觀，見到靈雪與君寶一前一後走出道觀，不禁哈哈大笑。

「名滿天下的三手大俠，臨死前還要靠著娘們嬌滴滴地護著，害不害臊啊？」殘爆出言相譏，惹得身後喇嘛一陣哄堂大笑。

「要不，你們倆在這道觀前拜天拜地拜喇嘛，洞房洞房？看在新娘子漂亮，洞房表演得精采些，或許可以饒你們不死喔。」殘忍更是喪心病狂，手持兩個沉重的鐵球相互交擊，發出刺耳的金屬鏗鏘聲。

「說得太好啦，只是這新郎可得讓我們這群大喇嘛輪著當，哈哈，哈哈！」殘爆加油添醋，說得眾喇嘛色心大起，紛紛打量著清麗無方的靈雪。

靈雪漲紅著臉，正要發作。

君寶慢慢走向前，從後輕輕握住靈雪的左手，接過其中一柄玄磁劍。

其中之意，自是我倆雙劍合璧，一起共赴黃泉罷。

靈雪深呼吸，心中竟無絲毫恐懼，反而踏實非常。

此時此刻，或許是她人生中最幸福的時光。

「真教人看不下去！大家閃著點打，別把新娘的臉給打花啦！」殘忍哈哈大笑，掄起鐵球就上！

「新郎就交給我啦！留下他的眼珠子，教他瞧瞧新娘跟咱兄弟洞房的嬌喘模樣！」殘爆手持金剛爪，從旁掠上！

靈雪與君寶咬牙，敵人未至，掌風先到，好不淩厲。

正當殘忍手中鐵球正要與靈雪玄磁劍碰撞時，突然有一件物事從半空中快速掠下，殘忍收勢不及，灌注真氣的鐵球將不明物事撞得稀爛，猛地聞到一股腥味。

而十幾粒小石子從四面八方分射向殘爆手中的金剛爪，小石子遠近來得不一，呼嘯聲亦有功力深淺，巨力震得殘爆差點將金剛爪脫手，虎口迸裂出一道血痕。

殘忍與殘爆警戒跳開，這才看明白地上爆開的物事竟是只稀爛的死人頭。

稀爛，但不折不扣，是一顆喇嘛頭。

是前往少林邀援的殘沸！

「師弟？怎可能！」殘忍大駭，眾喇嘛嚇得抓緊手中兵器揮舞。

「誰！快快現身！」殘爆怒吼，環視周遭。

黑夜冷風颼颼，枝葉妖異的婆娑聲，道觀後亂葬崗鬼火燐燐，端是詭異非常。

難道是鬼？

不，是人的氣息。

還不只一個。

殘忍收斂心性，這才發現不知何時，數十個黑衣人早已從四面八方將小道觀給圍住，來者個個武藝不凡，有幾人的腳步聲若有似無，功力似乎不在自己之下。

更可怕的是，這些黑衣人越來越多，因為連周遭大樹上都慢慢顯露出方才刻意隱藏的氣息，略加感應，竟也有數十人之多。

毫無死角的堅硬合圍。

還有許多濃稠的血腥氣味。

那些黑衣人的手裡，竟都提了用黑布包隨意裹住的沉甸甸物事，難道都是人頭不成？風一吹，血腥氣更濃，滴滴答答。

「必是白蓮邪教，這下要糟。」殘忍與殘爆相互一視，心中都盤算著如何奪路逃走，若是能跑到親朝廷的少林寺大聲呼喚，那就有救了。

君寶與靈雪兩手緊握，看著這奇變陡起，彷彿已置身事外。

16.3

君寶雖全身乏力，但聽勁觀勢的本領還沒擱下，而在小道觀裡窺看一切的子安聰明無人能及，兩人自然都用自己的方式，猜出圍住喇嘛的黑衣人是誰。

數十個黑衣人緩步向前，無形的氣勢陡然膨脹了一倍，殘忍與殘爆不禁往後退了兩步，幾個膽小的喇嘛胯下還滲出尿來。

「來者何人？可知我師尊乃是不殺道人！得罪了我師尊，就是跟整個少林、整個朝廷為敵！」殘忍冷笑，背脊卻發著大汗。

「不殺？小僧怎會不識？不殺乃小僧多年師兄。」

黑衣人慢慢除下面罩，竟是少林寺方丈不瞋。

「原來是師叔！好久不見！」殘忍驚喜，心神鬆懈。

笑容卻在下一瞬間再度凝結。

只因這位平日諂媚朝廷的師叔，身上散發著罕見的殺意。

不瞋白花花的鬍子因沾血而纏繞在一起，形成了一條條半溼半乾的鬍束。

幾個黑衣人紛紛除下面罩，個個都是少林寺達摩院裡的武僧，不字輩、垢字輩、圓字輩，三代一字排開，共有七十二人，殺氣騰騰，個個臉上都是斑斑血跡，有的眉毛甚至還懸著乾涸的血珠，狀似催命厲鬼。

眾武僧身上的氣高漲，形成一股不怒自威的風壓，逼迫得眾喇嘛喘不過氣來。

「這是……怎麼回事？」殘爆聲音顫抖，手中緊抓著金剛爪。

「少林委屈求全，苟且齷齪二十年，所圖何事？」少林寺大師兄淡淡說道，一身正氣浩然，與大醉、收錢、亂創武功的那個大師兄判若兩人。

「習武之人理當為國為民，一展男兒抱負，佯作自甘墮落，這股氣是該發作發作了。」曾與七索交手三次的垢空握緊拳頭，發出輕聲爆響。

「整天在殘渣敗類旁陪笑，還得伺候好酒、女人，伺候出一肚子的窩囊氣，很快，你們師兄弟就會在地府裡相遇了。」曾以一指禪與七索鬥上老半天的圓風摩拳擦掌。

眾黑衣武僧將手中血淋淋的物事丟在地上，竟都是朝廷要員、官宦子弟的項上人頭！

就在一個時辰前，少林寺居然在酒宴酩酊間，靜悄悄摘下所有參訪要員的人頭，還一次將亂七八糟的銅臭學員殺了個乾乾淨淨。不刻，碰巧殘沸興致勃勃推開少林大門邀援，話才剛剛說完，便給大師兄順手摘去了腦袋，還帶著所有武僧前來救援君寶。

這不是血性的抓狂暴走。只是少林顯露出原本該有的面目。

因為，他們終於得到了一個令人振奮的消息。

「你們……要造反！公然……跟朝廷作對！」殘爆咬牙，額上汗珠抖落。

眾武僧沒有回答，他們除下了面罩，自然清楚表示這些喇嘛絕無生還餘地。

君寶看著方丈，聽著眾武僧簡短的對談，心中無數疑團豁然盡解。

「你們可得想清楚了！即使我們活過今日，我師尊定會將少林屠滅殆盡，為我倆報仇雪恨！他的手段你們再清楚不過，定要你們生不如死！」殘忍牙齒打顫。

他明白自己已無絲毫勝算，饒他可是不殺底下武藝最高強的弟子，卻了無戰意、了無尊嚴地恐嚇。

七十二名武僧漠然，一齊看向方丈。

為了這一天，他們已隱忍許久。

「什麼是少林？何處又是少林？如果心中無少林精神，就算造得一百座少林寺又如何？天下少林，少林天下，不會是一時少林，也不會是少林一時。」方丈舉起涇濘的手，那隻手今天已要了無數武官的性命。

方丈手落下，君寶輕輕蓋住靈雪的眼睛。

血紅的夜，只在一瞬間就結束了。

那風馳電掣的一瞬間，七十二種江湖相傳、最可怕的絕藝一閃而緊。

少林。

從來就沒有屈過腰，折過頸。

若老虎開始啃青菜蘿蔔，整天露出肚皮傻笑，千萬別自以為是過去摟摟抱抱。

老虎就是老虎。隨時準備咬你一口。

「君寶，辛苦你了。」方丈微笑，揩去他鬍子上的斑斑血跡。

眾武僧興高采烈地圍住君寶，又抱又摟的，有的嘻嘻笑笑，有的連聲道歉，平日最喜歡欺負他的大師兄不斷哈哈大笑，直把君寶拍得咳嗽。

當年方丈早就料到藏經閣遲早會被燒燬，於是分派七十二名達摩院武僧分別牢牢死記一種絕藝，好令即使典籍被燬，少林武功也不至於真正失傳。那些武僧大半數已往生，卻也親傳了該絕藝給經歷再三考驗的唯一弟子，是以始終能維持七十二名在心中保管武學典籍的護寺法僧陣列。

能在陣中的，無一不是修武修德的好男兒。

「沒事吧，君寶？」靈雪雖然搞不懂狀況，兀自緊張拿劍，但這些大和尚殺得滿地屍體，應該是友非敵罷。

「沒事了，沒事了，一切都會很好。」君寶心中激動，屈膝跪了下來。

他一路逃往少林，也是推敲著七索給的線索，抱著打賭的心態逃來。

果然，不負期待。

「你跟你父親，真像，真像，一直以來就想對你這麼說。」方丈摸摸君寶的頭，腦中回憶著君寶父親將這孩子交託給少林時的模樣，感慨萬千。

「男子漢不琢不器，還請師叔教導了。」張懸是這麼說的。

自從君寶第一次在柴房上頭揣摩打拳，方丈就默默守在鄰近觀看。

方丈明白，能在絕大逆境中咬牙成長的孩子，必是天選之人。

君寶是，七索也是。

於是，他將鎮魔指殺進兩人的奇經八脈裡，拋下一個問號給老天。

若兩人能不靠任何外力、以自身修為化沖掉鎮魔指亢霸的真氣，那體內真氣孔竅必會在無數可怕的衝撞下打開、膨脹，最後百穴暢通，內功一日千里，十年內必成為獨步武林的可怕高手。

這所謂以自身修為化衝鎮魔指，可不是內功高強就能辦到，有無數武功高出七索與君寶十倍的少林武僧都因心念複雜，或內力不夠精純而無法辦到，不是經脈寸亂慘死，就是要施術者出手相救、功虧一簣。

而七索與君寶，心念澄明，內力在慢拳推導下渾然天成，不沾不染，乃是珍貴的先天真氣。兩人各自在方丈的指點下，以最樸實、最適合他們原本啟發出先天真氣的架式「踏井踩圓」，與鎮魔指真氣撕扯對抗，在數次瀕死狀態中終於打通奇經八脈，武功在短短三年內直追武學第一流境界。

當年方丈用鎮魔指拋下一個問號給老天，老天做了如此回應。

這就是少林奇學，易經筋的祕密。

易筋經並非文字記載的武功，並非圖譜，並非任何一種口訣心法。

而是一種天選人選的絕佳配對。

人為天之器。

五十年前有這麼個兩人被老天挑中，惹得江湖風起雲湧。五十年後，又有這麼兩人在更惡劣的環境下突破易筋經障礙，嶄露頭角，即將為這亂世打開新局。

「君寶，我帶你去見一個人。普天之下，只有他能夠治好你身上的斷脈之病，讓你再展羽翼。你身負曠世奇功，必能熬過此關。」方丈老淚縱橫，扶著君寶顫巍巍站起。

君寶領受，也是滿臉淚痕。

小道觀裡。

「貫中。」子安在道觀裡擦拭淚水。

「是，師父。」小徒弟不明就裡，卻也情感豐沛地擦著淚水。

「有些事，比捏造的小說還要稀奇古怪、感人哩。」子安嘆道。

16.4

靠著震懾朝廷的刺王案，「太極」兩字漂亮地復出江湖，反元士氣大振，丐幫的地位一下子衝上雲霄，與白蓮教勢力分庭抗禮，七索這丐幫幫主自然毫無異議通過。

英雄大會上，七索站在破廟中間接受丐幫噁心至極的加冕儀式，吐痰、搔癢、聞屁、彈乳頭，幾近慘不忍睹的過程，總算完成繼承幫主的儀式。

紅中坐在破廟傾頹的樑柱上，瞧底下七索渾身臭屁、痰渣的狼狽樣，笑得花枝亂顫，差點摔了下來。

行完了禮，丐幫邀請眾英雄開罈喝酒，一時酒香四溢，粗口談笑聲不絕於耳。

「太極義子，身為丐幫第二十六代幫主，不可不會公然撇糞這一招，來！直挺挺站著大一條熱糞給大家瞧瞧！」趙大明一邊喝酒說話，一邊由兩名五袋弟子輪流替他老人家摳鼻屎，按照往例，依舊是摳到血流不止還未住手。

「我看公然撇糞還是免了罷，你的手是掛在我肩膀上，可我的屁股還是我自個兒的，你這叫強人所難。」七索總算用對了成語，丐幫眾兄弟哈哈大笑。

「你若不練這招，將來怎麼在臨敵之際，甩一條他媽的大糞在那要殺不殺的禿頭怪人臉上！」趙大明惱怒，聲音精神得很，看不出已是個手腳無法動彈的可憐之人。

「海扁那個要殺不殺的死禿頭我自然遲早會幹，但這甩大糞這種事還是很講天分的，我自忖沒那種要拉便拉的好本事，總而言之，你好好當你的太上幫主享享清福罷，我定讓那死禿頭後悔沒有在暖風崗殺了我。」七索拍拍胸脯。

七索說完，不只丐幫幫眾，趕來看熱鬧的幾百名英雄豪傑紛紛鼓掌叫好，若在此時推舉武林幫主聚議抗元大事，絕對非七索莫屬。

突然破廟門外傳來一聲清嘯。

「敗軍之將有臉言勇，佩服，佩服。」

這佩服之言自然是出自不佩服之人，然而那聲音自遠而近竟是十分神速，那「敗」字出口時尚在離破廟三十丈之遙，但說到佩服佩服四字時，那出口之人竟已飛簷走壁，站在破廟中間。

此人一臉俊朗，看不出實際年齡，卻給人一種童顏鶴髮、莫測高深的鮮明印象。長白大袖飄飄，更有如潑墨畫裡的仙人。

不速之客朝著七索微微笑，卻不向四面八方的江湖豪客打招呼，但已有許多人認出那不速之客便是白蓮教第一高手，醍醐。

眾人議論紛紛。

「醍醐，不可無禮。」

韓林兒在多名白蓮教高手的護衛下現身，群雄久聞白蓮少主其名，自動讓開一條路給白蓮一行人。好事者紛紛心想，啊！又有一場好戲可看。

「是，少主人。」醍醐一笑，退在一旁。

七索看著韓林兒，關於韓林兒在江湖上幹的轟轟烈烈大事，他怎會不知？關於在少林寺的種種不快，卻也在雙目相交時一掠而過。

重八身披七袋，在破廟角落觀察一切。

「太極兄，別來無恙。」韓林兒抱拳。

「少林一別，江湖再會，甚好。」七索抱拳還禮。

七索對韓林兒的想法是很兩極的。

他既不認同韓林兒欺壓自己與君寶的惡形惡狀，也不認同他對朝廷貴族前倨後恭的裝模作樣，卻不得不承認，自己能接觸到少林武功的練習，還多賴韓林兒讓自己參加團練，這點讓他很感激。對於韓林兒近年在父親的庇蔭下，將抗元的生意搞得有聲有色，也讓他感到佩服。

七索原不懂應付這樣矛盾的情緒，所幸重八早就提過，這英雄大會白蓮教必定會來，免得江湖豪客在酒酣耳熱之際臨時要搞什麼武林盟主的，白蓮教竟會錯過。

重八也分析，那自稱彌陀轉生的韓山童最喜歡搞神祕，不會親自現身，而會派其子韓林兒赴會，而那醍醐十之八九也會跟著來。

一切都給重八料中，所以也提醒七索柔身以對。

「今日英雄大會，在下謹代表家父前來共議抗元大事，太極兄如今貴居丐幫幫主，我倆又是舊識，白蓮丐幫有如一家，如此甚好。」韓林兒說話文謅謅的，話中好像只有白蓮教與丐幫方能執武林牛耳似的。

「嗯，大家都是要搞抗元的，很好，很好，這叫百年修得同船渡，大夥都在一條船上。」七索亂七八糟地說話。

群雄卻很吃他那一套，都是笑得不可開交。

韓林兒並不以為忤，七索說話這個樣子也不是一天兩天了，他有意相交，於是繼續抱拳向群雄說道：「北國韃子亂中原，攪得天怒人怨，民不聊生，這些年黃河決口，淮水倒流，地震山崩，日月無光。」

一名站在韓林兒身旁的策士接口說道：「這說明胡運就快完了，彌勒佛痛恨世間黑暗，投胎轉世領導大家焚香起兵驅逐韃子，這人是誰呢？乃是我白蓮韓山童主教，同時也是大宋徽宗皇帝第八代子孫，正是武林盟主的不二人選，更是天下英雄的共主。」說得口沫橫飛。

在韓林兒等人強行將話題牽扯到此，這群雄要是原本沒想到要推舉個武林盟主的，現在也不得不把話題繞到這緊要當口了。

「操！這武林盟主武功自是要高的，不然就去當個琴棋書畫盟主領導藝術界人士造反啊，所以照我說啊，不如就開個擂台罷！」趙大明猜那韓山童只怕是武藝平平，故意出此言炒熱氣氛。

群雄只要有戲看，當然鼓掌叫好。

「照啊！理當如此，贏者稱王，大家都聽他一個人的號令。」鷹爪幫幫主附和道，他雖自知不敵七索，卻也有自信打敗韓山童風光一下。

「是，武功高點大夥才能服氣，最差，也得擺張桌子較量腕力吧！」天生神力的鐵腕幫幫主哈哈大笑，看來並非有意角逐這位子，只是想露個臉。

韓林兒微笑，並不生氣，顯然此番也是有備而來。

他看著七索。

「看來大家都言之有理，彌勒轉世是一定要的，武林盟主也自是要選的，擂台當然也是非擺不可，不如請韓山童韓老人家親自到場比劃比劃，來個比武招親。」七索抓著頭說，群雄又是一陣哄堂大笑。

韓林兒心中嘆氣，臉色不變。

醍醐莞爾，大步踏前，雲袖飄動，群雄俱感一陣清風撲面。

「久聞太極老弟甚喜亂用成語，今日一見果然名不虛傳，眼下就只貴前幫主與太極老弟親戰過那不殺賊人，如今貴前幫主只剩張嘴，還請太極老弟評判評判，不知是那不殺的武功高些，還是在下的功夫高點？」醍醐笑笑，卻笑得令人背脊發冷。

醍醐伸出手，一隻雪白得發亮的纖纖玉手。

「好娘氣的手！」趙大明哼哼兩聲。

「我家韓主教的武功高在下十倍，百倍，千倍，端的是千變萬化，還請太極老弟指教指教。」醍醐話說得漂亮，捧足了韓山童，即使自己比武落敗，也無損韓山童的地位。

江湖上都知醍醐武功高強，卻一直沒有人見過醍醐殺手的手段，算是出手詭祕的一號人物，此番親眼見識，無不興奮。

而醍醐伸出手，在群雄看來顯然是要與七索手握住手，毫無機巧地較量內力。

但誰也不知，醍醐在整條手臂上都塗滿了致命的緩性毒藥「雪腐藍」，若是給沾上，七日便會無端暴斃，屍體卻驗不出所以然。七索若是七日後身亡，誰也想不到會是今日交手之禍。

但醍醐卻不知道，以七索此時此刻厲害無比的內功，連鎮魔指真氣都能輕鬆化解，這雪腐藍又豈能奏效？

七索看著醍醐這隻手，心中對他出言侮辱趙大明感到有氣，但臉上不動聲色。

「依我看你還不賴，雖然大概只有趙大哥那一條大糞的程度，但以後好好努力練功，用功讀書認字，必定可以超過你家老爺，這就是青出於藍而勝於藍的道理。」七索卻拍拍醍醐的肩膀，好像在勉勵後生晚輩似的。

醍醐的笑容凝結。

這真是莫大恥辱，一股怒氣隱隱要發。

七索何嘗不知？自從刺王後，七索便試圖將降龍十八掌裡那無與倫比的純陽之力，運用在太極拳的轉圓之勁上，原本這是極為艱鉅的武學工程，但七索渾然不知他身上所載負著少林第一奇功「易筋經」賜予的奇經八脈，竟讓這個奇蹟開始發生。

面對醍醐，他沒有畏懼的理由。

坐在樑上的紅中也毫不緊張，她想，那隻醍醐若來個大怒動手，她們家七索也不介意拿他試練新招。

兩人一怒一笑，比鬥箭在弦上，一觸即發。

醍醐暗運內息，全身散發出一股冷冽的冰氣，卻訝異冰氣被七索身上莫以名狀的陽剛之氣給溫和地包住、消融，連圍觀最近的群雄也感覺不到一絲冰寒。

「各位請聽小弟一言。」重八突然走到七索旁，躬身請求發言。

「說說無妨。」七索攤手。

「這武林盟主之事何等重要，原來是要從長計議，但大事在舉，又是刻不容緩。依小的看，這天命歸誰還不可知，但武林盟主這位子並非武功第一者能居之，實話說，我丐幫新任幫主太極或許是現場武功最強的人物，但若那不殺來到，在擂台上勝過了我幫幫主，難道大家就奉他為主麼？」重八說得有理，群雄紛紛點頭稱是。

「那便如何？」韓林兒問，想看看這個升遷飛快的內鬼有何良策。

「論人數，白蓮教乃是江湖中第一大幫，如此基業在短短幾年間便已穩固如斯，成就自是不凡，足見韓主教運籌帷幄、招賢納才之明，兼之白蓮教暗中練兵已久，我丐幫卻適逢新舊交接，聲勢未追，依我之言，這武林盟主自是韓主教擔任，領導紅巾軍，而我太極幫主武功超凡，單槍匹馬刺王，勇猛絕倫無可異議，可任副盟主統領江湖俠義之士，與白蓮教一明一暗，攜手抗元。」重八身在丐幫卻出此言，雖然說得擲地有聲，卻教群雄目瞪口呆。

趙大明傻眼，不著頭緒，只是看著七索。

「好啊，重八你這臭小子倒也言之有理，就這麼辦，自己人不打自己人，大夥一致捲起袖子對外，韓教主為盟主，我當任副手，齊心合力，驅逐韃虜。」七索依照與重八先前的推演朗聲道，爽快到幾乎沒有一絲考慮。

韓林兒愣住，旋即笑逐顏開。

丐幫上下雖然無不錯愕，卻也心折新幫主的泱泱大度。

群雄雖沒好戲可看，倒也對這樣的決定無話可說，當然也沒人膽敢上前與七索來個一較長短，只有熱烈拍手通過。

只有趙大明一人悶聲不樂，心中幹罵無聊。

而醍醐也是憤恨在心，一言不發。

「為舉大事，太極兄如此謙讓，直教小弟拜服，在此一邀太極兄下個月十五親至我白蓮本家一聚，與家父商議起義大事，白蓮丐幫從此不分彼此。」韓林兒躬身相邀，心中對重八的才幹評價又更高了。

「那是當然。」七索點頭答允。

群雄歡聲雷動，漢人給蒙古朝廷欺壓久了，無不摩拳擦掌，磨刀霍霍。

韓林兒一行人目的輕而易舉達到，個個堆滿笑顏，就地席坐與群雄共飲百罈好酒，卻見醍醐始終陰側側瞪視七索，心中暗許有朝一日，必要七索死在他的苗疆絕學「追魂奪魄手」裡。

好酒連罈，笑聲豪爽。

七索瞥眼看著重八，重八微笑示意。

大器之人，這一棋又下贏了。

17.1

堂堂大元，奸佞專權，開河變鈔禍根源，惹紅巾萬千。官法濫，刑法重，黎民怨。人吃人，鈔買鈔，何曾見。賊做官，官做賊，混愚賢。哀哉可憐！

《醉太平小令》

至正十一年，天下即將大亂。

無數農民受不了苛稅窮荒，紛紛扛起鋤頭造反，各地都有零星起義，但農民倉促成軍毫無組織，一下子便給朝廷派大軍敉平，真正的大潮還在後頭。

北紅巾軍系統結盟如雲，以潁州為總根據地，鄰近的徐州為輔，只要韓山童一聲令下，便有十萬受過訓練的香軍對元大舉義旗，若能起步成功，必能吸引到大批農民加入，再添虎翼。

另一方面，徐壽輝統領的五萬南紅巾軍也已隨時準備發難，與北方紅巾軍分庭抗禮，而北紅巾軍與丐幫結盟的消息傳到了徐壽輝的耳裡，自不是滋味。

尤其那丐幫幫主太極，曾經在一年半前出手挫得牛飲山上的南紅巾軍大敗潰散，到底是看他徐壽輝哪一點不順眼，徐壽輝就是無法理解。

一直到韓山童與太極合作擔任武林盟主、副盟主後，徐壽輝的耐心終於到了極限。正不明擺著泛紅巾軍的共主不是他，而是韓山童麼？

徐壽輝整天焦躁不安，老想著搶先發難討元，取得反抗軍的正統。

但他的心腹陳友諒卻並不以為然。

那陳友諒也就是在牛飲山上被七索差點打成殘廢的那個白面書生，某日在軍事會議上主張，不如先等北方紅巾軍發難，吸引住大部分朝廷正規軍的戰力，他們便可以勢如破竹的速度席捲南方諸州，然後一舉稱王。

此言正投徐壽輝所好，當下連國號都事先想好了，起名「天完」，即在「大」字上上加一橫，在「元」字上加一個寶蓋頭，意思是壓倒「大元」。

但徐壽輝的妒意，如一把熾熱的青火，遠遠燒過他的野心。

17.2

穎州，五月。

能通往位於山谷底白鹿莊的七條路，都是幽靜的羊腸小徑。

這行人走的路行經山谷的斜面，這座山谷為一整片山毛櫸所覆蓋，越往谷裡去，風景便越是清幽。

漸漸的，路越來越小，巨大的樹木遮蔽了大部分的陽光，使得大白天的竟有種日落黃昏的錯覺，更遠處又是幾排黑壓壓的山毛櫸，櫸下的草木也已從篠竹轉變為山蕨裏白。

「好個白蓮教，把自己搞得這麼神祕，住得也亂神祕的！」趙大明的聲音。

「喂，你大可不必跟著我們去白鹿莊啊，這樣搖搖晃晃的，光用看的頭都暈了，你不會被搖到想吐麼？」七索攙著紅中的手，看著前面的竹轎。

「整天瞎躺著，簡直索然無味，不跟著你們這些兔崽子出來，教教你們什麼叫大人物間的對話，悶都悶死啦！」竹轎子上傳來爽朗的大笑聲，趙大明坐在上頭好不愜意，嘴裡還叼著個酒壺。

抬轎穿越樹林的，是重八、徐達、常遇春，以及八袋弟子湯和，走在最前頭領路的，自是邀約七索等人與會的韓林兒，幾名白蓮教好手亦步亦趨跟在韓林兒身旁，其中兩名七索認了出來，也是在少林寺裡見過的。

韓山童猜忌心重，原本除了白蓮教幾名心腹外，白鹿莊位在哪裡韓山童可是保密到家，連當初建造此座莊園的兩百個工人都給殺死、埋在山澗裡，要不是跟著七索，重八這樣安插在各幫派的內鬼等級，根本就無緣踏抵。

但大事在舉，白蓮教結交各門各派可不能一直讓韓山童神龍見首不見尾，所以這兩個月出入的人才多了起來，而韓山童最信任的劉福通、杜尊道兩名乾脆將兩個千人前鋒營拉到山谷進行軍事訓練，也有保護本家的意味。

好不容易走到了最谷底，終於見到了神祕的白鹿莊。

巨大厚實的牆，沉重的門，佔地百頃的山中宮殿。

兩千名訓練有素的香軍在莊園外紮營休息，不敢入內，附近樹上懸著幾只大蜂窩，隱隱約約可以聽到遠處怪異旋律的笛聲，正是幾名神祕的蜂笛人正練習著指揮蜂群。

那醍醐依然睡躺在偌大的屋頂上，聽見了眾人的腳步聲，細辨出其中一人乃是七索，發出了一聲有如沐浴清風般的冷笑。

這世界上有些人，一舉一動都令人感到高貴。

殺人時有如仙人潑墨，吃飯時有如貴妃嚐荔。

醍醐這一聲冷笑何其優雅，誰聽了都會自慚形穢。

「陰陽怪氣。」七索卻簡單說了一句，醍醐看著浮雲的臉居然僵住了。

「怎麼這樣說人家？」紅中笑聲有如銀鈴，十分好聽。

「是這樣的嘛，哪有大男人的手這麼白，嘔，哪有大男人整天在學太監陰不陰陽不陽的冷笑，嘔。」七索與紅中談笑，竟完全沒把醍醐看在眼底。

韓林兒也不以為意，他其實也不喜歡醍醐。

尤其是醍醐殺人的方式。

推開門，進入五行八卦佈陣的奇特穿廊，終於來到韓山童慣常下棋的涼亭。

這涼亭就位在醍醐所躺屋簷下方，屋簷高約一丈，若醍醐輕輕往下一落，就可以保護韓山童父子，可說是全莊最安全的地方。

涼亭全部以刀箭不穿的白雲石打造，靜立在一片水塘之中。水塘中蓮花有的含苞待放，有的初萌嫩芽的新綠，空氣中自有一股淡淡的甜香。

涼亭裡已有幾個客人，趙大明都識得，分別是幾個還算過得去的幫會頭領。偌大的石桌子上擺了一副筆墨，一張剛剛揮毫就成的書法。

「太極幫主少年英雄，太明前幫主何其豪猛，很好，很好。」韓山童笑笑站起，他得知七索在英雄大會上一口贊成屈居副主，對他的印象大好。

韓山童身穿紫金色道袍，雍容華貴，相貌慈祥。

幾人寒暄了幾句，韓山童便邀七索一行人觀賞他剛剛寫好的書法。

「虎賁三千，直抵幽燕之地；龍飛九五，重開大宋之天。」

字體飽滿圓潤，墨汁酣暢淋漓，的確是一手好字。而書法中幽燕之地指的是元大都，龍飛九五借用的是「周易」乾卦九五爻辭「飛龍在天，大人造也」，此卦乃大吉，意思是有大聖人出現。

字中之意昭然若揭，流露出韓山童對自己的迷戀。

趙大明不識字，七索解釋了書法中的含義給趙大明聽，趙大明一臉怪笑，便即發作諷刺時，韓林兒趕緊喚來下人上菜用餐，打斷趙大明即將出口的譏諷之言。

眾江湖領袖在涼亭裡賞蓮用膳，所用杯盤碗筷無不是精品，菜色千變萬化煞是好吃又好看，七索與紅中這輩子都沒見識過這麼精緻的餐點，兩人嘻嘻笑笑，一路不斷詢問韓山童菜名，一臉嘖嘖稱奇、大快朵頤的樣子，竟沒把這飯局看成是天下第一等英雄的聚會。

但眾人見他倆天真爛漫，也只是莞爾，心中都有好感。

17.3

用餐時的話題，自是圍繞天下蒼生。

韓山童一下子憂心忡忡，表示身繫解救黎民百姓之苦的重責大任，實在讓他往往食不知味，恨不得立刻揮軍直搗大都身登九五；一下子又笑容可掬，煞有其事地分派將來朝廷的官位給在座豪傑，豪傑謙讓推卻又不得不接受的拉鋸，惹得被重八等人伺候吃飯的趙大明，笑得差點給魚刺噎死。

「如今朝廷積弱不振，就只有一對察罕帖木兒父子還算是將才，其餘什麼阿速軍、撤里不花的，通通都是無能之輩。」嵩山派掌門白眉道人試著轉移話題。

「正是，朝廷打的仗少了，重兵都佈在西域，留在中原會用兵的將領自然也少了，那對父子統領二十萬大軍戒護京城，的確是個大患。」拜劍山莊的莊主雄霸點頭稱是。

「那察罕帖藥膏什麼的，是不是很會射箭那個？」七索嘴裡咬著蓮香雞腿。

「太極兄您也識得？那察罕帖木兒的義子叫擴闊帖木兒，也叫王保保，是個厲害角色，百步穿楊，內功不凡，不瞞您說，在下這隻臂膀就是低估了來箭勁道，給他一箭廢了。」祁連山火掌門幫主彭大說，摸著自己垂下的左手，話中對王保保並無詆毀之意，輸得徹底。

「據說王保保習練的，是我苗疆的野呼喊功夫，十分了得。」南苗五毒派女掌門沈櫻櫻說道。

「嗯，當時他一連發了好幾十支箭，震得我手中鐵盾嗚拉拉的響個不停，痠都痠死了，要不是有他的箭擋著，那幾百支軟趴趴的箭又算什麼，早就幹了狗皇帝的頭回來啦！這就叫欲速則不達。」七索回憶，為紅中夾挾了一大塊檸檬鱘魚肉。

這話題有趣，眾英雄於是興高采烈詢問七索當天刺王的經過。

七索當然省略了重八建議那部分，只說自己有一天早上醒來，沒事幹，便拎著一只大鐵盾跑去熱河獵場謀刺皇帝，如何將殺氣隱藏在大老虎身旁，如何接住王保保兩支鐵箭、如何在漫天雨箭下步步逼近皇帝、如何大吼震懾數百鐵騎等經過說了一遍，加上他慣常的加油添醋，說得活靈活現，各派掌門聽得目瞪口呆。

只見韓山童臉色越來越僵，他被奉承慣了，很不習慣大家談論的話題並非對他歌功頌德，卻盡圍繞著一個吃相難看的臭小子身上。

「他就是這樣胡說八道，別理他。」紅中發覺韓山童臉色有異，趕緊塞了一大塊蹄膀在七索口中，油滑滑的，七索笑嘻嘻吃掉。

突然，七索眉頭一皺，與趙大明對望一眼，趙大明也是神色有異。

「怎麼？」沈櫻櫻問。

「剛剛有股殺氣一掠而過，還有點別的聲音。」七索不安道。

趙大明索性閉上眼睛，全力捕捉殺氣的動向。

但那身負殺氣之人是個高手，他的氣息已經隱融在空氣中，再也無法捕捉。

「決計不可能。這兩千大軍合圍在外，莊內又有醍醐在上以地聽大法警戒，誰也別想偷偷混進來，各位還請放心。」韓林兒在父親後面恭敬說道，而醍醐依然蹺著腳，沒有特別的動靜。

卻見群雄都順著七索的目光，轉而瞧向趙大明凝重的神情。

筷子都懸在半空中。

趙大明凝神，將全身的氣化成無數細絲，朝著四面八方散射出去，有如巨大無形的蜘蛛網。

即使是天下最強的輕功、或是東瀛最好的忍者，都無法避開這綿密的氣形蛛網。這種探索功夫比起醍醐的「地聽大法」又深湛十倍，氣形蛛網的大小端視行功者的內力而定，以趙大明的功力，大約能知曉十丈之內任何風吹草動。

「七索。」趙大明睜開眼睛。

「嗯。」七索拉開衣袖，看見自己手臂上的雞皮疙瘩。

這感覺。

「準備了。」趙大明在說這幾個字的時候，原本鬆軟的拳頭竟緊捏了起來。

「嗯。」七索深呼吸，眼珠子看著涼亭上方。

十幾個掌門人同時仰頭上望。

突然，以石頭打砌而成的涼亭頂竟裂了開來！

石屑紛飛，大塊崩落。

穿破石頂的，是一隻比百年老樹根還要粗糙的怪手！

「好久，不見。」

不殺破頂而落，一掌夾雜無數石屑轟向七索，一腿踢向韓山童，乃是少林最基本的金剛羅漢拳架式。

那一腳被雄霸、白眉道人、沈櫻櫻聯手化解，而七索一個「見龍在田」硬接下不殺此掌，身子為了消卸巨力，不由自主往後一彈。

「重八！」七索摔入蓮花池前大叫了這麼一聲。

不等七索這一叫，重八早就第一時間想帶著紅中奪路出亭，徐達扛起趙大明，常遇春一招見龍在田將傾頹下的石柱勉強震開，都想搶路逃走。

但不殺卻已擋在石亭了前唯一的小徑，眾人除了跳下池塘別無他法。

不。

集合眾人之力，怎麼不能與這魔頭一戰？

十幾個掌門、幫主、莊主、島主，個個都是江湖中一時之選，沒道理洩氣。

但他們的心底都在顫抖。

只因不殺一直沒有出手的那隻手，提著一張皮。

那張皮，黏著一個鼻子、兩隻眼珠，還有半張嘴。

是醍醐的臉。

「一，招，就，這個，樣子，了。」

不殺將那張臉擰碎，啪吱啪吱的爆漿聲，血水濺落。

方才不殺無聲無息，以地聽大法無法知悉的棉絮般身形，悄悄靠近躺在屋簷上的醍醐，只一招「龍爪手」，殺氣一瞬，醍醐的臉便被整把抓下，一聲不吭喪命。一招都來不及抗手。

不殺隨後輕飄飄落下，一絲多餘的聲音都沒有發出。

「不殺！你待怎樣？」白眉道人大聲喝道，手中拂塵護在胸前。

白眉心底極為不爽，不解為什麼自己會被眾人推到前面去。

不殺沒有說話，只是看著徐達背上的趙大明，又看看池塘水裡的……

不見了。

七索消失了。

「躲起來？」不殺面無表情，端詳著水面。

白鹿莊外一陣騷動。

隱隱約約，在十里外似有成千上萬的奔馬聲，氣勢驚人。

韓林兒緊張地擋在父親前面，連他都聽出這聲音至少有三萬人馬正從山谷頂上包抄而下，必是朝廷得到了群雄聚會的信息，派大軍來壓！

韓林兒一轉頭，卻見父親沒有絲毫懼色。

「天命在我，何須畏懼？本座乃是諸佛光明之王轉生，勝於日月之明千萬億倍，又號無量壽佛，你何等妖魔小丑膽敢在本座前裝模作樣，還不快快退下？」韓山童慈藹笑道，雲袖飄飄，仙步向前。

群雄驚駭不已，韓山童要不瘋了，就真有深不可測的武功。

不殺沒有理會韓山童，卻只是看著水面。

「苦海無邊，回頭是岸，我身上光明之所照，無央數天下……」韓山童見不殺不睬自己，慈祥地伸手拍拍不殺的肩膀。

不殺的眼睛還是看著水面，只是他的手不耐地動了動。

「父親！」

韓林兒大叫，韓山童的臉正看著自己微笑，可他的背卻是面向眾人的。

「我乃……」韓山童笑得很慈祥，卻留下一句比死還要愚蠢的遺言。

17.4

這位轉世彌陀身子斜斜倒下，五毒教沈櫻櫻甚至驚呼了起來。

白鹿莊外鬧哄哄的一片，刀劍交擊聲不絕於耳。

「哪來這麼多敵人！快結陣！」

「好強的箭！是王保保！王保保親自帶兵！」

「快叫蜂笛手！還不快叫蜂笛手！」

守在莊外的紅巾軍喊得淒厲，情勢十分危急，重八等人已聽清楚外頭兩千人都在大吼元軍來襲，第一波攻勢足足有萬餘人，現在靠著蜂笛手驅趕百萬胡蜂從敵後牽制，兩千香軍才勉強抵禦得住。

很不妙。

韓林兒與重八還沒來得及思考是誰通風報信，卻也不知如何解這眼前危厄。

因為這個危厄絕非智可取，只能用血換路。

「主教！韃子來襲！」劉福通率領幾十個士兵衝進莊子，卻見崩塌的石亭子，擋著眾人的不殺，以及慘死倒地的韓山童。

劉福通驚駭莫名，無法言語。

「把這禿驢砍倒！」韓林兒大叫，群雄擺開架式，準備趁亂合力打開一條血路。

劉福通身後士兵衝繞過曲曲折折的池上小道，準備從另一端亂刀砍死不殺，卻見不殺雙手各拾起一塊破石，灌勁而擲，有如兩顆炮彈般將衝將過來的士兵砸個稀爛，破石混著血塊紛飛四處，劉福通嚇得飛快後跑。

「誰，也別想，逃。」不殺才說完，水底便爆出一股水柱。

水柱噴向不殺，不殺一拳劈裂，水花四濺，視線受阻。

一條溼透的人影赫然出現在不殺背後，半空中。

「神龍擺尾！」七索迴身飛踢。

這一踢毫無巧妙，卻如一條粗大木柱撞來！

不殺頭也不回，左手在側下連彈兩下「一指禪」，消去七索這一踢的勁道。

七索並不氣餒，只因他無論如何都要為群雄搶開一條血路。

七索使出渾身解數，拳腳飛快奔馳，一招換過一招絕不重複，不殺面無表情，招招後發先至，將七索的所有拳路剋得死死的，七索聽勁，知道不殺還沒使出全力。

白眉道人等見狀也跟著出手，各展生平最強絕技，將不殺圍在中間，不殺以一鬥十四，居然不落下風，龍爪手帶起的勁風越來越急，空氣中都是沉悶的輕嘶爆響。

離開石亭的小道被淒厲的掌風腳影堵塞，就連站在附近也感到呼吸困難，重八等武功低微的人無處可逃，想乾脆跳下池塘游開。

不殺發現眾人之意，竟一爪快速絕倫地抓下雄霸血淋淋的左手，向趙大明飛擲過來。

被不殺的內力裹住，雄霸的左手成了沉重破空的小炮彈。

「不好！」重八暗叫，只見常遇春雙掌亢出，徐達飛腳一踢，才將雄霸的左手勉強擋開。

趙大明大笑：「死禿子忒也小氣，到現在還忘不了我那熱糞之仇！」

不殺心頭火起，渾身燥熱。

是了，就是那傢伙。

或許他還能給我點不一樣的感覺。

不殺殺氣陡盛，體內真氣如熾紅的鐵塊在穴道裡擠壓、攪融成鐵汁，一掌推出，五個勞什子掌門吐血落水。

不殺有如大鵬鳥倒躍在空中，左掌成縮，右掌劃爪，趙大明等人全籠罩在不殺的丈許爪勁中。

餘下的群雄趁著不殺倒躍，竟不顧廉恥地往莊內逃逸，撞得七索一時無法衝回破碎倒塌的石亭子搶救。

「死！」不殺一爪將至，徐達的神龍擺尾、常遇春的見龍在田、紅中的峨眉雙劍全都直攻不殺面門，卻一齊被高漲的剛強氣勁給震開。

來不及閃開的重八擋在趙大明前，被氣勁壓得無法動彈，只待閉目就死。

「重八閃開！」趙大明哈哈一笑，竟鼓起力氣推開重八，用最後的內力噴出一口狂猛膿痰，膿痰削破不殺的氣盾，直衝不殺面門。

不殺的手血淋淋穿過了趙大明的胸口。

趙大明兩眼圓瞪，就這麼掛在不殺手上，嘴角兀自揚起，表情十分痛快。

「大明兄……」已擋在眾人面前的七索一愣。

不殺的手慢慢拉出趙大明的身軀，有如風乾橘子皮的臉卻流下一注鮮紅的血液。他的左眼在出手的瞬間，竟被趙大明激射出的膿痰射瞎，模樣如厲鬼。

即使如此，不殺還是沒有顯露出任何表情。

趙大明閉上眼睛，身上的氣息消失了。

七索怒不可遏，看著不殺，渾身真氣暴漲。

「不殺，你可知道趙大明的手接在我身上。」七索捏緊拳頭。

不殺感覺到眼前的這個人跟半年前的七索判若兩人。

的確，易筋經就是如此神妙的東西。

老天也挑選了這個人，說不定，就是為了毀掉殺虐無數的自己。

再加上那兩隻，再三羞辱自己的人的雙手。

有趣……應該會很有趣吧？

「重八，奪一條路走。」七索踏前一步，不殺感覺到地面一震。

17.5

莊外的刀劍相擊聲漸漸少了，呼喝聲也漸漸歇止。

漫天火箭從四面八方射向白鹿莊，頃刻間將屋頂化成滔天熱焰。

黑煙四起，猛一聽見巨炮將高大的莊牆轟落一角的巨響。

七索的眼睛稍稍一瞥。

熊熊火光映在紅中的臉上，更顯嬌媚。

真美。

紅中替自己緊張的模樣，教人好想擁她在懷裡。

「再見了，紅中。」七索在心底說道。

一個踏步，全力相傾的「見龍在田」！

不殺一拳擊出，砰的一聲，兩人都往身後倒退兩步，卻見七索毫不浪費時間，弓身彈起，毫無矯揉造作的少林金剛羅漢拳打出，招招都不防守，只是快速絕倫地搶攻。

七索氣滯不轉，拳打極剛，與不殺硬碰硬的結果，自然在每一次交擊中都受了內傷，但七索越傷越進，偶爾一招將真氣催到頂峰的見龍在田，震得不殺無暇他顧。不殺雖然知道七索這種打法的用意，仍被七索張牙舞爪的打法給步步逼退。

步步逼退，便讓出一條大路。

重八與韓林兒一行人快速搶道衝出，而七索也一路逼得不殺戰到白鹿莊偌大的大廳中，悶濁的熱氣烤得兩人眉毛都燒捲了起來。

大廳屋頂大火，幾片磚瓦隨火塌陷下來，粗大的樑柱也給炮彈擊斷了兩根，整間大廳幾乎隨即都可能倒塌。

眾人已經順利逃離不殺的追命範圍，跑得越來越遠。

「想・得・美。」不殺踢起一張大理石椅，椅子的勢道如箭，射向殿後的徐達背心。

「你才是！」七索斜身一劈，大理石椅破散。

趁著七索這一搶救，不殺凌空彈指，氣箭射向七索脅下，七索哇的一聲，吐了一口鮮血。

不殺致命一拳穿過著火的屏風，便要朝七索頂心劈落，懸在大廳上頭的樑柱正好抵受不住大火墜落，阻得不殺身形一滯，讓七索鯉魚打滾逃開。

七索喘氣，看著不殺。

七索內息翻騰，有如一桶滾水不斷蒸煮著丹田，十分難受。

剛剛為眾人搶道的一輪猛攻，已經讓七索真氣大損，剛剛又受了鐵棍般飛來的氣指一震，要不是無意修練過易筋經，此刻早就內傷而死。

這白鹿莊已經徹底陷入大火，濃煙如黑色龍捲，只要吸得一口便要嗆上半天，但那漫天火箭竟然還兀自不停，如黑壓壓蝗蟲般將整片天空遮蓋大半，頃刻便將十幾座房子釘成火蜂窩。

王保保率領的元軍有備而來，勇猛精悍，打算將整個白蓮教連根拔起。

胡蜂畏火懼煙，這次已不能期待蜂笛手的奇襲救援。

「你，還是，不行。」的聲音如鐵器尖銳地高速摩擦，真氣爆發。

濃煙中，四周搖晃的大火突然靜止，像是被無形的大手整把抓住。

然後放開，大火噴燒得更加猛烈。

在剛剛那一刻，不殺已然將功力催到最頂點。

對他來說，雖然已經喪失了一隻眼睛，可是真正的殺著現在才開始。

沒有比在這種傷勢，在這種火海裡，跟這麼一個怪物死鬥，更令人洩氣的事了。

但七索並不擔心自己，他滿腦子想的，都是紅中是否能在元軍重圍下，奪開一條路，平平安安地離開這裡。

所以，當不殺的拳頭穿過重重烈火來到七索的胸膛前，七索只是像個笨蛋鄉下人般，大夢初醒，「咦」了一聲。

不殺這銳不可當的一拳，就在七索漫不經心這一聲中，溜滴滴地滑開。

不只不殺感到略微迷惑，連七索也覺得奇怪，怎麼自己的手正托著不殺鐵一般沉重的身子，然後一個翻轉，幾乎將不殺摔在地上。

「借力使力，引進落空。」七索怔怔看著自己的手，喃喃自語。

不殺不以為意，龍爪手吐出，四周火焰飛起，一起捲向七索。

七索靠著鄉下人的無知，猛一振奮精神，以殘餘的真氣運起剛柔並濟的太極拳，再度化解不殺這一連串可怕的龍爪手。

雙腳踏圓，左手陰，右手陽，七索雙掌之勁帶著身子滾化翻飛，有如一只隨不殺攻勢輪轉的大陀螺。

大火吞吐不已，濃煙遮蔽住兩人的視線，七索索性閉上眼睛，在灼熱的黑暗中聽勁與鬥，心無旁騖，不存勝負之念，七索已將自己當成將死之人。

不殺的真氣鏗鏘鳴放，拳腳招式縱使剛猛無儔，卻是刻劃分明，連不殺踢起的幾團燙紅磚泥，也被七索的太極勁給捲開。

不殺在暖風崗明明見過這武功的，此時卻久攻不下，心下隱隱成怒，有時身子還被七索的怪勁一帶，幾乎就要腳步不穩，連周圍的火風都成了自己的敵人似的，被七索的掌風帶到自己身上，黑色道袍幾乎都成了破碎灰蝶。

「如此，奇怪！」不殺龍爪手一變，轉為大開大闔的般若拳，又轉為刁鑽小巧的無相拳，但七索就是能在咫尺之間避開攻擊，甚至還用奇怪的陀螺姿勢纏黏住自己，想讓自己摔倒。

卯得極其霸道，躲得更是妙到巔毫。

與其說七索像條泥鰍，不如說是行雲流水。

七索想也沒想過，太極拳會在最惡劣情況下「完成」，達到真正的以柔克剛、以剛化剛的境界。

然而四面八方的火焰開始進入悶燒，大廳內的溫度開始快速竄升，氧氣急速減少，就算光站著不動也是十分辛苦的姿勢，一個深呼吸，炙燙的乾燥空氣便會將肺臟灼傷，因此飛影快鬥的搏命，也矛盾地在比拼著兩人呼吸吐納的和緩功夫。

七索這套太極拳本講究全身放鬆，身隨勁轉，勁跟身流，不殺卻仗著內功比七索強大，乾脆閉氣悶打，卻因數百招內竟不能逞，換氣不順而逐漸焦躁起來，而左眼上的血窟也因超高溫冒泡，然後迅速結痂。

不殺的招式雖然依舊強猛不能與抗，但招式連動之間已出現斧鑿痕跡。破綻。

高手過招，勝負只要呼吸之間。

此時七索終於一個滑步，躲進不殺瞎掉左眼的死角裡，招式丕變，一掌見龍在田即要轟在不殺脅下氣門。

不殺難得的，露出一點像是人的表情。

依不殺的猜測，只要七索殺氣畢露，就自破了圓融流水的無敵防禦。

他等的，就是硬碰硬的這個時候。

最強的龍爪手。

砰！

不殺的雙腳陷入了脆弱的地面，七索卻往後一飛，背脊撞上了火柱。

「可惡。」七索兩眼昏花，身體每一吋都發出痛苦的悲鳴。

肌肉、氣孔、每一個細胞都快要沸騰起來。

彷彿，自己就快要一點一滴，從五臟六腑中滲透、崩壞出去。

不殺踉蹌上前，一拐一拐地舉起左掌，凝視著七索。

「死前，竟然，哭，有話，就說。」不殺看著七索。

卻見七索兩眼含淚，嘴角上揚。

因為在大火飛焰中，他看見了此生最動人的情景。

17.6

紅中拿著雙劍，靜悄悄地站在不殺身後，笑嘻嘻看著自己。

雙劍劃過火焰刺向不殺。

不殺戰得天昏地暗，擊倒七索後大為鬆懈，的確沒有察覺到紅中的突襲，但不殺的修為已臻入神坐照的境界，劍尖甫碰到肌肉，肌肉立刻堅如鋼鐵，劍刺不進，還被彎曲彈開。

「哼。」不殺五指箕張，反手便要抓破紅中的腦袋。

「紅中蹲下！」七索大叫，強自提氣，猱身射向不殺。

萬分危急，七索一掌輕輕托住紅中，一掌上舉迎向不殺厲爪，竭力承受住所有力道。

啪的一聲悶爆，七索兩槓鼻血噴出，身子往下一沉，單膝驟然跪地。

不殺的掌被七索硬擋住，翻手立刻又是一個雄猛絕倫的掌壓。

「看你，擋得，了，幾掌！」不殺道。

七索毫不猶豫，舉手又是硬擋。

砰！再度硬擋下。

硬擋！

硬擋！

還是硬擋！

不殺由上往下連擊八掌，就像鐵鎚釘樁子般轟落，卻都被七索以硬碰硬、毫無變通的方式給遮擋下來。而靠在七索懷裡的紅中被激盪不已的兩道內力震得頭昏眼花。

七索虎口迸裂，鼻子與嘴角均飆出血。

卻在笑。

不殺大怒，一掌以緩代捷壓下，意欲與七索強拼內力。

七索毫無懼色，再度撐手與抗，緩緩接下不殺這一毫無取巧的慢掌。

大火，熱氣模糊了兩人的面孔，已到了氧氣幾乎不存在的絕境。但這瘋狂的兩人，正用最耗竭氣息的拙招對抗著。

不殺的臉，難得地顫動起粗糙枯槁的面皮，頭昏眼花。

但七索臉上的笑，卻越來越開。

因為他看見另一隻手，正同自己托住不殺不斷竭力的下壓。

原來紅中的小手，也同七索奮力上舉，想盡上綿薄之力。

猛地，地板轟然脆裂，不殺一驚，縱身後跳，而七索與紅中則被震得往後一飛。

三人間爆裂出一條燒灼黑氣的大縫。

原來韓山童在地底下埋藏龍袍與金銀財寶，是以地板並非實地，久熱之下便開始崩壞，加上兩人比拼的雄渾內力，終於不支。

這一喘息，讓七索有機會再仔細瞧瞧不顧一切折回火場，與自己共抗強敵的紅中。

「我娘說，你傻裡傻氣的，叫我千萬不可以丟下你。」紅中也看著七索微笑，沒有一點懼意。

「我知道，這就叫紅中加一台。」七索眼淚還沒落下，就被高溫瞬間蒸發。

這次總算說對了。

不殺看著裂縫底下的紫金龍袍，又看了看裂縫對面身受重傷的七索。

似乎正象徵著，這個亂世的兩種極端存在。

龍袍沾上了火焰，頃刻就化成可笑的灰燼。

但對面那男人，竟然又站了起來。

「你，想當，皇帝？」

不殺難得的，對一個人明明知道這場架只會打到死、卻硬是要幹到底的動機，感到些許好奇。

「不。」

七索撫摸著紅中，那張俏臉沾滿泥灰，頭髮熱捲，鼻頭黑黑。

「想當，武功，天下，第一？」

不殺凝然。

「不，你比我強。」

七索坦白說，此刻的他能夠站穩，已是奇蹟。

「那是，為何？」

不殺面無表情。

但他很期待，這個或許是生平最強的對手，能給他一個牽動表情的答案。

「因為我會贏你。」

七索說這句話的時候，不殺好像有點想笑。

「在我最愛的女人面前，我跟君寶的太極拳，沒道理會輸給你。」

七索雙手鶴攬，緩緩擺動。

如月光，如蟬翼。

風生水起。

「說得好！」

那聲音清亮無比，自遠而近，只在呼吸之間。

火海破了一個大洞，大風刮進，火勢噴漲數倍。

一個清瘦的人影釘在不殺身後，擺出跟七索一模一樣的空靈姿勢。

「怎麼，可能？」不殺橫眉怒豎，身上的氣有如刺針猛地四射。

但那如萬針芒刺的氣，卻被一股浩然正氣給銷融化解，無影無蹤。

來者，正是另一個易筋經的傳人、太極拳的開創者。

君寶。

君寶對著七索遙遙一笑，七索既驚且喜，熱血上湧。

「如果我們贏得這一戰。」七索踏前一步，嘴角上揚。

「便開宗立派，將這太極拳傳遍天下吧。」君寶也踏前一步，劍眉入鬢。

不殺暴地怒吼。

18.1

懷抱著身登九五的狂人夢，白鹿莊被王保保指揮的三萬大軍燒成了白地。

兩千名紅巾軍只有二十幾名跟著劉福通、杜尊道、韓林兒、重八等人逃出重圍，連珍貴的蜂笛手都幾乎死傷殆盡。

原本，這二十幾個倖存的紅巾軍一個也不能苟活。

那情勢最危急的時刻，以七十二名武藝高強少林武僧為主的數百僧人，個個雙手持棍連結成大伏魔棍法，以摧枯拉朽的聲勢殺進元軍陣中，在谷頂打開一個缺口，招呼眾人逃出。

後來重八輾轉探查才知道，白鹿莊會遭此大劫的原因。

原來奉命保護韓山童的一個專屬蜂笛手，竟是徐壽輝安插在北紅巾軍刺探軍情的內鬼，是以徐壽輝對韓山童的動靜瞭若指掌。徐壽輝對丐幫與北白蓮教的結盟感到不安與侷促，遣人向王保保通風報信，終於引得王保保大軍吞沒北白蓮根地。

但王保保身邊的新進猛將，卻有一個是來自少林寺的內鬼。

這名內鬼在少林寺修業時，刻意與達官貴族的子弟交好，下山後就靠著關係與勇武進入軍威最盛的王保保隊裡。一得到了如此重要的消息，他自然飛鴿少林。像這樣的內鬼，在元軍裡還有不少，在往後的日子裡決定了戰爭的風向。

世間大事，看似無數巧合堆砌而成的。冥冥之中，似有一股天意。

其實，卻是層出不窮的爾虞我詐，明爭暗鬥的殘忍。

歷史一直都是如此，被洶湧的暗潮推動著。

18.2

重八在趙大明的墳前插上最後一柱清香。

人心機巧詐騙、反覆莫測得可怕，已經在重八的心中生了根，改變了他的性格，改變了他對人類這種動物的看法。

但趙大明臨死前將他一把推開，卻是毋庸置疑的豪邁義氣。

堂堂一個前幫主，又怎麼會對他這種卑微的小人物講這種義氣？

重八看著墳上「趙大明」三個字，若有所思。

「重八，別想太多了，這亂世才剛剛開始呢。」

七索笑笑，拍拍重八的肩膀。

是啊，這亂世才剛剛開始。

「七索，我在武當山結了一個竹廬，與子安師徒倆相鄰為伴，他們寫故事，我跟靈雪就練拳練劍，你要是有空，不妨攜著紅中到我那裡喝點小酒，子安他可是整天念著你。」

君寶笑得很灑脫。

「子安收了徒弟？這倒要親眼見識見識。」七索大笑，與紅中兩手相握。

那夜少林方丈所說，能讓君寶再展羽翼之人，自是只剩一手的不苦大師。

君寶身上分崩離析的筋脈，在不苦大師以畢生積累的先天真氣，連續擊打、匯整，然後重新打散、匯整了無數晝夜，終於讓君寶筋脈再續，強健如昔。

這種匪夷所思的治癒方式，不單單靠著不苦大師珍貴的先天真氣，受術者也得是跨越易筋經障礙，體內擁有珍貴先天真氣相呼應之人才能辦到。

不苦耗竭了畢生真氣，卻沒有束手就死，靠著終須白神奇的針灸法、價值連城的血色人蔘活了下來。因為不苦有個還不能死的理由。

「我師弟死之前，說了什麼話麼？」

不苦坐在不殺墳前，呆呆地看著沙塚。

這沙塚底下並未埋人，只是他的心意。

他一直，還想見他師弟一面。

「原來，這，就是，害怕。」

七索轉述著不殺葬身火海前，所說的每一個字。

「小時候，寺裡的，米飯，都給，徵去，南宋，軍裡。師兄，看我，半夜，肚子餓，睡不著，便帶我，去廚房，偷，饅頭，吃，得繞過，很多，火頭，和尚，的耳目，儘管，師兄，牽著，我，我，還是，很害怕。那時，心中，的感覺，跟現在，有點兒，相似，呢。」

不殺當時的表情卻不像是害怕，而是一種很複雜的情緒糾結。

不苦老淚縱橫，唯一的手輕輕撫摸著沙塚。

他從沒怪過他師弟。

因為那個大雨夜，師弟偷襲他、肢解他的時候，師弟一句話都沒有說。

想必，他心底也很痛苦。比誰都還要痛苦吧。

「我想不殺說的並不是害怕，而是後悔。」君寶長長嘆了口氣：「他死前，還對你懷抱著深深的歉疚。」

18.3

經過此番大劫，眾人心中各有複雜心思。

天下也起了變化。

各地紛紛出現自稱大元朝掘墓人的狂妄存在。

韓林兒不久後在劉福通、杜尊道的擁護下繼承了父親北白蓮共主的名義，在三個月後於徐州正式發動討元戰爭，幾日內便攻克附近州縣。

北紅軍事起，徐壽輝旋即揮軍佔領湖北，十月便稱帝建國，國號「天完」，吸引了十幾萬農民響應，聲勢大振。徐壽輝被野心矇蔽了雙眼，卻忽略了身邊有頭叫陳友諒的雄獅，這又是後來的故事了。

私鹽販子頭目張士誠並不屬於紅巾軍體系，卻率領義軍以可怕的旋風之勢佔領東方諸州，意外大敗宰相脫脫的百萬大軍於高郵，稱帝誠王，國號大周。

方國珍造反於水師，一面假意接受朝廷招降，一面卻又蠶食鯨吞元朝沿海諸縣，反反覆覆，似是胸無大志，卻又顯得城府極深。

群雄撕裂中原，零星的抗爭勢力紛紛選邊站、或被強力吸收。元朝氣盡，朝廷的存在彷彿只是多餘的累贅，只有王保保一支孤軍奮勇作戰，獨木支撐北元。王保保的威名，直到十幾年後還令漢族將士感到頭皮發麻。

君寶打算歸隱山林，潛心鑽研太極拳，將嶄新的拳法傳承於後。君寶收了七名弟子，卻一直聲稱沒空與靈雪成親。

靈雪豈是善罷甘休之輩，她怒氣勃發，在君寶的竹廬對面蓋了間小道觀，起名峨眉，專收年輕貌美的女弟子，惹得君寶那七個徒弟凡心大動，個個都與峨眉女弟子成親生子，好不快樂。

七索卻決定依照約定，以丐幫幫主的身分與重八合作，率領江湖豪傑將紛亂的天下導入正軌。

在此之前，七索與紅中祕密回到乳家村，在說書老人的證婚下成親。

那隻忠心耿耿的老黃狗死了，使得說書老人蒼老得更快。

但老人從此多了個關於小人物在歷史裂縫裡，展現大無畏英雄氣魄的故事可講，每當老人說起，總能眉飛色舞一整天。

七索回到家裡探望父母，發現兩個弟弟都從軍了，一個投靠北紅巾，一個卻是被朝廷強徵去當前鋒敢死營的步兵。世事難料。要讓兩個弟弟早點平安回家，還得當哥哥的爭氣才行。

青梅竹馬的兩人成親後，那喜歡替人起俠名的測字先生又在官道遇著了七索等人。回到北紅巾軍擔任郭子興副將的重八，一時好奇多問了兩句，於是那測字先生便贈送重八一個全新的名字。

想必，那個名字起得相當不錯。

幾年後，子安嘔心瀝血、孜孜不倦的故事終於完成付梓。

水滸傳，中國歷史上極其熱血的精采大作，江湖上人手一本，盜賊胡亂結拜瞎忙起義的情況令當局不勝其擾，乃至此書居然被禁，弄得子安哭笑不得。

再過好幾年，子安的徒弟也寫出震古鑠今的小說，販夫走卒都愛聽，達官顯要也愛讀，一刷又一刷地狂印，異常暢銷，是天橋下說書先生的必備法寶。

「這就叫一山還有一山高，峰峰相連到天邊。」

七索白著髮，攙著他永遠的小紅中笑著。但還是用錯了成語。

七索最喜歡抱著剛學會說話的孫子，在月光下慢慢說著遙遠的鄉下人傳奇。

一個關於，少林寺第八銅人的故事。

The End

國家圖書館出版品預行編目資料

少林寺第八銅人／九把刀著. -- 二版，
-- 臺北市：春天出版國際, 2007.08
面；　公分. --（九把刀電影院；6）
ISBN 978-986-6899-65-2（平裝）
857.9　　96012928

九把刀電影院　6

少林寺第八銅人

作　　者◎九把刀（Giddens）
版權授與◎可米瑞智國際藝能有限公司
　　　　　群星瑞智藝能有限公司
企劃主編◎莊宜勳
封面繪圖◎邱福龍
封面設計◎克里斯ccm
內頁編排◎陳偉哲

發 行 人◎蘇彥誠
出 版 者◎春天出版國際文化有限公司
地　　址◎台北市忠孝東路四段303號4樓之1
電　　話◎02-2721-9302
傳　　真◎02-2721-9674
E-mail◎frank.spring@msa.hinet.net
郵政帳號◎19705538
戶　　名◎春天出版國際文化有限公司
法律顧問◎蕭顯忠律師事務所
出版日期◎二○○七年八月二版一刷
　　　　◎二○一一年九月二版七十六刷
定　　價◎260元

總 經 銷◎楨德圖書事業有限公司
地　　址◎台北縣新店市復興路45號3樓
電　　話◎02-2219-2839
傳　　真◎02-8667-2510
印 刷 所◎鴻霖印刷傳媒股份有限公司

ISBN 978-986-6899-65-2
Printed in Taiwan

S P R I N G

每一本好書都是一顆種子，
春天播種在你的心田夢土上。